태종무열왕

태종무열왕

하용준 장편역사소설

2

태종무열왕은 신라의 제26대 왕이자 신라의 정치가였다. 성은 김 휘는 춘추이다. 김용수와 문정태후 김씨의 아들이며 진골귀족 세력으로 선덕여왕 진덕여왕 시기에 국가의 중역으로 활약하였으며 대당 외교를 주도하였다. 진덕여왕 사후 국인들의 추대로 진골 최초의 왕으로 즉위하였으며 백제를 멸망시키고 삼국통일의 기틀을 다졌다. 진평왕 사후 한때 유력 왕위계승자로 지목되어 사촌누이이자 이모인 선덕여왕의 견제를 받았으나 그의 재주를 알아보고 당나라와 고구려 일본 등에 외교관으로 파견했다. 고구려와 백제 등의 위협으로부터 벗어나기 위한 신라는 자구책으로 외교활동을 했고 그는 외교관으로서 중국의 통일왕조인 수나라 당나라와의 연합을 추진하여 성사시켰다.

포효하는 신병들

평소 친근히 교류하고 지내던 영화 및 방송 시나리오 작가 유동윤 인형(仁兄)으로부터 2010년 봄에 한 가지 요청을 받았다.

당시 KBS에서 계획하고 있는 주말 대하사극이 백제의 <근초고왕>, 고구려의 <광개토대왕>, 그리고 신라의 <태종무열왕>으로, 삼국의 제왕들 중에서 가장 주목할 만한 왕들의 시대를 시리즈 형식으로 제작하여 방영할 예정이라는 것이었다.

그중에서 맨 마지막으로 방영될 대하사극인 <태종무열왕>의 시나리오 집필을 유동윤 작가 자신이 하고, 연출은 신창석 PD가 맡게 될 예정이니, 그 대하사극 <태종무열왕>의 원작소설을 집필해 달라는 말이었다.

그즈음 미처 완결하지 못한 대하소설 <북비>까지 밀쳐 두고 새로운 소설을 짓는다는 것이 내키지 않아 몇 차례 사양하였다. 그러던 중에 유동윤 작가는 단 한 권이라도 좋으니 원작소설이 있으면 좋겠다며 간곡한 권유를 거듭하였고, 끝내 그의 요청을 못 이겨 80부작으로 10개월 동안 방영하는 대하사극의 원작소설을 단 한 권 분량으로 구성하기에는 마땅치 않다며 적어도 세 권 분량은 되어야 한다는 말과 함께 집필을 결심하였다.

유동윤 작가로부터 사전에 들은 바, <태종무열왕> 시나리오의 구성은 삼국이 치열한 전쟁의 소용돌이에 휘말렸던 신라의 삼국통일에 주안점을 두기보다는 삼국을 통일한 이후에 신라가 한반도의 모든 신민과 군사의 힘과 뜻을 모아 당나라를 물리치는 데 역점을 둘 것이라고 하였는데, 그러한 점 때문에 문무왕의 비중이 적지 않음을 짐작할 수 있었다. 이에 태종무열왕과 문무왕까지 이어지는 대하사극이기에 제목을 어느 한 왕에 국한하기가 마땅치 않은 점이 있다고 판단되었다.

그리하여 처음 기획 단계에서의 대하사극의 제목 <태종무열왕>이 <대왕의 꿈>으로 바뀌었으나, 원작소설의 제목은 처음과 마찬가지로 <태종무열왕>으로 하기로 하였다.

비록 원작소설 <태종무열왕>이 대하사극 <대왕의 꿈>의 시나리오와 형식, 구성, 내용에 있어 다소 간의 차이가 있을 수 있겠으나, 그것은 어디까지나 '읽혀지기'를 전제로 한 소설이라는 문학 장르와 '영상의 시청'을 전제로 한 시나리오라는 문학 장르의 특색에서 나타나는 불가피한 현상임을 너그러이 이해해 주시기를 바란다.

그간 여러 가지 우여곡절을 겪은 끝에 총 3권의 책은 10월 중부터 출판이 될 것이나, 출판사의 동의를 얻어 그에 조금 앞선 10월 1일부터 나의 인터넷 블로그에 일정 분량씩 연재를 시작하기로 하였다.

역사적 사실의 뼈대를 훼손하지 않은 정통 역사소설에 목말라하고 있을 독자 여러분께 삼가 고개 숙여 깊은 관심을 부탁드린다.

2012년 12월

星嶂 하용준

목차

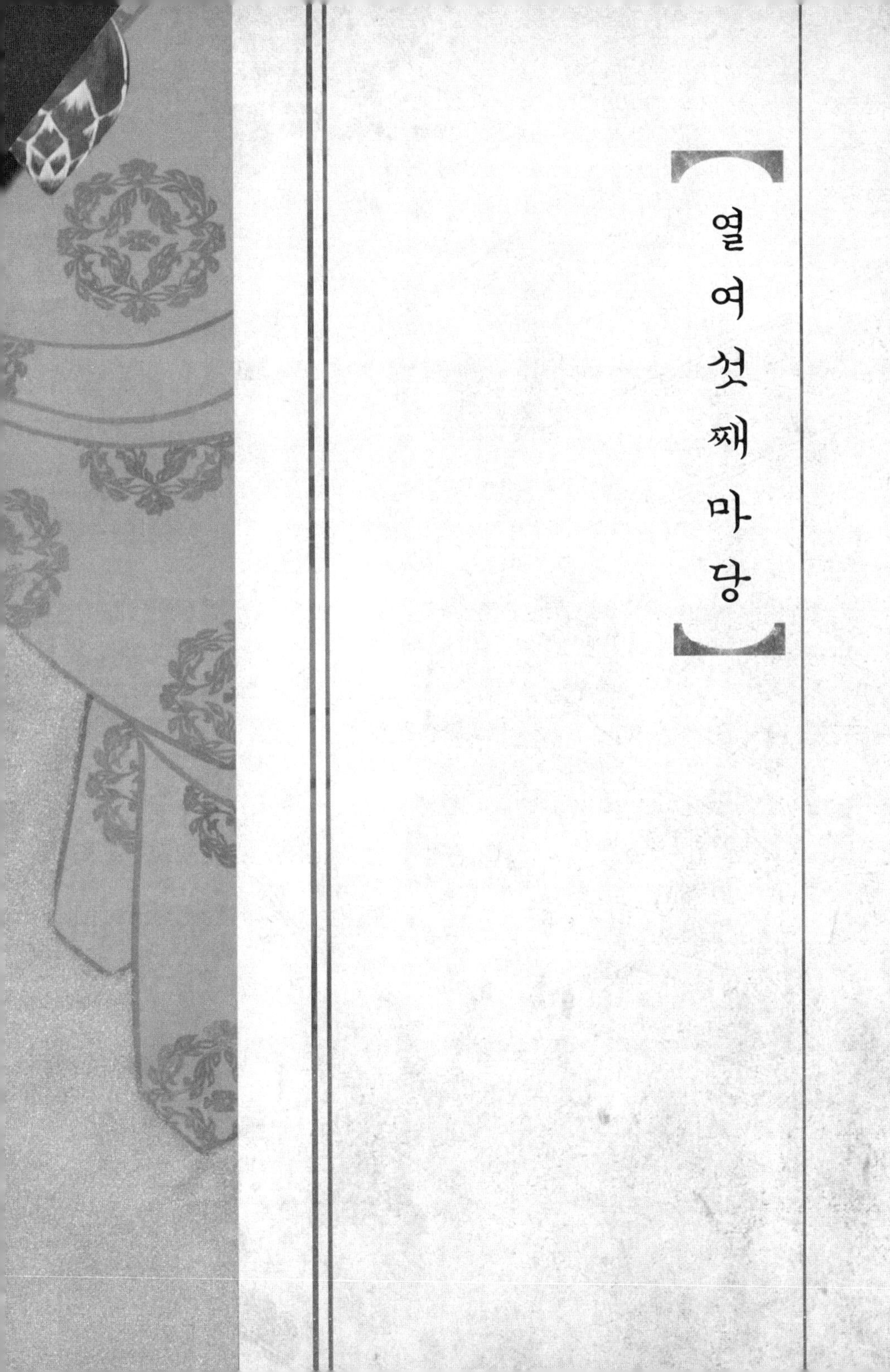

열여섯째 마당

꾀난한배 愧赧汗背

스스로를 몹시 부끄러워하다

팔월보름 가뱃날, 일광신에게 큰 제사를 지내는 정월 초하룻날과 더불어 이날은 월광신에게 대제를 올리는 날로, 유리대제 때부터 신라 최고의 명절로 전해 내려오고 있었다.

여제는 이른 아침부터 대신들의 하례를 받았다. 그리고 정사당에 모여 앉아 회악이 울리는 가운데 황실과 군신에게 연회를 베풀었다. 태대각간부터 대아찬까지는 자주색 예복을 입었고, 위품에 따라 비단을 달리 하여 머리에 관을 썼다. 아찬부터 급찬까지는 다홍색 옷을, 대나마와 나마는 푸른색 옷을, 대사부터 선저지까지는 누른 옷을 입고 위품에 따라 정연하게 앉아 덕담을 나누었다. 그리고는 비취옥으로 만든 각배에 술을 부어 권하며 마시고 먹고 하였다.

오정이 되자 연회를 파한 군신들은 옷을 갈아입고 궁정 뒤뜰에 있는 강무전으로 갔다. 두 편으로 나누어 활쏘기 대회를 열었다. 군신들이 다 쏜 뒤 마지막 두 사람, 춘추와 유신이 나와 활을 쏘았는데 공교롭게도 두 편은 비겼다. 유신이 져 줬다느니, 춘추의 활솜씨가 월등하다느니 하는 말들이 오갔다.

조원전 앞뜰에서는 황실 여인들과 대신의 부인들이 투호놀이를 하였다. 부인들은 머리를 틀어 올려서 비단과 유리구슬로 치장을 하였는데, 트레머리에는 윤기가 흐르고 머리털이 풍성하였다. 혼인을 했다고 하더라도 서른이 안 된 부인들은 사포를 써 얼굴을 가리고 있었다. 투호놀이는 천명궁주 편과 천화궁주 편으로 나누어 태후의 감독 하에 진행되었는데 천화궁주 편이 이겼다.

가뱃날의 백미는 무엇보다도 명주 길쌈을 겨루는 것이었다. 왕경 내 육부를 둘로 나누었는데, 대궁을 중심으로 북쪽에 있는 습비부, 양부, 한기부가 한편으로, 또 남쪽에 있는 모량부, 사량부, 본피부가 한편이었다. 북쪽보다 남쪽의 각 부에 사람이 더 많이 모여 사는 까닭에 길쌈을 잘하는 부녀를 한 부에서 백 인씩 뽑아 삼백 인을 한편으로 하였다. 천명궁주는 북편을, 천화궁주는 남편을 이끌었다.

칠월 열엿샛날부터 매일 아침 대궁 밖 첨성대 아래에서 시작되어 온 길쌈은 가뱃날 밤에 끝나게 되어 있었다. 수많은 등이 환하게 밝은 가운데 각 부에서 뽑혀 온 부녀들은 길쌈에 여념이 없었다. 베틀에 똑같은 앉음새로 앉아 발로는 쇠꼬리끈을 밀었다 당겼다 하고 두 손으로는 북을 주고받았다. 수백 기의 베틀에서 나는 소리가 시끄럽지 않고 청아하게 온 왕경을 울리고 있었다.

육부감전의 관원들이 다 나와 부녀들 사이를 돌아다니며 독려하였다. 양부와 사량부와 본피부에서는 감랑이, 모량부와 한지부와 습비부에서는 감신이 휘하 관원들을 데리고 나와 부녀들이 짠 명주를 나르고 끝을 잇고 하였다.

보름달이 남산의 산정 위로 떠오르는 해시가 되어 북소리가 났다. 부녀들은 일제히 베틀에서 내려왔다. 육부감전 관원들이 짜 놓은 명주를 모두 거두어 잇고는 나란히 대궁 앞 큰길에 놓아두었다.

두 편이 짠 명주의 길이를 재어야 하였다. 대궁의 정문인 귀정문 바로 앞에 선 육부감전의 관원 두 사람이 명주의 끝을 잡고 앞으로 걷기 시작하였다. 두 편의 부녀들은 둘둘 말아놓은 명주를 풀어 가며 뒤따랐다. 부정이 없나 하여 조하방모들이 그들 사이사이에 들어 명주가 풀려나가는 길을 따라 걸었다.

두 편이 짠 명주는 길게 이어져 남도원궁을 지나고, 남천을 지나고 흥륜사와 영묘사를 돌아 지나고는 다시 남천을 건너와 도당산 기슭을 지나며 왕경의 큰길을 돌고 돌았다. 반월 양궁을 돌아 처음 출발하였던 첨성대 앞으로 들어오는 것이 보이자 모여서 기다리고 있던 사람들이 다 긴장하였다.

명주의 끝머리를 쥐고 들어오던 두 편의 관원 중에서 남쪽 편의 관원이 걸음을 멈추었다. 명주가 다 풀려나가 더 이상 앞으로 갈 수 없었다. 그에 비하여 북쪽 편 관원은 세 걸음 반이나 더 걸었다. 북쪽 삼부의 부녀들과 백성들은 두 팔을 하늘로 뻗고 소리 높여 환호를 하였다.

"와아! 올해엔 우리가 이겼다!"

귀정문의 문루 청양루에서 바라보던 여제가 빙그레 웃었다. 길쌈 겨루기에서 진 천화궁주 편이 천명궁주 편에게 술과 음식을 차려서 대접하였다. 명주를 말아서 거둔 자리에서는 잔치판이 벌어졌다. 이긴 편 진 편 구분 없이 어울려 즐기는 마당이었다.

한 부녀가 일어나 다섯 줄 비파를 켜며 회소곡을 부르며 춤을 추었다. 길쌈 겨루기에서 진 것을 아쉬워하는 노래로 회소, 회소 하며 탄식하는 후렴을 연발하였다. 이어 두 편에서 서로 번갈아 나와서 여러 노래와 춤을 겨루어 나갔다.

한창 신명이 무르익을 무렵, 난데없이 괴상망측하게 차려입은 한 무리가 나타났다. 비형이 이끄는 귀정원 사람들이었다. 귀신 차림을 한 그들이 귀검무를 한 차례 추고 나자 얼굴에 분을 바르고 누런 옷을 입어 황창 차림을 한 이가 무리 속으로 뛰어들었다. 귀신 무리는 황창과 어울려 한바탕 검무를 추어나갔다.

마지막으로 귀면탈을 쓴 두 사람이 남았다. 비형과 길달이었다. 그들은 서로 마주 서서 익살 섞인 말을 주고받으며 변면술을 겨루었다. 여러 가지 동물 가면을 얼굴에 겹쳐 쓰고 있다가 그때그때 상대방의 것보다 우위에 있는 가면으로 바꿔 쓰면서 겨루는 놀이였다.

무조건 사나운 짐승과 새와 물고기의 가면을 쓴다고 이기는 것이 아니라, 연약한 동물 가면을 쓰고서도 익살과 재치로 상대편 동물의 약점을 꼬집으며 말문을 막아버리면 이길 수 있는 놀이였다. 두 사람이 갖가지 동물 가면으로 바꾸어 쓰며 그 동물의 흉내와 울음소리를 내면서 한 치의 양보도 없이 익살을 떨자 보는 사람들은 배꼽을 잡고 자지러지곤 하였다.

젊은 사람들은 동시로 쏟아져 들었다. 등을 켜 놓고 물건을 파는 부녀들이 장마당과 길가에 틈도 없이 늘어 앉아 있었다. 그들이 파는 것은 거의 다 옷에 다는 금은 패물과 꿴 색구슬 목걸이와 팔찌 귀고리 같은 장신구였다.

젊은 남녀는 물건을 집어 들어 살펴보기도 하고 흥정도 하였다. 그런 한편, 서로 눈이 맞아 어디론가 사라지는 남녀도 있었고 그 자리에서 은근히 손을 놀려 음란한 짓을 하는 젊은이들도 있었다. 동시전감 두 사람이 휘하 관원들인 동시대사, 동시서생, 동시사들을 모두 데리고 나와 장터를 돌아다니고 있었다. 젊은이들이 성미가 급하게 발동하여 사람들이 보는 데서 색사를 일으키거나 다툼이 일어나는 것을 방지하기 위해서였다.

"더도 말고 덜도 말고 일 년 열두 달이 가뱃날만 같아라."

보름달 밝은 가뱃날 밤은 더욱 깊어가고 있었지만 왕경 시가로 몰려나온 백성들은 집으로 돌아갈 줄 몰랐다. 저마다 세역에 억눌려 사는 삶의 고단함과 끊이지 않는 전쟁의 고통을 다 잊고 즐길 수 있는 가뱃날과 같은 날이 삼백예순날 이어지기를 바라는 마음이 간절한 까닭이었다.

날이 점차 추워지고 있었다. 백성들은 일상처럼 전쟁의 두려움에 휩싸여 있었다. 백제와 고구려 연합군에게 당항성을 빼앗긴 직후 여제가 당나라로 보낸 사신 선품이 돌아오지 않고 있었다.

"어찌된 일인 것 같소?"

"폐하, 조금만 더 기다려 보소서. 곧 좋은 소식이 있을 것이옵니다."

여제는 한숨을 내쉬었다.

"좋은 소식을 가져올 사신이라면 이렇게 늦지는 않을 것이오."

"당나라 장안성까지 가고 오는 데만 일 년이 걸리는 거리이옵니다. 너무 조급해 하지 마옵소서."

선품은 해가 바뀌도록 당 황제를 만나지 못하고 있었다. 서역 각국에서 온 사신들, 남방 각지에서 온 사신들이 수백을 헤아렸다. 선품은 알현할 순서를 기다리며 마음만 급하여 지루한 나날을 보내고 있었다.

하루는 빈객관으로 어떤 사람이 찾아왔다. 그는 자신을 신라인 설계두라고 밝히면서 모국 신라에서 사신이 와 있다는 말을 듣고 만나러 왔다는 것이었다. 선품은 무척 반가워하였다. 설계두는 데리고 온 사람을 소개하였다.

"소인은 고구려 사람으로 설인귀라 하옵니다. 설 장군의 휘하에 있사옵니다."

“고구려인? 그대가 이곳 당나라에서 고구려인을 아랫사람으로 두고 있다는 말이오? 그리고 설 장군이라니?”

“소인은 이곳 당나라에서도 용맹하기로 명성이 자자한 장사귀 장군의 부장으로 있사옵니다.”

“그렇다면 신라인이 당나라 장수가 되어 있다는 말이 아니오?”

“그렇게 되었사옵니다.”

“물러가오. 나는 적국 고구려인과 함께 찾아온 그대와 더 나눌 말이 없소.”

“모르시는 말씀이옵니다. 이곳 당나라에서는 신라인, 고구려인, 백제인이 다 삼한일족으로서 말이 통하고 국풍도 비슷비슷하여 서로 도우며 살고 있사옵니다. 여기 사는 삼한 사람들은 지금은 비록 세 나라가 서로 싸우고 있으나 언젠가는 하나의 나라가 되었으면 하는 바람을 똑같이 가지고 있사옵니다. 다들 제 나라를 떠나보니 알겠다고 하면서 말이옵니다.”

설계두는 바깥의 인기척을 살피더니 목소리를 맞추었다.

“지금의 당 황제는 집요하고도 영악하옵니다. 그러니 알현하게 되시면 말씀을 조심하셔야 할 것이옵니다.”

“그런 건 걱정 마시오.”

“소인이 다시는 공을 뵈러 오지 못할 것이옵니다. 황제를 알현하고 나서 신라로 돌아가시면 용춘공께 제 안부를 전해 주옵소서.”

“용춘공께 그대의 안부를?”

"그러하옵니다. 하옵고, 이제는 소인이 틈나는 대로 소식을 전하겠다고만 하면 잘 알아들으실 것이옵니다."

"어쨌든 알겠소 내 그리 전해주겠소"

설계두는 빈객관을 나와 돌아가면서 탄식하였다.

"아, 신라에 인물이 그렇게도 없는가? 사신으로 오지 않을 사람이 만 리 길을 왔다가 빈손으로 돌아가고야 말겠구나."

선품은 기다리고 기다리던 황궁에 들어가 당 황제를 알현하였다.

"고구려와 백제가 한패가 되어 우리 신국 신라를 침범하여 이미 수십 곳의 성을 공격하여 함락시켰고, 장차 대군을 일으켜 신라의 사직을 없앨 작정을 하고 있사옵니다. 삼가 아뢰옵건대, 황상께서는 약간의 군사를 내어 저희 신국 신라를 도우소서."

"짐도 이미 들은 바가 있다. 짐은 신라가 고구려와 백제로부터 침략을 받는 것을 애달게 여겨 봉명사신을 보내어 그대들 삼국이 화평하게 지내도록 하였다. 그러나 고구려와 백제 두 나라는 짐이 보낸 사신이 이곳 장안으로 돌아오기도 전에 짐의 당부를 저버리고 신라를 나누어 가질 속셈으로 힘을 합쳐 집어 삼키려고 한다는데, 그대의 나라 신라는 망하지 않을 어떤 묘책을 마련해 두고 있는가?"

선품은 우물쭈물하다가 대답하였다.

"사세가 궁벽하고 계책이 다하여 오직 대국에게 위급함을 알려서 다만 사직이 온전하기를 바랄 뿐이옵니다."

당 황제가 묘한 웃음을 띠며 선품을 내려다보더니 낯빛을 고쳐 말하였다.

"짐이 그대에게 첫 번째 제안을 하겠다. 변방의 장수에게 군사를 일으키게 하여 거란과 말갈의 군사와 더불어 고구려의 요동 땅으로 곧장 쳐들어가면 고구려는 신라를 침략할 겨를이 없을 것이다. 어떤가?"

선품은 묵묵하였다. 고구려는 그렇다 치더라도 백제가 남기 때문이었다. 당 황제는 아무런 반응이 없는 선품을 내려다보며 또 말하였다.

"두 번째 제안을 하겠다. 짐이 그대에게 우리 당 군사의 붉은 옷 수천 벌과 깃발 수천 개를 내려줄 터이니 고구려, 백제 두 나라의 군사가 쳐들어올 때 그 옷을 입히고 깃발을 들게 하여 세워 놓으라. 그러면 그들이 반드시 모두 도망갈 것이다. 이 계책은 어떠한가?"

"……."

"세 번째 제안을 하겠다. 그대의 나라 신라는 여자를 임금으로 삼고 있는 연유로 이웃 나라의 업신여김을 받아 해마다 편안할 때가 없는 줄로 안다. 짐이 황족 한 사람을 보내어 신라의 왕으로 삼되, 마땅히 군사까지 보내서 그대의 나라가 평안할 때가 되면 다시 신라의 왕족을 임금으로 세워서 그대들 스스로를 지키게 하고자 한다. 그대 생각은 어떤가?"

선품은 땀을 흘리며 머리를 조아리고만 있었다.

"잘 생각해 보라. 짐이 제안한 세 가지 방책 중에서 어느 것을 따르겠는가?”

선품은 기어들어가는 목소리로 짧게 대답하였다.

“예, 예에.”

황제는 선품의 태도를 용렬하게 여겨 한참 만에 탄식하며 말하였다.

“쯧, 신라 사신은 그만 돌아가 보라.”

선품이 신라로 돌아와 당 황제의 말을 아뢰자 여제와 군신은 다 낙담을 하였다. 그는 스스로 벼슬을 내놓고 정당에서 물러나왔다. 그날부터 집안에만 틀어박혀 지낼 뿐 바깥출입을 하지 않았다. 그러던 어느 날 용춘이 찾아왔다.

“부끄럽기 짝이 없사옵니다.”

“자네 잘못이 아닐세.”

선품은 용춘에게 당나라 장안 빈객관으로 자신을 찾아왔던 설계두의 말을 전하였다. 용춘은 듣던 중 반가운 소리라는 태도를 보였다.

“그자는 대체 어떤 자이옵니까?”

“자네는 알 것 없네. 다만, 우리 신국 신라에 도움을 줄 만한 신의 있는 사람이라는 것만 알고 있게.”

선품은 사신이 되어 이역만리 먼 길 당나라 장안까지 갔다가 아무 것도 이루지 못하고 돌아온 자신의 역량을 몹시 학대하였다.

“천하가 그토록 넓고 인재는 수없이 넘쳐날 줄이야……”

자괴감을 이기지 못한 채 식음을 전폐하다시피 하였는데, 그런 그

가 걱정이 되어 찾아오는 사람들을 아무도 만나주지 않으면서 두문
불출하던 선품은 결국 속병이 들어 죽고 말았다. 그의 나이 불과 서
른다섯이었다.

마혁과시 馬革裹屍

싸움터에 나가는 장수의 자세를 알다

백제왕 부여의자가 당나라에 사신을 보내 조공을 하였다. 앞서 고구려와 연횡을 하여 신라를 친 것에 대하여 당 황제가 어떤 반응을 보일까 탐색하려는 속셈이었다. 당 황제는 사농승 상리현장을 봉명사신으로 보내 부여의자에게 경고하였다.

"백제가 계속하여 신라를 공격한다면 짐이 친히 백제를 치겠노라."

부여의자는 상리현장에게 약속하였다.

"백제가 신라를 침범하는 일이 다시는 없도록 하겠소."

부여의자는 상리현장이 보는 앞에서 신하들에게 하명하여 군사를 철수시켰다. 그리고는 사죄표문을 지어 그에게 주며 당 황제에게 올리게 하였다. 상리현장은 백제왕 부여의자의 표문 외에도 많은 재물을 싣고 돌아갔다.

당 황제는 고구려에도 상리현장을 보내었다. 고구려왕 보장은 당 황제의 옥새가 찍힌 조서를 읽었다.

'신라는 지금까지 짐에게 조헌을 공경히 하였다. 그리하여 신라는 짐이 보호하는 나라가 되었다. 그러니 고구려는 백제와 마찬가지로 마땅히 군사를 거두어야 할 것이다. 만약 짐을 말을 듣지 않고 또다시 공격을 한다면 내년에 짐이 군사를 내어 고구려를 칠 것이다.'

보장은 불안해졌다. 그즈음 당 황제는 옛 수나라 땅을 다 회복한 뒤 사납기로 이름난 돌궐을 쳐서 복속시켰으며, 더 나아가 서역의 고창국까지 멸망시켜 천하대국으로서의 위세를 떨치고 있었기 때문이다.

보장은 지난해에 춘추의 꾀에 넘어가 그를 풀어준 일로 화가 머리끝까지 치밀어 직접 군사를 거느리고 가 신라를 공격하고 있던 연개소문을 조정으로 불러들였다. 봉명사신 상리현장이 당 황제의 조서를 보여주었다. 그러자 연개소문은 조서를 읽는 둥 마는 둥 곁눈으로 쭉 훑어보고 나서 가소롭다는 듯이 한바탕 웃고는 말하였다.

"우리 고구려가 신라에 원한을 품은 지는 이미 오래되었소. 전조 수나라가 줄기차게 우리 고구려를 침입하였을 때, 신라는 비겁하게도 그 틈을 타서 우리 고구려의 남쪽 땅을 오백어 리나 강탈하고 성읍을 모두 차지하였는데, 그 땅을 다 물리고 성읍과 백성을 돌려주지 않으면 이 전쟁은 끝을 보기 어려울 것이오."

상리현장이 연개소문을 달래었다.

"막리지는 이미 지나간 일을 어찌 하나하나 다 되새겨 논하오?
그렇게 본다면, 지금의 요동 땅은 본디 모두 중원의 군현이었소 이
러한 옛일을 두고 우리 황제폐하께서는 아무런 말씀이 없으신데, 어
찌 고구려만 유독 조그만 옛 남쪽 땅을 찾고자 천하에 분란을 일으
키는 것이오?"

"분란? 우리 땅을 되찾겠다는데 분란이라니! 우리 고구려처럼 당
나라도 자신 있으면 요동 땅을 어디 한번 찾아가 보시오!"

상리현장은 연개소문의 서슬 퍼런 목소리에 아무런 대꾸를 하지
못하였다. 그의 말을 전해들은 당 황제는 한 번 더 타이르라는 신하
들의 주청을 좇아 다시 장엄을 사신으로 삼아 고구려에 보냈다. 하
지만 연개소문은 끝내 조서를 무시하였다. 오히려 사신이 거만하다
고 하여 평양성 강가에 있는 굴실에 가두어버렸다.

당 황제는 크게 진노하였다. 그리하여 고구려를 정벌하기로 결심
을 굳히고 그러한 명분을 천하에 선포하였다.

"고구려 신하 연개소문이 대신들을 살육하고도 모자라 왕을 죽여
도랑에 버렸으며 백성들을 참혹한 지경에 빠뜨리더니, 이제는 짐의
명을 따르지 않고 선량한 이웃나라를 제멋대로 침략하여 그 교만함
과 방자함이 극에 달한지라 짐이 친히 군사를 이끌고 가 토벌하지
않을 수 없노라."

그리고는 신라에 사신을 보내어 기병으로써 당나라의 대군에 호응
하라고 하였다. 이에 여제는 조금도 지체하지 않고 군사를 내어 고구

려와의 국경 근처에 있는 수구성을 공격하여 항복을 받아내었다.

백제왕 부여의자는 신라의 군세가 고구려와 접경을 이루는 북쪽에 쏠려 있는 틈을 타서 얼른 군사를 일으켜 신라의 서쪽 일곱 성을 공격하여 큰 피해를 입지 않고 손쉽게 함락시켰다.

"다시는 신라를 침공하지 않겠다고 하면서 사죄표문을 올린 것이 불과 얼마 전인데 어찌된 일이오?"

부여의자는 당나라 사신 앞에서 낯빛 하나 변하지 않고 능청스럽게 대답하였다.

"이제 백제는 당나라에 조공을 하는 나라가 아니오."

당나라와 호응하여 고구려의 성을 공격하는 동안 백제군에게 크게 일격을 당한 여제는 적개심이 불타올라 압독주 군주 유신을 대장군에 제수하고 백제가 빼앗아간 일곱 성을 다 찾아오라는 엄명을 내렸다.

유신은 죽지, 진주, 금강, 진춘, 천존과 같은 용장들과 사기 드높은 군사를 이끌고 가서 가혜성을 비롯한 일곱 성을 파죽지세로 차례로 쳐서 여제로부터 한없는 신뢰를 얻었으며, 전장에 나아가지 않고 조정에 머무르고 있던 춘추로부터는 하늘이 낸 신장이라는 말을 듣기에 이르렀다.

"폐하, 백제의 대군이 매리포성으로 몰려오고 있사옵니다!"

성을 지키고 있던 봉인으로부터 장계를 받은 여제는 유신을 다시 상주장군으로 삼아 매리포성으로 가게 하였다. 일곱 성을 탈환한 뒤 왕경으로 돌아오고 있던 유신은 장수와 군사들의 말머리를 돌렸다.

유신이 이끄는 원군이 온다는 소문을 들은 백제군은 전의가 꺾여 버렸다. 유신은 매리포성이 보이는 곳에 이르자마자 망설이지 않고 군사들을 거침없이 휘몰아가 백제군을 패주시켰으며 그 뒤를 쫓아가 달아나는 잔적 이천 인을 모조리 참수하였다.

유신은 개선장군이 되어 왕경으로 돌아와 여제를 알현하였다. 여제가 유신과 장수들과 군사들의 노고를 치하하고 있는데, 또 한 통의 장계가 변방으로부터 올라왔다. 여제는 한숨을 내쉬었다. 그리고는 대좌에서 내려와 그 장계를 몸소 유신에게 보여주었다.

"바라건대 우리 신국 신라를 지킬 사람은 장군뿐이오. 연이은 출전에 지쳐 있는 줄은 잘 아는 바이나, 이번에도 수고를 아끼지 말고 속히 가서 적군을 무찌르도록 하오."

"삼가 봉명하겠사옵니다."

유신은 병마를 손질하고 군사를 정돈점고하면서 양부를 집으로 보냈다. 유신이 집에도 들르지 못하고 다시 전장에 나가게 되었다는 말을 듣고 영모는 무덤덤한 표정을 지었고, 재매정에 있다가 본채를 드나드는 동화로부터 그 소식을 들은 금지는 양부를 부른 뒤, 목간편지 한 통을 주어 유신에게 전하게 하였다.

"재매부인께서 장군께 올리라는 것이옵니다."

목간편지를 읽어본 유신은 빙그레 웃었다. 그리고는 백마에 올라 서쪽 변경을 향해 출정의 길에 올랐다. 가군의 피리소리가 울려 퍼지고 줄곧 북소리가 났지만, 백성들은 환송을 하기는커녕 안타까운 눈길로 바라보는 것이었다.

군사들의 얼굴에는 핏기 하나 없었고 병기를 들기도 힘에 벅찰 지경이었으며 걸음은 땅에 붙은 듯 무겁기만 하였다. 피폐할 대로 피폐한 몸으로 또다시 시작된 행군에 대오 여기저기에서 불평불만이 터져 나오고 있었다.

갑옷을 입고 말에 올라 행군의 맨 앞에서 가던 유신은 남천 가에 있는 집 앞에 멈추었다. 그는 집 쪽으로 눈길도 돌리지 않은 채 고삐를 쳐 말을 걷게 하였다. 길가에 나와 있는 백성들이 숙연해졌다.

말이 오십 보나 걸었을까 하는 거리쯤에서 유신은 다시 멈추었다. 그리고는 견마잡이 양부에게 시켰다.

"집에 가서 물을 좀 떠오너라."

기다리고 있던 금지는 간장을 탄 물 한 바가지를 주었다. 유신은 양부가 들고 온 바가지를 받아 한 모금 마시고는 말하였다.

"물맛이 변하지 않고 여전하구나."

그리고는 뒤따르는 장수들에게 물바가지를 넘겨주었다. 죽지를 비롯한 장수들은 한 모금씩 돌아가며 맛보았다. 짭짤한 것이 마른입 술을 적시고 말라붙은 침을 새로 감돌게 하였다.

얼마 가지 않아 희한한 광경이 펼쳐져 있었다. 흰옷을 입고 숱이 많은 길고 검은 머리를 등 아래까지 늘어뜨린 여인들이 길가 좌우에 큰 솥 수십 개를 벌려서 삼발이에 걸어놓고 장작을 때면서 무언가 끓이고 있는 것이었다.

여인들의 모습은 하나같이 아리따웠고 솥에서 나는 냄새는 그지없이 구수하였다. 군사들의 행렬이 웅성거리기 시작하였다. 유신은 그 앞에 이르러 말을 멈추었다.

"이게 다 어인 광경이오?"

면사포를 써 얼굴을 가린 금지가 공손히 대답하였다.

"저희는 청연곡에 사는 풍류촌 부녀들로서, 모든 우리 신국 신라 백성들과 함께 나라를 방수하시는 장군과 군사들에게 큰 은혜를 입고 있사옵니다. 이에 비록 먹을 것은 아니옵니다만, 산버섯을 따다가 미음을 정성껏 끓였사오니, 부디 군사들이 다 한 그릇씩 마시고 출정의 길에 오르셨으면 하옵니다."

"고맙소. 그대들의 갸륵한 정성을 저버릴 수 없겠소이다."

유신은 하령하여 군사들이 허리춤에 차고 있는 표주박을 끌러 들게 하고 행군의 대로를 흩트리지 말고 받아먹게 하였다. 아름다운 여인들이 행렬 속에 들어가 저마다 들고 있는 표주박에 미음을 떠주자 군사들의 얼굴에 생기가 돌았다. 입맛을 다신 군사들은 그들을 칭송하기 시작하였다.

"청연곡 풍류촌이라고 했지?"

"아마 여인네들만 사는 곳인가 봐."

"이번 출정을 끝내고 돌아오면 한번 들러봐야겠군."

"그러세. 꼭 백제놈들을 무찌르고 돌아와 같이 들러보세."

유신은 사기가 충전된 군사들에게 외쳤다.

"신국 신라의 신병은 보라! 오늘 이렇듯 나라 전체가 내 집이고 백성이 모두 한식솔인데, 어찌 마음속에 따로 내 집을 둘 것이며, 어찌 내 가솔을 따로 여겨 그리워하랴!"

군사들이 다 수긍하였다.

"옳으신 말씀이다마다."

"그러니 대장군께서도 집에 들르지 않으셨지."

"물 한 바가지로 우리 신국 신라가 한집안임을 몸소 내보이셨지, 암."

그때 풍류단란 여인들이 두 손을 들어 만세를 불렀다. 백성들도 따라 하였다. 하늘이 요동하는 것만 같았다. 군사들은 다 가슴이 뭉클하여 들고 있던 병기를 다잡아 쥐었다. 가군의 피리소리와 고군의 북소리가 커졌다. 군사들은 발맞추어 굴리며 걸었다. 땅이 크게 진동하였다.

동해에 있는 개경포에 배를 대놓고 왕경에 있는 동시를 드나들며 장사를 하는 당나라 상단의 두상이 사람을 놓아 용춘을 뵙고자 청하였다. 용춘은 짐작되는 바가 있어 이목을 피해 그를 불렀다.

"소인은 오래전 공의 지시로 설계두 두상과 함께 당나라로 떠났던 뱅불이라고 하옵니다."

"오, 그런가? 참으로 오랜만일세. 내가 나이가 들어 얼굴을 다 잊어버렸군. 알아보지 못해서 미안하네."

"아니옵니다. 전해 드릴 말씀이 있어서 뵙기를 청하였사옵니다."

"그래 할 말이란 게 뭔가?"

고구려 정벌을 선포한 당 황제는 친히 대군을 이끌고 요하를 건너 개모성을 점령한 뒤 요동성을 공격하였다. 그때 좌무위장군 설계두와 그의 휘하에 있던 설인귀가 큰 활약을 하였는데, 요동성을 함락시킨 뒤 당 황제가 이르기를, '짐은 요동을 얻은 것을 기뻐하지 않고, 그대들을 얻은 것을 기뻐한다.'고 하였다.

요동성을 무너뜨린 당군의 기세대로라면 고구려 평양성까지 진격하는 것은 시간문제일 듯하였으나, 고구려 강역 깊숙이 들면 들수록 고구려군의 반격이 점차 거세져 신성과 건안성과 같은 곳에서 막혀 여러 날 진군을 하지 못하였다.

그리 오래 걸릴 것 같지 않던 전쟁은 장기전으로 전개되고 있었고, 이역 먼 곳에서 당군은 고립감과 굶주림에 시달렸다. 워낙 대군이라 군량이 턱없이 부족해진데다가 고구려군이 성 밖의 들판과 숲은 모두 불태워버리고 성안에 들어 굳게 성문을 잠그고 버티자 어찌해 볼 도리가 없었다.

당 황제는 마침내 고구려 요동의 마지막 관문이라고 할 수 있는 안시성에 대한 총공격을 내리기에 이르렀다. 연개소문의 전략을 전해 받은 안시성주 양만춘은 고구려군을 독려하며 온 힘을 다해 싸웠다. 그리하여 다섯 달에 걸쳐 이어진 전투를 승리로 종식시키기에 이르렀다.

　그때 좌무위장군 설계두는 안시성 근처 주필산 산기슭에서 고구려군과 사투를 벌이다가 끝내 전사하고 말았다. 당 황제는 설계두가 신라 사람이라는 말을 듣고 용포를 벗어 시신을 위로하고 대장군을 추증하였다. 설계두가 죽자 설인귀는 크게 분개하여 괴이한 옷을 입고 고구려군 속에 필기로 뛰어들어 종횡무진 내달리며 많은 적을 쓰러뜨렸는데, 그 공으로 유격장군에 제수되었다.

　몰패를 당한 당군이 퇴각하자 고구려군은 기세를 드높여 추격을 하였다. 당 황제의 어가가 늪에 빠지고 기병들의 말고삐가 끊어지는 가운데 밤낮 잠도 자지 않고 쫓겨 간 당군은 겨우 일만 인에 불과하였다. 당군은 갈대풀을 베어 요하의 늪지대를 메워 지나가고 수레를 놓아 다리 삼아 건너기도 하였다.

　가까스로 발착수에 이르자 눈보라와 세찬 바람이 불어 군사들과 말이 많이 얼어 죽었는데, 당 황제는 고구려 정벌에 나선 것을 크게 후회하여 이번에 돌아가면 다시는 고구려를 치려고 군사를 내는 일은 없을 것이라고 하였다. 그 말에 힘을 얻은 군사들은 천근과도 같은 몸을 움직였고, 만리장성의 동쪽 끝 갈석산 임유관에 이르러서야 마중 나온 태자를 만날 수 있었다. 당 황제가 비로소 옷을 갈아입고 안심을 하려는 겨를에 고구려군이 계속 추격해 온다는 말을 듣고 다시 어가에 올라 군사들을 행군시켰다.

　고구려군의 추격은 집요하고도 끈질겼다. 먹잇감을 몰아가는 맹수들처럼 만리장성을 넘어 중원으로 통하는 요충지인 조양을 거쳐

황량대까지 거침없이 쳐들어갔다. 당 황제는 반격을 할 엄두도 내지 못한 채 오직 고구려군의 추적을 따돌리고자 황궁이 있는 장안성으로 길을 재촉하였다.

당군이 고구려 정벌의 전초기지로 삼은 계성까지 진격해 간 고구려군은 그즈음에서 중원 내륙 깊숙이 들어왔음을 알고 마침내 추격을 멈추고는 그곳에 주둔하였다. 이어 민심을 달래고 성을 고쳐 쌓으면서 고구려왕의 명을 기다렸다.

뱅불이의 이야기를 다 들은 용춘은 천장을 올려다보며 큰 탄식을 내뱉었다.

"아, 수만 리 중원대국인 당이 고구려에 대패하였다니!"

뱅불이는 좋지 않은 소식을 전하게 된 것을 민망해하며 고개를 떨어뜨린 채 입을 다물고 있었다. 용춘이 절망어린 목소리를 내었다.

"장차 우리 신국 신라의 운명은 어찌 될 것인가?"

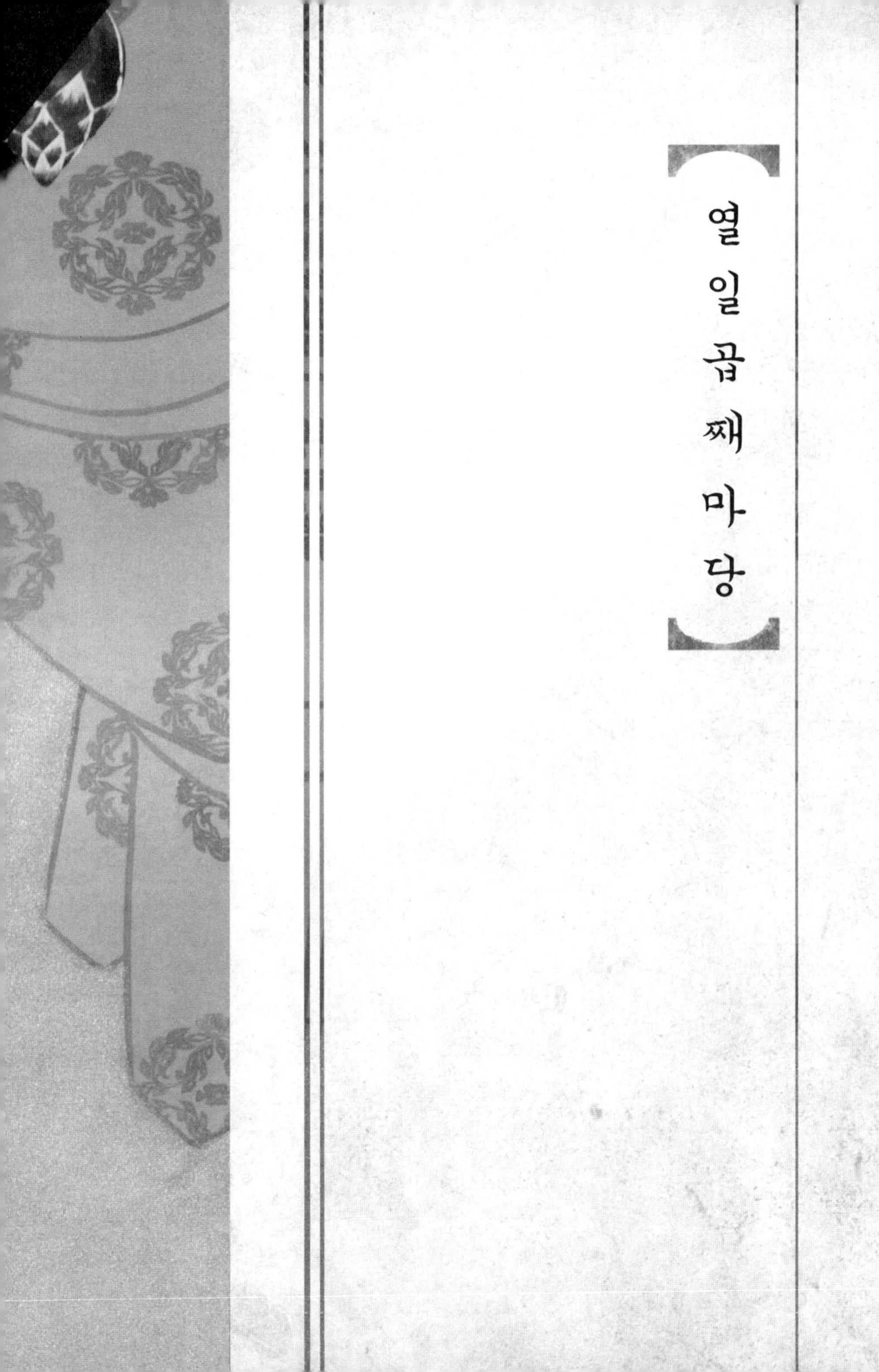

열일곱째 마당

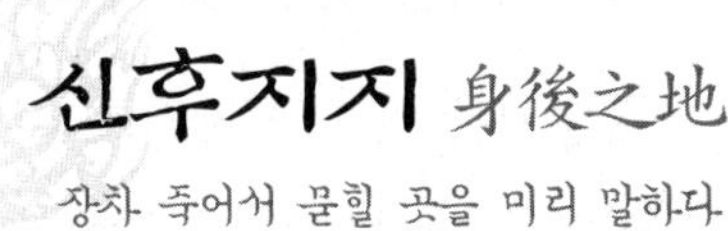

신후지지 身後之地
장차 죽어서 묻힐 곳을 미리 말하다

"당 황제가 말하기를 여자가 우리 신국 신라를 다스리고 있는 까닭에 적국들로부터 업신여김을 당하고 있다고 하지 않았나? 그러면서 황족을 한 사람 보내어 대좌에 앉히겠다고 하니 그런 일은 없어야 할 걸세."

"아무렴. 없어야 하지."

"이제 우리의 계획을 실행에 옮길 때가 무르익어가는 것 같네."

"앞으로 어떻게 하면 좋겠는가?"

"맨 먼저 해야 할 일은 여제가 철석같이 믿고 있는 용춘과 유신 일파로부터 마음이 멀어지게 해야 하네."

"그렇게 할 방도가 있는가?"

"있지."

이찬 비담과 소판 염종은 대전궁녀를 은밀히 불렀다.

"성상께서 혹시 복용하고 계신 약이 있는가?"

"장복하는 약이 있긴 하옵니다만."

"그래? 그걸 조금만 좀 갖다 주게. 알아볼 게 있어서 그러니."

비담은 그녀에게 많은 재용을 내려 여제가 먹고 있는 약을 입수하였다.

"그것이 무슨 약인지 알겠는가?"

약전의 종사지는 고개를 갸우뚱하였다.

"저희 약전에서 지은 약은 아니옵니다."

비담은 곰곰이 생각한 끝에 다시 물었다.

"용춘공이나 용수공이 약전을 찾은 적은 없었는가?"

"있었사옵니다. 오래전에 용춘공이 다녀가시고 나서 태의사가 죽었기 때문에 기억하고 있사옵니다."

"그런 일이 있었다? 그때가 언제였는가?"

"아마 성상께서 태자로 계실 때 처음으로 용춘공을 사신으로 삼았던 즈음으로 기억하고 있사옵니다. 그때 용춘공과 태의사가 대화를 나누는 소리를 소인이 밖에서 들으니, 우두산 청은거사에 대한 얘기를 하였사옵니다."

비담과 염종은 마주 보며 회심의 웃음을 띠었다. 두 사람은 우두산으로 갔다. 웬 아낙이 밭을 매고 있었다.

"청은거사라는 사람이 어디에 거류하는지 아는가?"

"죽은 사람을 어인 까닭으로 찾사옵니까?"

"죽다니?"

"그 노인도 죽고, 약초꾼도 죽고, 나무꾼도 죽고. 기이하게도 이 골짜기에 살던 사내들은 한날한시에 다 죽었사옵니다."

비담과 염종은 아낙이 가르쳐 준 산길로 올라갔다. 안개 낀 골짜기를 헤치고 얼마간 오르자 다 쓰러져 가는 산막이 나타났다. 사람이 살지 않은 지 꽤 된 듯하였다. 안으로 들어갔다.

온통 먼지가 쌓여 있었다. 염종이 바닥에 핏자국이 굳어있는 것을 발견하였다. 손으로 쓸었다. 핏자국은 글씨였다. 손가락으로 쓴 것 같은 두 글자가 적혀 있었다.

"보덕? 이게 무슨 뜻이지?"

염종이 궁금히 여겨 쳐다보자 비담은 알만하다는 표정을 지었다.

"덕만을 보호하라는 뜻일세."

"덕만? 덕만이라면 여제의 아명이 아닌가?"

"그렇다네. 이제 이 약 성분만 알아내면 용춘 놈이 여제에게 무슨 짓을 해왔는지 알 수 있을 걸세."

왕성으로 돌아온 비담은 선도산으로 갔다. 산속에서 은일하고 있는 백결선생의 증손 마령간이 숨은 의술을 갖추고 있다는 걸 잘 알고 있어서였다. 약을 꺼내놓고 그에게 감별을 요청하였다.

"어떠한 병증에 쓰는 약인지 아시겠소?"

마령간은 냄새를 맡아보고 맛을 보더니 말하였다.

“자반증에 쓰는 약이외다. 자반증에는 이것만한 약이 없긴 한데, 부작용이 워낙 심한 약이라…….”

“무엇이오, 그 부작용이라는 것이?”

“불임이 되오.”

“부, 불임?”

두 사람은 돌아와 고민에 빠졌다. 여제에게 아뢰어야 하겠지만 그 반응이 어떨지 종잡을 수 없는 까닭이었다. 자칫 여제가 아무도 몰래 먹어 오고 있는 약을 훔쳐내었다는 것을 대죄로 삼는다면 큰 낭패일 것이었다. 그렇다고 그냥 넘어갈 일은 아니었다. 그러한 호기가 없다고 여겼다.

“어차피 칠숙공과 석품공의 일 때에 떨어졌어야 목, 천명이 우리에게 있다면 이번에도 붙여놓으시겠지.”

비담은 여제에게 독대를 청하였다. 그리고는 자반증 약에 얽힌 일련의 계략과 죽어나간 목숨들을 거론하였다. 비담의 말을 다 들은 여제는 눈앞에 벼락이 떨어지고 귓전에 천둥이 울리는 듯 낯이 변하였고 숨결이 고르지 못하였다. 이윽고 여제는 나지막이 말하였다.

“일단 그 모든 것을 비밀로 해 두오.”

여제는 때를 가려 용춘을 불렀다. 하나하나 다 확인하고 싶었다.

“그대가 나에게 권한 자반증 약, 그 약의 부작용을 알고 있었소?”

“부작용이라니? 어인 말씀이옵니까?”

“그때의 태의사를 비롯한 사람들이 어인 까닭으로 다 죽어나갔소?"

"폐하, 신은 알지 못하는 일이옵니다. 통촉하옵소서."

"나는 만백성을 고루 생각하였는데, 그대는 오직 한 백성만 생각하였구려."

용춘은 더 말을 하지 못하였다. 말을 하면서 버틸 자리가 아니라고 생각하였다.

"왜 꼭 그 한 백성을 이 대좌에 올리고 싶었소? 짐과의 사이에 아들을 낳아 대좌에 앉히고 싶지는 않았소? 그리하여도 그대의 핏줄이기는 마찬가지가 아니오? 나와 보낸 지난 세월은 아무 의미도 없는 것이었소?"

용춘은 쏟아지는 여제의 물음에 아무 대답도 하지 않고 머리만 조아리고 있을 따름이었다. 여제는 그런 그를 물끄러미 내려다보다가 짧게 던졌다.

"그만 가보오."

용춘은 얼마 지나지 않아 대전궁녀로부터 임금이 약을 끊었다는 말을 들었다. 오래전에 세운 계획이 막바지에 와서 틀어질 위기에 당면한 용춘은 어떻게 손을 써야 할지 몰랐다. 전혀 뜻하지도 않게 하루아침에 여제가 모든 것을 다 알아버린 것이었다. 오래전에 세웠던 원대한 계획이 수포로 돌아갈 위기에 처하였다. 용춘은 절망어린 심정이 되었다.

'대죄를 청해야 하나 말아야 하나……'

　그러나 곧 마음을 고쳐먹었다. 살아날 기회가 없는 것은 아니라는 생각이었다. 어차피 황실에 제위를 이을 남자가 없는 현실이었다. 여제가 결국에는 자신의 뜻을 따를지도 모른다는 한 가닥 희망이 남아 있었다.

　그간의 배신감과 큰 죄를 지은 것에 대한 벌은 받게 될지언정 춘추에게만은 불똥이 튀지 않을 것만 같았다. 그렇다면 자신만 살아남을 길을 찾으면 된다고 믿었다. 용춘은 생각에 생각을 거듭하였다. 마침내 결론에 이르렀다.

　'기왕 춘추가 물려받게 될 자리라면, 내가 살아서 두 눈으로 똑똑히 보아야겠어. 내 손에 마지막으로 피를 묻히는 한이 있더라도'

　용춘은 밀본최사, 명랑법사, 양지대사와 같은 왕경 내 고승대덕들에게 가려 이름을 높이지 못하고 있던, 흥륜사 주지 진자대사의 상좌승 법척을 떠올렸다. 비밀리에 찾아가 그와 모종의 합의를 봐두었다.

　청명한 가을날의 막바지에 여제는 황룡사로 거둥하였다. 절 앞에 이르러 어가에서 내려서 걸어 들어갔다. 경내에 들어선 여제는 올봄에 새로 세운 구층탑을 바라보았다. 나무로 세운 탑은 높고 황금빛으로 찬란하였다.

　선품이 당 사신으로 다녀온 뒤부터 나라에 지극한 신도가 있고 임금이 어질기는 하지만 위엄이 없다는 소문이 나돌아 큰 탑을 세우면 구한의 침략으로부터 나라를 보호할 수 있다고 하여 세운 탑이었다.

정작 적은 바다 밖이나 국경 너머에 있는 것이 아니라 내부에 있었다. 그것도 평생 마음속에 두어온 정인이 바로 가장 무서운 적이었다. 여제는 탑 앞에서 향후의 정국 구상을 하였다. 이제 조정의 권도는 바뀌어야 하였다. 여제는 자신을 보호해 줄 새로운 세력이 절실하였다. 하지만 용춘과 칠성우를 중심으로 한 세력이 워낙 커 여의치 않음을 느꼈다. 그렇다고 해서 모든 것을 알게 된 이상 더 늦출 일은 아니었다.

여제는 이찬 비담을 상대등으로 삼았다. 군신이 다 의아하게 생각하였다. 조정에 중망이 그리 크지 않은 사람인 까닭이었다. 특히 비담 일파와 사이가 좋지 않은 칠성우는 전혀 뜻밖이라는 반응이었다. 그들은 용춘의 입만 바라보았다. 하지만 용춘은 어떤 말도 하지 않았다.

"상대등이라, 상대등! 비담공, 이제 되었사옵니다. 허헛."

"말투가 그게 뭔가? 편하게 대하게."

"아니옵니다. 천만 아니 될 말씀이옵니다. 허허허."

염종은 연신 호쾌하게 웃었다. 여제가 용춘에게 등을 돌리다 못해 비담에게 의지하고자 한 뜻이 명백하다고 여기는 것이었다.

"이때를 놓쳐서는 안 될 것이네."

비담은 염종과 더불어 승만태후를 알현하였다. 태후는 큰 재용을 내리면서 은근히 격려해 주었다. 두 사람은 비밀스레 세력을 확장해 나갔다. 마침내 용춘의 눈길이 닿지 않는 곳, 반월성을 마주보고 있는 명활산성의 대관제감 엄국을 포섭하는 데 성공하였다.

여제는 고민하였다. 아무래도 용춘이 가만히 있을 것 같지 않았다. 자신이 공주로 있던 시절부터 제위에 올라 있는 지금까지 얼마나 치밀하게 속여 온 사람인가. 참을 수 없는 화가 치밀었지만 두렵기도 하였다. 살아온 날들이 그지없이 허망하였다.

비담을 상대등으로 삼은 것을 두고 용춘이 무슨 생각을 하고 있으며 머잖아 어떻게 나올까 궁금하였다. 여제는 용춘을 죽이고 싶었다. 그를 따르는 무리에게도 다 죄를 묻고 싶었다. 그러나 그들을 일거에 제거한다면 나라를 지킬 사람이 없다는 것이 문제였다.

여제는 아무래도 용춘에게 살해될 것만 같았다. 그러잖아도 약을 끊은 뒤부터 자반증이 악화되어 꿈속에서 저승사자를 본 것이 여러 번이었다. 비담에게 힘을 실어주고자 상대등으로 삼기는 하였지만 그가 용춘에 버금가는 세력을 모으는 데는 시일이 적지 않게 걸릴 것이었다. 후회되었다. 군신을 고루 등용하지 않은 것, 그동안 용춘의 무리만 철석같이 믿고 균등하지 못한 것이 잘못이었다.

여제는 새로운 눈으로 신하 한 사람 한 사람을 바라보고 나서는 말하였다.

"짐이 머잖아 세상을 버릴 것인데, 그때가 되면 짐을 도리천에 장사지내도록 하오."

신하들은 그게 어인 소리인가 하였다. 상대등 비담이 말하였다.

"세상을 버리시다니요? 폐하, 하고 마실 말씀이라도 신들이 듣기에 몹시 황공하옵니다."

"아니오. 내 일은 내가 잘 알고 있소. 용춘공, 그렇지 않소?"

용춘은 아무 말도 하지 못하였다. 이찬 염종이 여제가 농담을 하는 줄 알고 입을 열었다.

"도리천은 하늘 높은 곳에 있사온데, 신들이 어인 재주가 있어 그곳에 장사를 지내겠사옵니까?"

"도리천은 낭산 남쪽에 있소"

엉뚱하기만 한 그 말에 군신이 잔잔히 웃었다. 여제도 따라 웃음을 보였다. 조정이 온통 웃음마당이 되었다. 신하들을 내려다보는 여제의 얼굴에 쓸쓸함이 배어나고 있었다. 그 깊고도 말 못할 심경을 아는 사람은 아무도 없었다.

"폐하, 동해 개경포에 대식국에서 온 큰 배가 정박하였사온데, 상단의 두상이 폐하를 알현하고자 하옵니다."

"들이라."

대식국 상단의 두상 압둘라 잘라리가 이마를 땅에 대고 절을 하고는 가지고 온 것을 여제에게 바쳤다. 보석으로 장식한 상자에 들어 있는 것은 황금보검 한 자루와 가운데가 볼록하고 가장자리로 갈수록 평평한 둥근 수정이었다. 여제가 물었다.

"저 투명하고 커다란 유리바둑돌 같은 것은 무엇이오?"

"폐하, 화주라고 하옵니다. 햇빛을 투과시켜 쪼이면 불을 일으키는 물건이옵니다.”

“불을 일으킨다면 부시란 말이오?”

“부시는 부싯돌과 부쇠가 있어야 하옵니다만, 화주는 이것만으로 불을 붙일 수 있사옵니다.”

여제도 신하들도 못 믿겠다는 표정이었다. 잘라리는 조원전 앞뜰에서 불을 붙여 보겠노라고 하였다. 여제와 군신이 다 밖으로 나왔다.

잘라리는 용춘이 목에 늘어뜨리고 있는 검은 비단을 청하였다. 용춘이 벗어주었다. 잘라리는 그것을 돌바닥 위에 놓고 화주로 햇볕을 모아 쪼였다. 비단 위에 넓게 퍼져 있던 밝은 것이 점점 작아지더니 희디흰 점 하나로 모아져들어 마치 비단목도리를 뚫을 듯하였다. 한 줄기 연기가 피어올랐다. 그리고는 이내 불이 붙어 비단에 구멍이 뚫리더니 점차 가장자리로 타나가는 것이었다.

숨을 죽인 채 바라보고 있던 신하들이 이구동성으로 감탄하였다.

“신기한지고!”

여제는 잘라리에게 물었다.

“그대의 나라에는 저런 진기한 것이 많이 있는가?”

“만들기가 몹시 어려워 저희 대식국에서도 왕실에만 몇 개 있을 뿐이옵니다.”

“그대가 귀한 것을 가져왔구나.”

여제의 안색이 모처럼 밝아졌다. 화주를 천존고에 비장하기에 앞서 동시전감에게 명을 내려 왕경인들이 다 친견할 수 있도록 동시

입구에 대를 만들고 열흘 동안 전시하라고 하였다. 또 대식국 상단의 두상 압둘라 잘라리에게는 동시에 특별히 큰 전을 마련해 주어 이역에서 가지고 온 물건을 팔 수 있도록 허락해주었다.

나흘째 되는 날, 새벽에 물동이를 이고 물을 길으러 가던 사량부 민가의 여인 하나가 화주가 사라진 것을 알고 동시전에 알렸다. 전감이 달려가 보니 그녀의 말대로 화주는 온데간데없었다. 사색이 된 전감은 조정에 알렸고, 여제의 귀에까지 들어가게 되었다.

"압독주 군주 유신공이 화주를 찾도록 하시오."

"삼가 분부 받들겠사옵니다."

유신은 백방으로 수소문해 보았지만 화주의 행방은 묘연하였다. 여러 날이 지나도록 유신의 머릿속에는 온통 사라진 화주에 대한 생각뿐이었다. 재매정에 들어 탄식을 하는 유신에게 금지가 말하였다.

"단랑님, 화주는 열물이니 물의 기운으로 식혀야 하는 곳에 있지 않을까 하옵니다."

"그러오? 그러면 화주가 물이 가까운 곳에 있을 것이라는 말이오? 그곳이 대체 어디일꼬."

여제가 시름시름 앓더니 환후가 깊어져 위급한 지경에 이르렀다. 아무도 병명을 모르는 가운데 흥륜사의 주지 진자대사의 상좌승 법척이 낫게 할 수 있노라며 자청하고 나섰다. 여제의 침전에 든 법척은 자리를 펴고 앉아 광쇠를 흔들며 약사경을 외기 시작하였다.

법척의 머릿속 한편으로는 새 임금이 제위에 오르면 국통이 되게 해주겠다는 용춘의 말이 맴돌고 또 맴돌았다. 밖에서 염불을 듣고 있던 대전궁녀가 법척이 경의 몇 대목을 빼먹고 넘어가는 것을 알고 그가 법력도 없는 땡추임을 간파하였다.

대전궁녀는 곰곰이 생각한 끝에 삼기산 금곡사로 사람을 보내어 밀본최사를 모시고 오게 하였다. 대궁에 도착한 밀본최사는 밖에서 침전을 감도는 요사스러운 기운을 감지하였다. 그리하여 서 있던 뜰 바로 그 자리에 멍석을 펴고 앉아 침전에 들어 있는 법척과 똑같이 약사경을 외었다.

한 차례 다 외고 난 밀본최사는 짚고 있던 육환장을 침전으로 던졌다. 육환장은 침전 안으로 날아 들어가 여제의 침대 밑에 숨어 있던 늙은 여우 한 마리와 법척을 한 꼬챙이에 꿰듯이 찔러 바깥으로 거꾸로 내던졌다.

보는 사람들이 다 놀랐다. 다시 육환장을 짚고 일어선 밀본최사의 정수리 위에 오색 신광이 어렸다. 비로소 자리를 털고 일어난 여제가 밖으로 나왔다. 군신은 다 허리를 굽혔다. 여제는 밀본최사에게 물었다.

"어찌된 영문인지 좀 일러주오."

"폐하께서는 병들어 움직이지 못하는 늙은 여우의 숨결을 오래 맡으신 까닭에 환후가 깊어진 것이옵니다. 조금만 더 늦었더라면 큰 일 날 뻔했사옵니다."

여제는 죽어 있는 법척을 바라보았다.

"저 중이 법력도 없으면서 짐을 낮게 하겠다며 스스로 나섰다고 하오. 그건 어인 까닭인지 아오?"

"아마도 누가 사주를 했나 보옵니다. 앞으로는 주위를 잘 살피시어 존체 만강히 보전하옵소서."

밀본최사는 여제의 치사만 듣고는 내사하는 재물은 거들떠보지도 않고 육환장을 발걸음 앞에 놓아가며 휘엇휘엇 대궁을 나섰다.

신하들 틈에 있던 용춘이 그 모습을 보고는 입술을 깨물었다.

'밀본최사! 그대가 감히 내가 하는 일을⋯⋯.'

용춘은 계획이 수포로 돌아가고 만 것에 속으로 분개하였다. 그러다가 문득 밀본최사가 자신이 꾸민 계략인 줄 알고 있을지도 모른다는 생각이 들었다. 비록 산속에서 지내지만 세상에 대한 남모르는 혜안을 지니고 있는 법승이었다.

그는 유신과도 친밀하게 지내는 사이였다. 그렇다면 유신도 칠성우도 다 용춘이 모르는 사이에 마음을 돌려 여제에게 편 붙은 것은 아닌가 하였다. 의혹의 고리가 주렁주렁 달려 나오자 용춘은 몹시 불안해졌다.

도이후착 盜以後捉

도둑은 앞에서 잡지 않고 뒤에서 잡다

"철성우 모임은 잘하고 있는가?"

"예, 다들 일 년에 네 차례만 모이는 것을 아쉽게 느끼고 있사옵니다."

"다행이군."

유신은 용춘의 안색이 예전만 같지 않음을 느꼈다.

"편찮으신 데라도 있사옵니까?"

"허허. 누구나 마음의 병 한 가지씩은 가지고 살지 않는가. 참, 상대등 비담이 패거리를 모으면서 성상과 가까이 지내는 것 같던데 어찌 생각하는가?"

"그자야 성품과 행실이 워낙 졸렬하니 입에 올릴 것도 없사옵니다."

"군주는 상대등과 가까이 지낼 생각이 없는가?"

"천만의 말씀이옵니다. 그런 자는 하루 바삐 조정에서 사라져야 하옵니다. 어쩌자고 성상께서는 그런 사람을 재상에 앉혔는지 모르겠사옵니다."

용춘은 타고난 특유의 감각을 다 이끌어내어 살폈지만 유신에게서 여제의 밀명을 감추고 있다든가 비담 무리와 내통하고 있다든가 하는, 의심할 만한 점은 발견하지 못하였다. 그렇다면 칠성우 또한 유신과 다르지 않을 것이었다.

남은 것은 밀본최사였다. 초대되어 와 용춘 앞에 앉은 밀본최사는 용춘이 어떤 말을 하여도 눈을 감고 염주만 돌릴 뿐 아무 말이 없었다. 용춘은 그를 판단할 수 없었다. 다만, 그가 자신을 좋게만 보지는 않는다는 느낌만 전해졌다.

"최사, 나는 오직 우리 신국 신라가 적국에게 망하지 않을 일만 생각하고 있을 뿐이외다."

"나무지장보살마하살!"

오랫동안 앉아 있던 밀본최사의 입에서 나온 건 그 한 마디였다. 그 말은 밀본최사가 용춘의 속내를 다 읽고 있다는 방증과도 같았다. 그가 지장보살을 염호하였다는 것, 그건 머잖아 누군가 죽을 것이기 때문이었다.

여제는 온몸에 퍼져 흐르는 자반증 병세를 더 이상 견뎌낼 수 없음을 알고 상대등 비담을 불렀다. 그리고는 자리에서 윗몸을 일으켜 머리맡에 숨겨 놓은 보퀘를 내어주었다.

"부디 용춘의 무리를 멀리 하고, 내가 세상을 떠나거든 승만 아우를 제위에 오르게 하여 잘 보필하오."

비담은 그 말을 듣고 보퀘 안에 금척이 들어 있을 것으로 짐작하였다. 대좌가 제 발로 눈앞으로 걸어오는 것만 같아 비담은 일순간 아찔한 현기증을 느꼈다.

"아무 염려마소서. 신이 역괴의 무리를 처단하여 사직을 반석에 올려놓겠사옵니다."

"그대만 믿소"

비담은 누런 베에 보퀘를 싸서 다른 사람들이 그것이 무엇인지 알지 못하도록 하여 대궁을 빠져 나왔다. 그리고는 수레를 급히 집으로 달리게 하였다. 어디에 감추어 두어야 할지 망설이던 비담은 들고 있던 보퀘를 다시 한 번 보고는 중얼거렸다.

"껍데기가 무어 그리 아까우랴."

보퀘를 감추어 둔 비담은 곧바로 명활산성으로 갔다. 염종과 엄국이 반가이 맞이하였다. 수하인 승행이 화급히 말하였다.

"상거 존하, 큰일 났사옵니다. 유신이 화주가 없어진 것을 두고 소인을 의심하고 있사옵니다."

"그날 삼경 녘에 자네가 그걸 훔치는 것을 아무도 본 자가 없다고 하지 않았는가?"

"몰래 숨어서 엿본 자가 있었다고 하옵니다. 그놈도 화주를 훔치러 왔다가 먼발치에서 몸을 숨기고는 소인이 하는 짓을 다 본 뒤에 뒤까지 밟았다는 것이옵니다. 유신이 걸어놓은 현상금이 탐이 나 죄다 불었다고 하옵니다."

"그렇다면 자네가 화주를 들고 내 집에 들어온 것까지 그놈이 다 지켜보았다는 말인가?"

"그렇지 않고서야 유신이 어찌 저를 잡으려고 혈안이 되어 있겠사옵니까. 제발 살려주옵소서."

비담은 승행의 뒤에 서 있는 엄국에게 눈짓과 턱짓을 하였다. 엄국은 차고 있던 칼을 빼어들어 승행의 목을 쳤다.

"장차 제위에 오르실 분 앞에서 이놈이 감히!"

비담은 염종에게 물었다.

"거사 준비는 어찌 되어 가는가?"

"언제든지 들고 일어날 채비가 되어 있사옵니다. 지금 산성 안에 우리를 따르는 군사가 일만이 모여 있사옵니다."

비담은 금척도 손에 넣은 터에 더 우물쭈물하다가는 예전처럼 칠숙과 석품의 꼴을 당할 수도 있다고 생각하였다. 더 머뭇거릴 까닭이 없었다. 자신은 일만 군사를 거느리고 있었지만, 월성에는 대궁을 호위하는 사자대 군사 외에 그 근처에 있는 군사들까지 급히 끌어 모아 봐야 삼천이 채 못 된다는 판단이었다. 속전속결로 이끈다면 대궁을 함락시키는 건 그리 어렵지 않을 것 같았다.

마침내 비담은 갑옷으로 갈아입고 칼을 찬 채 모아 놓은 군사들에게 큰소리로 말하였다.

'그대들은 천하를 돌아보라! 과연 어느 나라에 계집이 제위에 앉아 나라를 다스리고 있는가! 이는 우리 신국 신라뿐이라, 당 황제한테까지도 조롱을 당하여 우리 신민이 고개를 들고 다니지 못할 지경에 이르렀다! 어디 그뿐이랴! 침전으로 이놈저놈 가리지 않고 돌아가며 불러들여 색을 통하고 온갖 음란한 짓을 벌이다가 마침내 아랫도리에 병을 얻어 자리에 누웠으니 이 얼마나 부끄럽기 짝이 없는 일이랴! 그대들은 오늘밤 나 상대등 비담과 더불어 저 창부 요부와 같은 계집을 제위에서 끌어내고 내일 아침에는 우리 신국 신라의 남아들이 건재함을 만백성에게 보여주지 않겠는가!"

"와아!"

명활산성에 불이 난 듯 수천 개나 되는 불꽃들이 아래로 내려오고 있었다. 월성 높은 돈대에서 왕경의 화재를 감시하던 감화군사가 소리쳐 사자대에 알렸다. 사자대감 천존이 올라와 보고는 아연실색하였다.

"바, 반역이다. 반역이다! 반역이 일어났다!"

천존은 훌쩍 뛰어내려 대궁 내외에 있는 사자대 군사들을 다 모으고, 사량궁과 양궁의 군사들, 신궁을 지키고 있던 군사들, 그리고 각 역의 역졸들까지 다 대궁으로 집결시켰다. 저마다 집에서 한가롭게 보내고 있던 대신들이 전갈을 받고는 가졸을 있는 대로 모두 끌어 모아 혹은 말을 타고 혹은 수레를 타고 바삐 대궁으로 몰려 들어

갔다.

왕경에 와 있던 압독주 군주 유신이 사자대감 천존에게 물었다.

"어찌된 일인가?"

"척후를 해보았더니, 상대등 비담이 이찬 염종, 명활성 대관제감 엄국 등과 반란을 일으켰사옵니다."

유신은 그리 크게 놀라지도 않았다.

"으음. 화주가 탐이 나 훔치더니, 결국 비담 이놈이!"

알천이 침전에 들어가 병석에 누워 있는 여제에게 그 사실을 알렸다. 여제는 비담을 믿어 의지하려고 한 것을 뒤늦게 후회하며 눈물만 뚝뚝 흘릴 뿐, 더 이상 자신이 할 수 있는 일은 아무것도 없다는 것에 절망하였다.

"알천공, 사태가 이 지경에 이르렀는데 짐이 대체 누굴 믿고 의지해야 하겠소?"

"폐하, 압독 군주 유신공을 믿으셔야 하옵니다. 이 난국을 바로잡을 충신은 오직 유신공 뿐이옵니다."

"유신공은 용춘공의 그늘에 있지 않소? 그를 과연 믿어도 되겠소?"

"폐하, 그게 어인 말씀이옵니까? 지금 우리 신국 신라 조정에 그 두 사람만한 충신은 없사옵니다."

여제는 두 뺨으로 눈물을 주르륵 흘리며 말하였다.

"그렇겠지요. 참으로, 참으로 충신 중의 충신이지요."

말을 마친 여제가 고개를 돌렸다. 알천은 뒷걸음으로 물러나왔다. 월성 망루에는 군신을 비롯하여 유신과 휘하 장수들이 다 모여 있었다. 월성의 군사의 수가 적어 대신들은 불안에 떨고 있었다.

"압독 군주, 사태가 위급하니 압독에 있는 군사를 왕경으로 불러와야 하지 않겠소?"

"상상 존하, 그건 불가하옵니다. 변방의 군사를 왕경으로 이동시키면 적국 백제가 괴이쩍게 여길 것이고, 끝내는 우리 신국 신라의 왕경에 변고가 생겼다고 생각하여 대군을 내어 쳐들어올 것이옵니다."

"그 말도 일리가 있구려."

명활성에서 내려온 반란군이 검은 파도가 몰려오듯 하였다. 유신은 사자대감 천존에게 하령하였다.

"대감, 비록 우리의 황군이 그 수로는 저 반란군보다 적다고 하나, 이곳 월성은 저들을 방어하기에 부족함이 없으니 무엇보다 군사들이 전의를 잃지 않도록 해야 하오."

유신은 왕성으로 흘러드는 남천에 막아놓았던 둑을 터뜨려서 쏟아져 흐르는 냇물을 월성 성벽 아래에 있는 구지에 가득 채웠다. 그렇게 반란군이 쉽게 접근하지 못하도록 한 뒤, 군사들의 창검을 거두고 활을 들게 하였으며, 성 위에는 둘러가며 쇠뇌를 설치하였다.

그러는 동안 비담은 군사들을 몰아 월성 가까이 다가왔다. 봉홧군을 앞세운 채 긴 창을 들고 함성을 지르며 일거에 돌격해 오자 유신도 보검을 높이 빼어들고 소리쳤다.

“화살과 쇠뇌를 퍼부어 날려라!”

성을 지키려는 삼천 군사와 함락시키려는 일만 군사의 대접전이었다. 반란군은 성벽 아래에 흐르는 봇도랑에 빠지자 겨울 찬 냇물 속을 헤쳐 나오기 바빴고, 더러는 바닥이 깊은 해자에 떨어져 허우적거렸다.

창을 가지고는 성벽에 접근할 수 없었다. 염종은 긴 사다리를 성벽에 걸쳐 놓고 올라갈 것을 하령하였다. 그러나 성벽 위에 있던 황군은 사다리가 놓이자마자 기름을 붓고 불화살을 쏘아대었다.

밤새 이어진 공방은 날이 새도록 그칠 줄 몰랐다. 반란군이 군사를 나누어 교대로 성을 함락시키려 공격을 하는 반면에 황군은 어느 누구라도 잠시도 제 자리를 뜰 수 없었다.

왕성 육부의 백성들은 문을 꼭꼭 잠근 채 다 집 안에 틀어박혀 고개조차 내밀지 못하고 벌벌 떨기만 하였다. 천지신명께 바라는 바는 오로지 하루 빨리 싸움이 그치는 것이었다. 백성들의 염원과는 달리 황군과 반란군의 일진일퇴는 여러 날 넘도록 계속되었다.

“별이다!”

“별이 월성으로 떨어졌다!”

황군과 반란군이 다 별똥별 하나가 첨성대 근처로 떨어지는 것을 보았다. 양군이 어인 징조인가 하여 궁금히 여기고 있는데 비담이 갑자기 칼을 들고 소리쳤다.

“다들 들거라! 길별이 떨어진 곳에는 반드시 혈천이 흐른다고 하

였다! 이는 저 월성의 군사들이 패하여 그 피가 강을 이룰 징조일
것이다!”

반란군은 크게 소리를 질러대었다. 그 소리는 밤하늘을 흐르는 쪽
구름들을 멀리 달아나게 하였고 월성을 지키고 있는 황군의 간담을
덜컥 내려 앉혀버렸다.

밖이 갑자기 크게 시끄러워지자 여제는 유신을 불렀다.

“우리 대궁의 군사들이 이겼소, 패하였소?”

“길별 하나가 첨성대 근처에 떨어졌사옵니다. 반란의 무리들이 이
를 두고 우리 황군이 패할 것이라고 사기를 드높이는 소리일 뿐이
옵니다.”

“그래서 우리 군사들이 패한다는 말이오?”

“천만 그렇지 않사옵니다. 폐하, 길흉은 하늘에 있는 것이 아니라
오직 사람이 할 바에 달려 있는 것이옵니다. 올바른 덕이 사악함에
패하는 법은 만고에 없사옵니다. 한낱 길별의 변괴는 두려워할 것이
못되오니 폐하께서는 이 유신을 믿고 아무 진우 마옵소서.”

유신의 충심어린 말을 들은 여제는 자신을 대좌에서 끌어내리려
고 한 데에는 다른 신하들은 관련이 없고 오직 용춘 혼자만의 계략
임을 비로소 깨달았다. 그것도 모르고 경솔하게 비담에게 금척을 내
어준 일이 더욱 가슴 아팠다.

유신은 여제가 안정을 하도록 물러나온 뒤 곧바로 비형을 찾았다.
비형은 길달과 함께 유신 앞으로 나왔다.

“비형공의 도움이 필요하옵니다.”

유신의 귓속말을 들은 비형은 빙긋 웃으며 어둠 속으로 사라졌다. 길달과 귀정원으로 돌아온 비형은 날래고 손재주가 있는 두 사람을 가려 뽑고 댓가지와 속이 비칠 듯 얇은 비단을 챙겨들었다.

군사들의 눈을 피해 성 밖으로 나간 그들은 첨성대로 숨어들었다. 비형은 빙빙 돌려 내어놓은 돌계단을 올랐다. 꼭대기 바로 밑에 있는 가로대에 자리를 잡고 앉은 비형은 아래에서 만들어 준 연을 들고 바람이 불기를 기다렸다. 이윽고 큰 바람이 한 줄기 불어오자 비형은 연에 불을 붙여 하늘로 띄웠다. 바람에 실린 연은 화르르 타오르며 밤하늘 높이 올라갔다. 비형이 보기에도 마치 떨어졌던 별똥별이 다시 땅을 박차고 하늘로 올라가는 것만 같았다.

“저게 뭐야?”

“별이 다시 올라간다!”

“떨어졌던 별이 다시 올라가다니?”

“저런 희한한 일도 다 있네?”

황군과 반란군이 다 괴이쩍게 여기는 가운데 유신은 이마에 별무늬가 박힌 흰 말을 잡아 별똥별이 떨어진 곳에서 하늘에 제사를 지냈다. 귀당장군 흠순에게 큰소리로 축문을 읽게 하였다.

“지금 비담 무리는 신하로서 임금이 되기를 꾀하니, 이는 난신적자로서 백성과 신명이 다 함께 용납될 수 없는 바이다. 그런 까닭에 신명이 길별을 내려 경계하였다가 다시 올라오게 하여 그 위엄을 지상에 증거 하는 바이니, 황군은 지체 없이 그 뜻을 좇아 반역의 괴뢰들을 모조리 무찔러 신명에 감응하라!"

여러 장수와 군사들은 사기가 충만하여 반란군이 본거지로 삼고 있는 명활성으로 쳐들어갔다.

나이 든 군사들은 월성의 망루를 지켰고, 사자대 군사 일백여 인만 남고 수천 인이 한꺼번에 빠져나간 대궁은 한적하기만 하였다. 용춘은 발자국 소리를 죽여 침전으로 갔다. 여제는 인기척을 느끼고 눈을 떴다. 용춘을 본 여제는 자신의 운명을 직감하였다.

"짐이 죽기 직전에 물어볼 말이 있소."

용춘은 아무런 말도 하지 않고 서 있었다.

"두 번씩이나 부부의 인연을 맺은 사이에 어떻게 그럴 수 있소?"

"부부가 아니라 군신의 관계였사옵니다. 하옵고, 신에게는 오직 나라가 있을 뿐이옵니다."

여제는 고개를 가로저었다.

"그대는 나라의 안위를 걱정하는 가슴을 가진 게 아니라, 오직 복수라는 불길이 타오르는 가슴을 지녔을 뿐이오. 진지대제의 폐위에 관여한 이들은 다 가고 없는데 부질없이 타오르는 그 복수의 불길을 놓을 데가 없어 애꿎게도 다른 사람들을 희생시켜 온 것이오."

"……."

"그대의 뜻을 받아들이겠소. 원망도 하지 않겠소. 다만, 부탁이 한 가지 있소. 짐을 끝으로 더 이상 복수의 불길을 다른 사람에 옮기지 않겠다는 언약을 해주오.”

용춘은 가만히 다가가 여제의 이마를 만졌다.

“약속하겠사옵니다. 폐하.”

용춘은 여제의 베개를 빼어 가만히 얼굴을 덮었다. 여제는 눈을 감았다. 한참 지난 뒤 용춘은 베개를 다시 여제의 목에 괴었다. 그리고는 금침을 바로 덮어주고는 밖으로 나왔다.

귀정문의 문루 청양루에 올랐다. 용춘은 날을 헤아려 보았다. 정미년 정월 초여드렛날이었다. 밤바람이 매서웠다. 올해는 봄이 일찍 올 것 같지 않았다. 여제의 말을 되새겼다. 그리고는 자문해 보았다. 가슴 속에 복수의 불길이 없다고는 못할 바였다. 춘추를 제위에 올려놓겠다는 원대한 꿈이 바로 복수의 끝이 아니런가. 갓난 아들 춘우에서부터 그동안 자신의 손에 죽어간 사람들이 하나씩 떠올랐다.

“이제 뜻을 다 이루셨소?”

용춘은 돌아보지 않았다. 익히 알고 있는 밀본최사의 음성이었다.

“성상께서는 공이 죽이지 않았어도 곧 죽을 운명이었소. 허나, 누가 죽이는 것과 그냥 죽는 것과는 하늘과 땅만큼이나 차이가 있소. 그렇다고 성상을 시해한 것을 탓하지는 않겠소. 다만 당부하건대, 얼마 남지 않은 공의 여생만큼은 지금까지 살아온 세월과는 달리 순리를 거스르지 않는 삶을 살기를 바라겠소.”

이윽고 여제의 침전에서 밀본최사가 지장경을 외는 소리가 났다. 그때를 같이 하여 명활성을 치러 갔던 군사들이 월성으로 돌아오고 있었다.

"황군의 수가 적어 성을 깨뜨리기에는 벅찼사옵니다. 기회를 보아
⋯⋯."

"압독 군주, 성상께서 붕어하셨네."

유신과 신하들은 놀라 그 자리에 무너지듯 무릎을 꿇었다. 그리고
는 지장경이 울려나오는 침전을 향하여 슬피 울었다. 잠시 뒤에 용
춘이 그들에게 말하였다.

"전시 중이오. 그리 슬퍼하고만 있을 때가 아니오."

신하들이 다 일어났다. 조원전에 들어 크게 둘러앉아 누구에게 제
위를 물려줄 것인가에 대한 논의가 벌어졌다. 칠성우 가운데 몇 사
람이 춘추를 천거하였지만, 용춘은 불가하다고 하였다.

"아직 성골 한 분이 계시지 않소? 그분이 제위에 오르셔야 하오."

"또 여제를 모시자는 말씀이오?"

"임금에 남자 여자가 어디 있소? 성골의 골위를 가지시고 제위에
오르시는 분이 그 누구이시든 그분은 오직 만백성의 어버이이시자
우리 신국 신라의 지존이실 뿐이오."

더 이상 의논은 없었다. 눈을 씻고 찾아보아도 더 찾을 수 없는
마지막 성골 한 사람, 진평대제의 아우인 진안 갈문왕의 딸이자 붕
어한 여제의 사촌 여형제로서 아직 시집을 가지 않아 성골의 골위
를 유지하고 있는 진덕궁주 승만이었다.

"압독 군주 유신공은 천존고에 가서 금척을 가져오오."

다녀온 유신은 황급히 말하였다.

"금척이 사라졌소 선제의 명을 받고 침전에 가져다 올렸다고 하오."

신하들은 우르르 침전으로 갔다. 밀본최사는 여전히 염불을 하고 있었다. 이불로 덮어 놓은 시신의 등 밑까지 샅샅이 찾았지만 금척은 나오지 않았다. 신하들은 당황하였다. 신국 신라 최고의 보물이 감쪽같이 사라진 것이었다. 용춘이 중얼거렸다.

"혹시 상대등 비담 그놈이?"

신하들도 이구동성으로 비담을 지목하였다. 그렇지 않고서야 스스로 제위에 오르겠다고 반란을 일으킬 엄두는 내지 못할 일이었다. 아무리 제위에 오르고 싶어도 금척을 손에 들지 않고는 언감생심이기 때문이었다.

"하는 수 없소. 우선 금척 없이 즉위례를 거행한 뒤에 저 역도들을 진압하여 찾아오기로 하십시다."

새 여제는 금관만 쓰고는 대좌에 앉았다. 일곱 자나 되는 몸이 보기 좋게 풍만하여 후덕함이 배어났으며 손이 크고 길어서 내려뜨리면 무릎에 닿을 정도였다. 서글서글한 눈매에 목소리는 바람에 풍경이 울리듯 청아하였다.

"저 대역무도한 자들을 하루 바삐 척결할 방도는 아직 찾지 못하였소?"

"망극하옵니다, 폐하."

풍월주 천광이 화랑과 낭도를 모두 동원하여 월성의 성문 앞에 이르렀다는 전갈을 받고 유신은 크게 기뻐하며 그들을 맞이하였다. 무려 일천 인이 넘었다. 천광이 화랑과 낭도들이 듣는 가운데서 말하였다.

"압독 군주 존하, 부탁이 있사옵니다. 소랑이 이들을 이끌고 전봉에 서서 저 역도들을 무찌르고자 하오니, 만약 저 쥐와 같은 무리가 토벌이 된 후에는 화랑들은 병부에 들어 장차 장수로 쓰이도록 해 주시고, 낭도들의 집안에는 세역을 면해 주옵소서."

"알았네. 내 약속하네."

천광은 돌아서서 화랑과 낭도들에게 소리쳤다.

"다들 들었는가!"

"예, 주군!"

"허면, 무엇을 더 주저하랴! 자, 가자! 나를 따르라!"

천광이 맨 앞에서 말을 달리기 시작하자 화랑과 낭도들이 그의 뒤를 따라가며 명활성으로 돌격하였다. 반란군은 황군이 아닌, 화랑과 낭도로 있던 자신들의 아들 형제들이 공격해 오자 차마 맞서 싸울 마음이 나지 않았다.

비담과 염종 그리고 엄국이 아무리 칼을 빼어들고 전의를 북돋워도 반란군들은 싸우는 시늉만 할 뿐 슬금슬금 꽁무니를 빼기 시작하는 것이었다. 멀리에서 그런 기미를 알아차린 유신은 다시 총공격 명령을 내렸다.

"황군은 전군 진격하라! 어린 화랑과 낭도들이 죽어가는 것을 어찌 두 눈 뜨고 보고만 있겠는가!"

드디어 명활성의 성문이 열렸다. 황군은 폭풍처럼 쳐들어갔다. 반란군이 병기를 내던지고 뿔뿔이 달아나자 비담은 일거에 역전된 전세를 되돌릴 수 없음을 깨닫고 말을 타고 성을 빠져나와 도망치기 시작하였다. 그것을 본 천광이 말을 몰아 쫓았다.

"무릇 도적은 앞에서 잡지 않고 이렇듯 뒤에서 쫓아 잡는 법!"

비담은 북천을 따라 내달리고 있었다. 천광은 칼을 휘두르며 고함을 쳤다.

"역적 괴수는 게 섰거라!"

나이 든 비담은 젊은 천광의 추격을 뿌리치지 못하였다. 거리가 점점 가까워졌다. 목숨이 경각에 달린 비담은 말을 달리면서 등골에 식은땀을 흘렸다.

"네 이놈!"

천광은 비담의 곁을 스치며 칼을 휘둘렀다. 그 순간 비담의 목이 베어 머리는 피를 뿜으며 땅으로 떨어져 굴렀고, 몸뚱어리도 한 줄기 피분수를 길게 쏘아올리고는 말에서 떨어지고 말았다.

뒤따라 온 화랑들은 다른 쪽으로 추격하여 염종과 엄국을 비롯하여 반란의 핵심이 된 조정의 관원과 장수 수십 인의 목을 베었다. 그리고는 돌아와 그들의 가택을 수색하여 구족을 참수하였다.

"반란이 진압되었다!"

“황군이 이겼다!”

“낭군이 이겼다!”

군사들과 화랑들과 낭도들은 서로 신분도 잊은 채 얼싸안고 춤을 추며 눈시울을 붉혔다. 적은 군사로 월성 대궁을 방수하느라 잠도 제대로 못 자고 먹을 것도 변변히 먹지 못하면서 열이틀이나 끌어온, 수로만 보아도 몇 갑절이나 되는 반란군과의 싸움을 승전으로 끝낸 것이었다.

“금척을 찾아야 하오, 금척을!”

유신이 비담의 집을 한 번 더 수색하였다. 그러나 지붕을 파헤치고 마루를 들어내고 아궁이를 부수고 땅을 파보아도 금척은 나타나지 않았다. 유신은 생각에 잠겨 집 안 여기저기를 거닐다가 문득 얼어붙어 있는 연못을 보았다.

“여봐라, 당장 저 연못의 얼음을 깨어서 다 들어내도록 하라!”

창으로 얼음을 찍어 부수고 깨진 얼음을 나르고 하기를 반나절이나 걸렸다. 연못 바닥이 드러나는 순간, 군사 하나가 거친 베에 싸여 삼끈에 칭칭 동여매여 있는 궤짝을 하나 발견하였다. 유신은 그것을 들어내게 하여 끈을 자르고 베를 뜯어내어 뚜껑을 열었다. 금척과 화주가 같이 들어있었다.

“아, 드디어 찾았구나!”

유신의 머릿속으로 금지의 말이 떠올랐다. 화주는 열물이니 물의 기운으로 식혀야 하는 곳에 있지 않을까 한다는 말, 유신은 그녀의 혜안에 경탄하였다.

유신은 대궁으로 돌아와 진흙이 스며든 보궤를 깨끗이 닦은 뒤, 새로 제위에 오른 여제에게 받들어 올렸다. 여제가 비로소 금척을 손에 쥐게 되어 군신이 다 기뻐하였다. 여제는 명을 내렸다.

"화주는 언제고 화근이 될지도 모르는 물건이니 천존고에 비장하지 말고 분황사 구층탑 안에 깊이 넣어두오."

그런 뒤 선제의 시호를 궁호 그대로 선덕이라고 하고, 생전에 남긴 유언대로 낭산에 장사를 지냈다.

여제는 또 논공행상을 하였다. 풍월주 천광의 공을 가장 높이 사 왕성을 지키는 호성장군 벼슬을 내린 것을 비롯하여 각자 차등 있게 벼슬과 상을 내사하였다. 여제가 용춘을 높이 쓰려고 상대등 벼슬을 내렸지만 용춘은 한사코 사양하며 조정을 떠나고자 하였다. 그러면서 비단보자기에 싼 것을 여제에게 올렸다.

"폐하, 대역무도한 무리가 일으킨 변란에 얼마나 진우가 크셨사옵니까. 신이 이제 물러가며 폐하께 입은 황은을 조금이나마 갚고자 약간량 보약을 지었사옵니다."

"고맙소. 경은 만고에 이름이 남을 충신이오. 내 때를 거르지 않고 잘 복약토록 하겠소. 떠나 있더라도 왕성 오십 리 밖을 벗어나지 말며, 만약 나라에 큰일이 생기면 짐이 경황이 없어 미처 부르지 못하여도 반드시 먼저 알아 돌아오도록 하오."

"폐하. 황은이 망극하옵니다. 부디 만세를 누리소서."

대궁을 나온 용춘은 대남보가 마련해 놓은 소수레에 올랐다. 문무
백관이 다 나와서 배웅을 하는 가운데 수레는 천천히 굴러갔다. 호
위하는 사람들이 수레 주위를 따랐다. 백인결사 중에서 비담의 반란
군에 맞서 싸우다가 죽지 않고 살아남은 이들이었다.

용춘이 탄 수레와 백인결사가 점차 대신들의 시야에서 멀어져 갔
다. 잔뜩 흐려있던 왕경의 하늘에서 어느덧 한 점 두 점 눈발이 들
기 시작하였다.

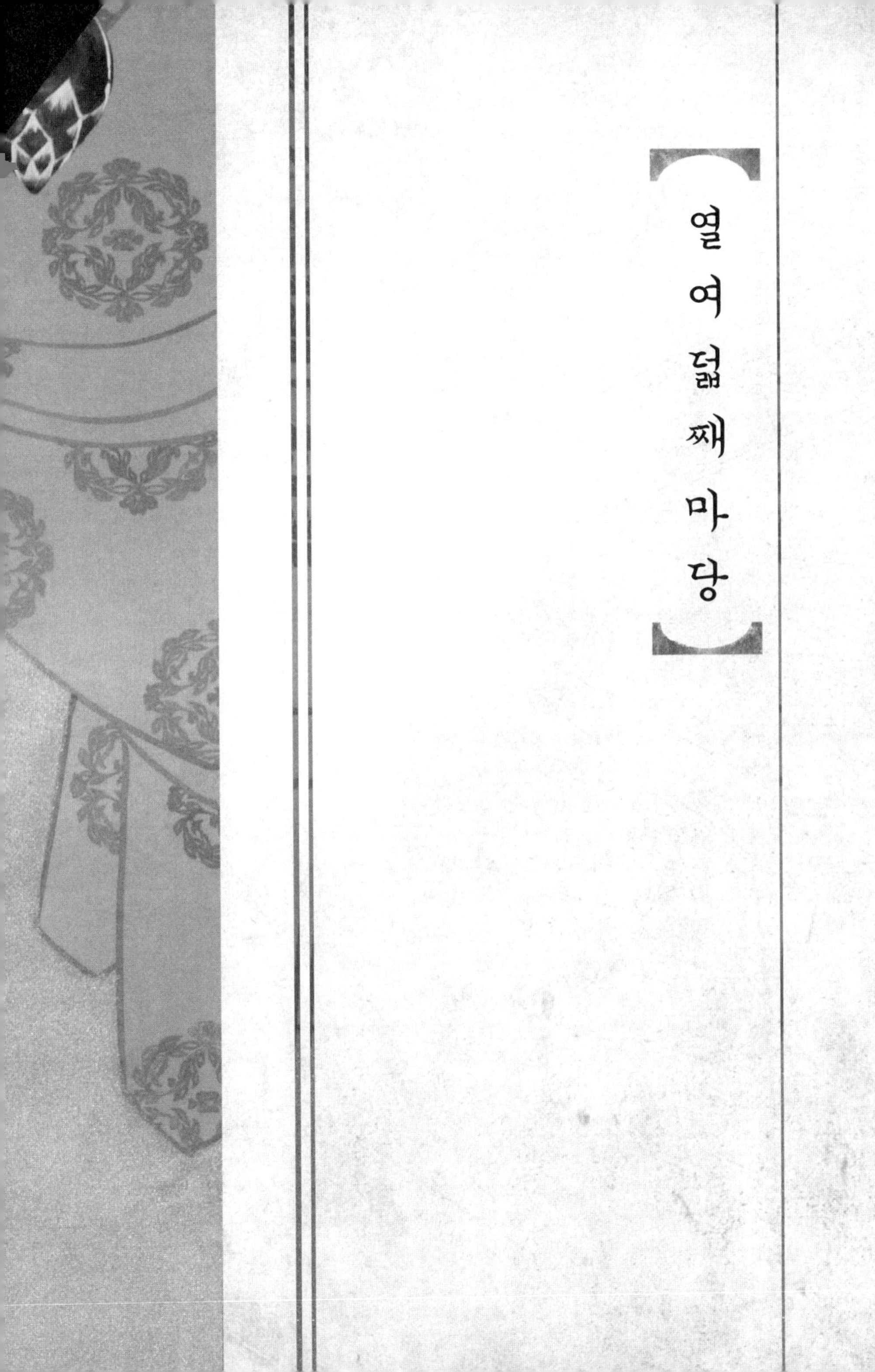

열여덟째 마당

대분망천 戴盆望天

큰일은 차근차근 해 나가야 한다고 유언하다

"아기부처가 그렇게 볼만하다면서요?"

"왕경인들이 다 한 번씩은 그 앞에서 시주를 하고 불공을 드린다고 하니, 우리도 가서 보고 오는 것이 어떠하오?"

오지암 뜰 은행나무 아래에서 만난 칠성우는 삼화령 고갯마루로 갔다. 미륵좌상이 가운데에 있었고 그 좌우에 아기부처가 서 있었다. 천진스러운 것이 꼭 아기의 얼굴이었다. 누가 언제 조성해 놓았는지 아무도 알지 못하였다. 칠성우는 다 합장을 하며 예배를 올렸다.

일곱 사람은 오지암으로 돌아와 둘러앉았다. 새 여제로부터 상대등에 제수된 알천과 대당장군에 오른 염장이 축하를 받았다. 임종이 알천에게 말하였다.

"상상 존하, 지난 정월에 난을 일으킨 역도의 무리를 진압하는 데에는 호성장군 천광공의 공이 컸사옵니다.”

“그렇다마다. 천광공의 새로운 면모를 보았소. 역시 어려울 때를
당해봐야 사람의 진면목을 알 수 있다고 했거니.”

풍월주 천광이 호성장군이 되어 병부에 들어간 뒤, 춘장이 그 자
리를 물려받았는데, 그는 염장의 셋째아들로 천광의 누이동생 천봉
낭주와 혼인을 하였다. 칠성우는 춘장이 화랑과 낭도들을 격려하여
국난에 대비하고자 더욱 무력에 열중하는 것을 칭찬하였다.

“예원공이 벼슬을 그만 두었다고요?”

“보리공을 좇아 불도를 닦는 데 힘을 쓴다고 하옵니다.”

어떤 사람이 헐떡이며 산길을 올라왔다. 유신의 곁에 서 있던 군
승이 차고 있던 칼자루에 손을 대었다. 칠성우는 다 돌아보았다. 양
부였다. 유신이 물었다.

“자네가 어인 일인가?”

“용춘공께서 위독하시다고 하옵니다.”

칠성우는 다 일어나 용춘의 집으로 향하였다. 용춘은 조정에서 물
러난 뒤로 남산 북쪽 기슭 맑은 시내가 흐르는 곳에 집을 짓고, 당
호를 갓난아기 때 죽이고 만 자식의 이름을 따 춘우당이라고 하였
다. 하지만 사람들은 예전에 상선을 지낸 이가 사는 곳이라 하여 그
냥 상선암이라고 불러오고 있었다.

마당에 들어서기도 전에 꼬리가 유난히 짧은 개들이 짖는 소리가
들려왔다. 용춘이 놓아기르는 개들이었다. 집채 뒤편 바위에는 마애

불이 새겨져 있었다. 용춘은 마루에 앉아 거문고를 타고 있었고, 곁에는 술상이 차려져 있었다. 천명궁주와 호명궁주가 좌우에 앉아 거문고 가락을 듣고 있었다. 뜰에는 시첩 다섯이 고개를 숙인 채 서 있었고, 당 둘레에는 대남보를 비롯한 백인결사 사내들이 칼을 차고 호위하고 있었다.

위독하다는 용춘이 전혀 병증을 앓고 있는 것 같지 않았다. 가까이에서 보니 얼굴에 분을 발라 화장을 하고 있었다.

"어서 오시오."

용춘은 칠성우를 마루로 청하여 술상을 다시 봐오게 하였다. 기둥 옆에 바둑돌과 바둑판이 놓여 있는 것을 본 유신이 물었다.

"홀로 지내시면서 웬 바둑판이 다 있사옵니까?"

"허허. 비가 오는 날이거나 하면 심심파적으로 돌이나 놓아보는 게지."

또 술종이 물었다.

"당 뒤에 있는 마애불이 어딘지 모르게 삼화령 삼존불과 닮은 듯하옵니다?"

"솔종공께서도 부처의 눈을 가지신 게로구려. 부처의 눈에는 만물이 다 똑같은 부처로 보인다고 하지 않소?"

삼화령 아기부처는 용춘이 만들어 놓은 것이었다. 가운데에 자신을 닮은 불상을 두고 오른쪽과 왼쪽에 어린 춘추와 춘우를 두었는데, 이상하게도 백성들은 왼쪽 아기부처에 더 마음을 대는 것이었다.

그때 개들이 크게 짖었다. 백인결사는 개들이 머리를 돌리고 있는 쪽으로 모였다. 칠성우가 어인 일인가 하였다.

"가끔 산짐승이 내려오기도 한다오. 어떤 때에는 범이 어슬렁 나타나기도 하고."

"고작 개 몇 마리로 위험하지 않사옵니까?"

"천만의 말씀, 개들이 다른 짐승들이 나타나면 그냥 짖어서 쫓아버리지만 범이 나타날 적에는 짖지 않고 슬그머니 저희들끼리 모인다오. 그리고는 눈빛으로 전략을 짠 뒤에 합심하여 대적하려고 하는데, 그때 개들을 보면 개가 아니라 다 야수로 느껴진다오. 범이 산에서 내려 오려다가도 개들의 기세에 눌려 멈칫 하고는 꽁무니를 뺀다오."

"개들이 범을 쫓는다는 말은 공께 처음 듣사옵니다."

"목숨이 달린 일에는 짐승이나 사람이나 다 죽을 각오를 해야 살아남을 수 있는 법이 아니오?"

"춘우당의 뜻을 알고자 하옵니다."

"다른 뜻이야 있겠소 그저 봄비라는 말이지, 허허."

용춘의 입가에 쓴웃음이 흘러갔다. 그는 취기가 오르자 거문고를 당겼다. 술대로 뜯어나가는 소리가 애틋하였다. 칠성우는 말없이 듣고만 있었다. 춘추가 도착하였다. 효성이 지극한 그인지라 눈물을 글썽이며 뜰에 엎드려 울었다.

"이리 올라오너라. 사람은 갈 때가 되면 누구나 다 가야 하느니라."

용춘이 춘추가 공손히 쳐서 받들어 올리는 술을 한 잔 마시고는 입을 열었다.

"내 너에게 당부할 말은 오직 한 가지뿐이다. 동이를 머리에 이면 하늘을 바라볼 수 없고 하늘을 바라보려면 동이를 일 수 없느니라. 매사에 이 뜻을 잘 새겨 장차 크나큰 꿈을 이루는 데 있어서 서두르 거나 경솔함이 없도록 하거라."

용춘은 또 춘추와 유신이 차고 있던 보검을 끌러 놓게 하였다. 칼 집에 든 칼을 빼어 나란히 놓고는 두 사람에게 한곳을 가리켰다. 춘 추의 오른쪽 칼날에는 사(糸) 자가, 유신의 왼쪽 칼날에는 충(充) 자 가 새겨져 있었는데 두 글자가 합쳐져서 통(統) 자가 되었다.

"그간 참 궁금하게 여겨오던 의문이 오늘에야 풀렸사옵니다."

"그러하옵니다. 예전에 칼이 두 자루가 있다는 말을 들었사온데, 바로 유신 형공과 제가 한 자루씩 나누어 가진 줄은 몰랐사옵니다."

"이제 내가 할 일은 다 하였으니, 다들 그만 물러가보오."

오래지 않아 용춘은 천명궁주와 호명궁주의 손을 잡은 채 아련히 춘우를 떠올리며 숨을 거두었다. 소식을 듣고 달려온 춘추는 오열하 였고, 유신과 알천을 비롯한 조정 대신들과 서제 비형, 길달 등 수 많은 사람들이 조문을 하였다. 여제는 손수 지은 조문을 내리고 장 사에 쓸 재용을 하사하였다.

용춘의 장사를 지낸 뒤 대남보는 춘우당에 그대로 머무르면서 묘지기를 자처하였고, 백인결사 중 남은 무인들은 춘추를 비밀리에 호위하는 소임을 주어 보내었다. 춘추는 그들에게 통천사라는 칭호를 내렸다.

여제는 상대등 알천의 주청을 받아들여 연호를 태화로 바꾸었다. 크게 화평한 천하가 되게 해 달라는 간절한 뜻이 담겨 있었다.

혜성이 푸른 구름 같은 은하수가 흐르는 남쪽 밤하늘에 나타났다가 사라졌다. 그리고 곧 뭇별이 북쪽으로 쏠려갔다. 백성들은 하늘에 나타난 이변을 두고 머잖아 또 전쟁이 일어날 것이라고 입을 모았다.

신라 최고의 지략가 용춘이 죽었다는 첩보를 접한 백제왕 부여의자는 장군 의직을 시켜 보군과 기병 삼천을 거느리고 신라를 침공하게 하였다. 의직은 신라의 무산성 아래에 군영을 설치하고 군사를 주둔시킨 뒤, 일천 인씩 세 갈래로 군사를 나누어 감물성과 동잠성까지 동시에 공격하였다.

여제는 화급히 압독 군주 유신을 대장군으로 삼고는 보기군 일만을 내어주었다. 유신이 달려가 군사를 나누어 백제군과 교전하였지만 군사들의 사기가 높지 않아 더 많은 수임에도 불구하고 연일 고전하였다.

유신이 돌파구를 마련하지 못해 고민에 빠져 있는 것을 본 양부가 말하였다.

"대장군 존하, 이러한 때에는 필마단기로 적진을 돌진해 들어갈 용감한 장수가 있어야 하지 않겠사옵니까?"

"그렇긴 하네만, 과연 누가 자청하고 나설지……. 군승이 너의 생각은 어떠하냐?"

그러나 군승은 언제나처럼 말이 없었다. 양부가 나갔다가 오더니 막객사지 비녕자를 천거하였다. 유신은 술상을 차려놓고 비녕자를 대장군 막사로 불렀다. 그리고는 술을 따라주며 힘없는 목소리를 내었다.

"옛적 말에 이르기를, 날씨가 차가워진 후에야 송백의 잎이 가장 늦게 지는 것을 알 수 있다고 하였는데, 지금 우리 신국 신라의 신병은 싸울 마음을 잃어 송백의 의지를 본받지 못하니 상황이 급박하기 그지없구나."

비녕자는 유신이 무슨 말을 하려는지 얼른 알아듣지 못하였다. 유신이 한 잔 마시고는 잔을 건네어 술을 부어주며 말하였다.

"부득이 그대가 아니면 누가 과연 용맹을 일으켜 하늘을 물러나 앉게 하는 기백을 보일 것이며, 여러 군사들이 스스로 전의를 떨쳐 일어나게 하겠는가?"

그때서야 비녕자는 유신의 말뜻을 알아들었다. 얼른 일어나 절을 두 번 하고는 말하였다.

"대장군 존하, 하고많은 장수와 군사가 있사온데 미천한 소인에게 큰 소임을 맡기시니, 이는 존하께서 소인을 믿어 알아주신 바이옵니다. 마땅히 목숨을 돌보지 않고 보응하겠사옵니다."

비녕자는 허리에는 칼을 차고 손에는 창을 들고 말에 훌쩍 올랐다. 그리고는 종 합절에게 엄히 당부하였다.

"내가 지금 위로는 나라를 위하여, 아래로는 나를 알아주시는 분을 위하여 죽으러 나가고자 한다. 너도 알다시피 내 아들 거진은 비록 나이가 어리기는 하나, 굳센 의지가 있어 반드시 나를 뒤따라 죽으려고 할 것이다. 만약 부자가 한날한시에 죽으면 내 아내가 무남과부가 될 것인데 장차 누구를 의지하겠느냐? 내가 죽으면 너는 거진과 함께 나의 시신을 수습하여 돌아가 내 아내를 위로하라!"

합절이 대답할 틈도 주지 않고 비녕자는 적진을 향해 말을 달렸다. 합절이 거진에게 말을 전하자 거진은 거 무슨 소리냐며 저도 재빨리 말에 올라 아비의 뒤를 따랐고, 보다 못한 합절도 한 기병의 말고삐를 빼앗듯이 하여 두 사람이 달려 나간 길로 말을 몰아갔다. 세 사람은 적군에게 둘러싸여 혼신을 다하며 싸우다가 끝내 장렬히 전사하고 말았다.

유신은 싸움이 끝난 뒤 황량해진 벌판으로 군사들을 보내어 그들의 시신을 수습해 오게 하였다. 말에 실린 시신 세 구가 도착하자 유신은 자신의 옷을 벗어서 덮어주며 크게 통곡하였다.

"아, 비녕자여! 거진이여! 합절이여! 아무도 죽지 않으려는 전장에서 오직 그대들 세 사람이 신병의 이름을 가졌구나! 애통하고 비통한지고!"

군사들이 가슴에 울분이 차올라 앞다투어 출군을 요청하였다. 유신은 세 사람의 원수를 수백 배로 갚아주라며 총공격 명령을 내렸다. 저마다 눈에 신불을 켜고 돌진해 들어간 신라군의 드높은 군세에 백제군은 기가 눌리어 병기도 제대로 휘둘러보지 못하고 쓰러져 갔다. 백제의 보군과 기군 삼천을 모조리 무찌른 신라군은 적병의 시체 더미를 뒤지며 적장을 찾았지만 보이지 않았다. 백제 장군 의직이 근위병도 없이 홀로 달아난 것이었다.

여제는 승전가를 울리며 왕경으로 입성한 군사들의 노고를 위로하고는 비녕자 부자와 종 합절을 합장하여 장사를 치르라고 하였다. 또한 남은 처와 구족에게는 내탕금을 넉넉히 내려 가장을 잃은 슬픔을 달래고, 두 부자와 종이 집안을 드높인 일을 치하하였다.

공시국보 公示國寶

나라의 보물을 백성들에게 공개하다

여제는 백제군과 싸우다가 전사한 군사들의 넋을 위로하고 승전을 선황들에게 아뢰기 위하여 신궁으로 갔다. 지난 정월에 비담의 반란을 겪은 조정은 여느 때보다 더 삼엄한 호위를 하였다. 흑개감 군사들이 가마 곁을 바짝 경위하였고, 사자대 군사들이 두 겹으로 에워쌌다. 그리고 노사들이 쇠뇌를 비스듬히 메고 행차의 맨 뒤를 따랐다.

가마 바로 뒤에서는 연로한 상대등 알천만 수레를 탔고, 다른 사람들은 다 말을 타고 따르고 있었다. 신하들과 함께 군통들도 섞여 있었는데, 밀본최사, 명랑법사, 양지대사, 혜공화상, 자장율사와 같은 나라 안 대덕고승들이었다.

신궁 입구에는 천관 소영이 천녀들을 두 줄로 세워 놓고 여제의 가마를 맞이하였다. 유신은 소영과 서로 눈빛이 마주쳤다. 소영이 눈을 밑으로 내렸다. 여제는 가마에서 내렸다. 손에는 금척이 들려 있었다. 이상한 일이었다. 비록 임금이라 할지라도 제위에 오를 때 말고는 지니지 않는 신물인 까닭이었다.

여제는 소영이 이끄는 대로 신궁 안으로 들어가 향을 피웠다. 상대등 알천이 축문을 읽었다. 제사를 다 지낸 뒤 밖으로 나온 여제는 뜰에 서 있는 사람들에게 금척을 들어 보이며 뜻밖의 말을 하였다.

"우리 신국 신라의 보물 중에서 가장 으뜸으로 치는 것이 바로 이 금척이오. 이 신물을 가지면 제위에 오를 수 있다는 말이 있어 지난 바와 같이 사악한 마음을 가진 자들이 끊임없이 탐을 내는 신물이오.

그리하여 군신도 백성도 다 이 금척이 어떻게 생겼는지 가까이에서 보지 못하여 무척 궁금하게 여기고 있다는 것을 짐이 잘 아오. 오늘부터 우리 신국 신라의 전래지보인 이 금척을 신궁 앞에 두어 모든 사람들이 친견할 수 있도록 하고자 하오."

"폐하, 불가하옵니다."

"신궁이 비록 나라에서 제일가는 국사당이라고 하나 가까이에 남시와 동시가 있어 수많은 왕경인과 외지인이 길을 가득 메우는 곳이옵니다. 지난번 화주와 마찬가지로 큰일을 당할 수 있사오니 부디 통촉하옵소서."

"가장 용맹한 사자대 군사들로 하여금 지키게 하면 되지 않겠소?"

“폐하, 나라의 보물을 함부로 내어놓아서는 아니 되옵니다.”

“실로 전례가 없는 일이옵니다. 폐하.”

“짐이 전례가 될 것이오. 황실 천존고에 금척이 있어 나라를 보전할 수 있는 것처럼 만백성의 집안에도 그 집안의 보물이 한 가지씩 있다면 어찌 외적이 쳐들어올 때 나라와 집안을 지키려고 떨쳐 일어나 나가지 않겠소?

짐은 금척과 같은 모양의 물건을 만드는 것을 윤허하노니, 전시하는 동안 똑같은 모양으로 만들어서 간직하고자 하는 백성이 있다면 그 누구든 잘 만들어서 집안에 두고 오늘 짐의 뜻과 더불어 길이 후손에게 전하기 바라오. 더 이상 불가함을 아뢰는 군신이 있다면 황명에 반하는 죄를 묻겠소”

신하들은 아무 말도 못하였다. 여제는 천관 소영에게 명하였다. 소영은 천녀들을 시켜 미리 마련해 둔 옥대를 수레에 실어왔다. 사자대 군사들이 무거운 옥대를 신궁 앞 나을정 옆에 내려놓았다. 여제는 천천히 걸어가 금척을 옥대의 걸이에 걸어두었다.

햇빛을 받아 신묘하게 빛나는 금척은 삼태성이 늘어 선 것 같았으며, 위쪽 머리끝에는 보주가 박혀 있었고, 칠보가 아로새겨진 몸체에는 크게는 아홉 마디, 작게는 세 마디 둥근 홈이 파여 있었다.

신라를 처음 연 혁거세 대제가 제위에 오르기 전에 칠보산에서 신인 선도성모로부터 받았다고 전해지는데, 나라를 연 이래로 수백 년 동안 황실과 조정과 가항에 말이 나기를, 금척을 병든 사람에게 대면 낫지 않는 병이 없고, 배고픈 자에게 대면 굶주림을 면하고, 헐벗은 자에게 대면 옷을 얻고, 자식이 없는 자에게 대면 자식을 볼 수 있으며, 늙은 자에게 대면 젊었을 때의 왕성한 기력을 되찾는다는 말이 나돌기도 하는, 만고에 유일한 신물이었다.

나라 안 최고의 보물인 금척을 친견할 수 있다는 말이 퍼져 나가자 신궁에는 연일 사람들의 발길이 끊이지 않았다. 길게 늘어선 줄은 끝 간 데 없이 이어졌고, 잠깐 친견하는 데만도 온종일 기다려야 하였지만 사람들의 행렬은 좀처럼 줄지 않았다.

친견하면서 모양을 그려 가는 사람, 그 앞에서 절을 하는 사람, 숫제 나무토막을 가져다가 한쪽에 앉아 금척의 크기와 모양대로 깎고 다듬는 사람도 있었다. 병든 이, 굶주린 이, 늙은이 할 것 없이 다 마음속에 품은 소원을 빌었고, 또 기쁜 낯으로 돌아가는 것이었다. 그로 말미암아 잦은 전쟁으로 피폐해져 있던 왕경인들의 얼굴에는 전에 보지 못한 생기가 돌았다.

"제공, 성상의 덕이 온 왕경에 퍼지다 못하여 이제는 경외인들도 몰려들고 있다고 하옵니다."

"참으로 도량이 크고 혜안이 높은 성상폐하가 아니겠소?"

"그렇긴 하옵니다만, 해가 가고 달이 갈수록 적국 백제의 침공이 잦아지고 있으니 그것에 크게 우려를 하지 않을 수 없사옵니다."

"유신 형공, 그래서 이 아우가 지난번 고구려에 갔다 온 뒤로 심사숙고를 해 온 바가 있소만……"

춘추가 말을 흐렸다. 유신은 궁금하여 채근하듯이 물었다.

“그것이 무엇이옵니까?”

“때를 보아 바다 건너 왜국에 다녀올까 하오.”

유신은 갑자기 정신이 혼미해지는 것을 느꼈다. 춘추가 어렸을 때 고구려첩자 백석을 덜컥 따라나섰다가 큰일이 날 뻔 했던 일과, 지난 임인년에 고구려에 사신으로 갔다가 감금되다시피 하여 목숨이 위태로웠던 일이 차례로 떠올랐다.

평소에는 잔물결 한 점 일지 않는 잔잔한 연못의 수면과도 같은 성품을 가진 사람이 어떻게 한 번씩은 무모하다 못해 어리석다는 생각까지 들게 하는 행동을 하려는지 참 모를 일이었다.

왜국은 백제와 한 나라나 다름없었다. 백제의 왕성을 서경이라 하고, 왜의 궁성을 동경이라고 하는 것만 보아도 잘 알 수 있는 사실이었다. 또 왜는 백제를 본국이라고 불러 오고 있었다. 그런데도 춘추는 적국 백제를 물리치려고 왜국에 가서 군사를 빌리고자 하는 것이었다. 고구려와 백제가 친분이 두터운 동맹국이라면, 백제와 왜국은 피를 나눈 형제국이었다.

“가셔서는 아니 되옵니다!”

“유신 형공? 어찌 안 된다고 하오?”

유신은 일일이 사례를 들어 설득하였지만 춘추는 고집을 버리지 않았다.

“왜국에 백제인들만 있는 것이 아니잖소? 우리 신국 신라인들도 궁성 여기저기에 많이 살고 있으니 전혀 불가능한 일만은 아닐 것이오.”

“제공, 적국 백제인들은 왜국의 왕실과 조정을 휘어잡고 있지만 우리 신국 신라 사람들은 그저 신라의 왕족이라는 명맥만 유지하면서 살고 있는 형편이옵니다.”

“그러오? 그렇다면 내 직접 가서 보아야겠소.”

“백제가 중원대국 당나라에 조공을 하다가 왜 돌연히 국교를 끊었는지 잊으셨사옵니까? 고구려라는 외세와 연횡을 하였고, 또 바다 건너 왜국이라는 외세를 등에 업고 있기 때문이옵니다. 이러한 터에 왜국에 가시면 필경 살아 돌아오시지 못할 것이옵니다.”

“고구려에 가서도 아무 탈 없이 돌아온 몸이오. 유신 형공은 지나친 염려일랑 마오.”

유신은 더 말릴 수 없음을 알고 춘추를 왜국에 보내지 않을 방도를 찾아 골머리를 앓기 시작하였다. 몇 날 며칠을 보내던 유신은 금지에게 물었다. 그랬더니 그녀는 대수롭지 않은 일이라는 듯 대답하였다.

“어찌 그런 일로 다 고충을 겪으시옵니까? 춘추공을 가장한 가짜 사신을 보내시면 될 것을.”

유신은 무릎을 탁 쳤다. 그 말을 듣고 춘추는 펄쩍 뛰었지만 유신은 아무도 몰래 그렇게 하자고 하였다. 그리하여 가짜 사신이 무사히 돌아오면 그 뒤에는 직접 가도 늦지 않은 일이라고 설득을 거듭하였다. 춘추는 마침내 자신의 뜻을 접고 유신의 말을 따르기로 하였다.

유신은 양부를 매일같이 동시와 남시, 서시까지 돌아다니게 하여 춘추와 꼭 닮은 사람을 물색해 오라고 하였다. 열흘이 지나 양부는 한 사람을 데리고 왔다. 유신은 그의 준수한 용모와 유창한 언변에 흡족하였다.

은밀한 곳에 두고는 온군해를 불러다가 춘추의 일거수일투족을 가르쳐 나갔다. 그렇게 하여 그는 춘추보다 더 춘추다운 사람으로 다시 태어나기에 이르렀다. 유신은 때가 되었다고 생각하여 날을 가려 한밤중에 그를 동쪽 바다 팔조포에서 배에 태워 보냈다.

언제쯤 돌아오려나 하고 있던 중에 과연 유신의 예상대로 사신으로 간 신라의 재상이 왜국에 억류되었다는 소식이 바다를 오가는 상단으로부터 들려왔다. 유신은 춘추가 가지 않은 것에 안도하였다.

"부인의 말대로 하지 않았으면 큰 낭패를 당할 뻔하였소. 왜놈들이 가짜 사신을 춘추 제공인 줄로만 여겨 억류하였다고 하오."

금지는 잔잔히 웃으며 찻잔을 들 뿐 말이 없었다. 유신이 입을 열었다.

"더 늦기 전에 군승이 놈을 벼슬길에 들게 하려고 했더니 한사코 마다하지 않소. 어찌 하면 좋겠소?"

"군승이는 제 하고 싶은 대로 하도록 내버려 두옵소서. 속이 그리 얕은 아이는 아니옵니다. 제 딴엔 다 염두에 두고 있는 바가 있겠지요."

"청연곡에 들어간 부녀들은 잘 지내고 있소?"

"가끔 들러보옵니다만, 다들 서로 어울려 시름없이 지내고 있사옵니다."

수레에 싣고 온 비단을 한 필씩 등에 지고 벽도산을 오르는 사내들이 있었다. 그들은 산길을 오르면서 줄곧 두리번거렸다.

"이 길이 맞아?"

"알 수 없지. 그저 가보는 수밖에."

얼마 올라가지 않아 큰 못이 나타났다. 깊고 맑아 햇빛이 비친 푸른 물이 신비스러웠다. 한 사내가 말하였다.

"청연곡이라더니, 저 못이 바로 청연인가 보군."

청연곡 들머리 망루에 있던 두 여인이 낯선 사내들이 올라오는 것을 발견하고는 산속으로 이어져 있는 줄을 당겨 신호를 하였다. 이윽고 검은 옷을 입고 낯을 가린 칼잡이들이 산을 내려와 사내들을 가로막아 섰다.

그들은 칼을 등에 진 칼잡이들의 목소리를 듣고는 여인인 줄 알고 거만하고 방자하게 굴었다. 칼잡이 여인들은 분노하여 사내들을 단칼에 다 베어버렸다. 그리고는 시신들을 끌고 내려와 그들이 등에 지고 있던 비단으로 둘둘 싸고 세워져 있는 소수레에 실어 보내었다.

소는 수레를 끌고 왕성으로 향하더니 큰길로 접어들었다. 지나가던 백성들이 다 의아하게 여겼다. 한 사람이 수레를 세우고 들추어보더니 화들짝 놀라 육부전 관원에게 알렸다. 관원이 시신들을 조사하자 청연곡을 찾아 들어갔던 군사들로 밝혀졌다.

그 살해 건은 조정에 보고되었고 여제의 귀에도 들어가게 되었다. 여제는 나라를 위하여 목숨을 걸고 싸운 군사들의 죽음에 크게 진노하여 청연곡의 두상을 직접 문초하겠노라고 하였다. 월성 안에서 국문청이 열렸고 밧줄에 묶인 금지가 끌려왔다.

"어인 까닭으로 그들을 죽였느냐?"

"폐하, 저희 청연곡은 옛 도원의 선연관에 있던 유화들이 작은 마을을 이루어 살아가는 곳이옵니다. 하온데, 그들이 무단으로 들어와 힘없는 여인들과 강제로 색을 통하려는 뜻을 보였기에 사세가 부득하여 저희들의 손으로 처단을 하였사옵니다."

여제는 할 말을 잃었다. 상대등 알천이 조심스럽게 말하였다.

"폐하, 저 부인네는 압독 군주 유신공의 차부로서 지난날 유신공이 전장에서 돌아와 집에도 들르지 못하고 출정하였을 적에 길가에 솥을 걸어놓고 미음을 끓여 군사들에게 먹여 행군의 사기를 드높인 공이 있사옵니다."

그 말을 들은 여제는 잠시 생각하더니 다소 부드러운 음성을 내었다.

"죄인은 듣거라. 아무리 공이 있다고 하더라도 사람을 함부로 해친 것은 잘못이다. 차마 입에 올리지 못할 옛일로 말미암아 세상에 섞여 살지 못하고 산속에 숨어서 살아가는 너희들의 처지가 가련하여 이번 한 번은 용서해 줄 것이니, 다시는 이런 불미스러운 일을 벌이지 말아야 할 것이다."

그런 뒤, 여제는 '금남지처'라고 적어오게 하여 금지에게 하사하였다.

"그 넉 자를 좋은 나무판에 잘 새겨서 너희들이 사는 곳 입구에 걸어두라. 만약에 그 팻말을 보고도 무단으로 들어오려고 하는 사내들이 있다면 그때는 너희들 마음대로 처단하여도 좋다."

그 자리에서 방면된 금지는 깊이 고개를 숙여 사은을 하고 나왔다. 그리고는 동화를 데리고 벽도산 청연곡을 찾았다. 청연곡장 세아, 진촌주 세홍, 차촌주 이엄, 집사 이구미까지 다 불러다가 다른 유화들이 보는 앞에서 종아리가 터지도록 치고는 회초리를 내던졌다.

"앞으로 이 골짜기에서 어떤 연유로든 사람이 비명에 죽어나간다면, 너희 년들도 죽은 목숨이 되어 따라 나가게 될 것이다."

그리고 금지는 유신을 따라 종군했던 군사들을 함부로 죽인 벌을 내렸다.

"내년부터 해마다 산죽을 꺾어 살대를 삼만 개씩 만들거라. 또 주먹돌을 캐고 주워 모아 영묘사의 장육존상만한 높이로 한 무더기씩 쌓아 놓거라. 알겠느냐?"

유화들은 감히 거역을 하지 못하였다. 청연곡을 나온 금지는 왕경 북쪽 습비부 독산 아래에 대장간이 몰려있는 고을로 갔다. 그리고는 촌주를 불러 살촉을 만들어 달라고 하였다. 촌주는 집안 자식들의 활쏘기에 쓰려니 하고 건성으로 물었다.

"몇 개나 필요하옵니까?"

"일 년에 삼만 개씩 만들어 주오."

"예에? 사, 삼만 개라고요?"

"그렇소."

"그 많은 것을 대체 어디다 쓰시려고?"

"그건 몰라도 되오. 만들 수 있겠소, 없겠소?"

"금만 후히 쳐주신다면 만들기야 하겠지만……."

"다 만들거든 남천 가에 있는 재매정으로 가져다주오."

"아, 유신공 댁 재매부인이셨군요. 소인이 미처 몰라뵈었사옵니다. 잘 알겠사옵니다."

금지는 동화를 시켜 은덩이가 든 주머니를 촌주에게 주며 다짐을 놓았다.

"수고를 아끼지 말고 한 촉 한 촉 제대로 만들어야 하오."

"감히 어느 분의 분부라고 소홀히 하겠사옵니까? 아무 염려 마옵소서."

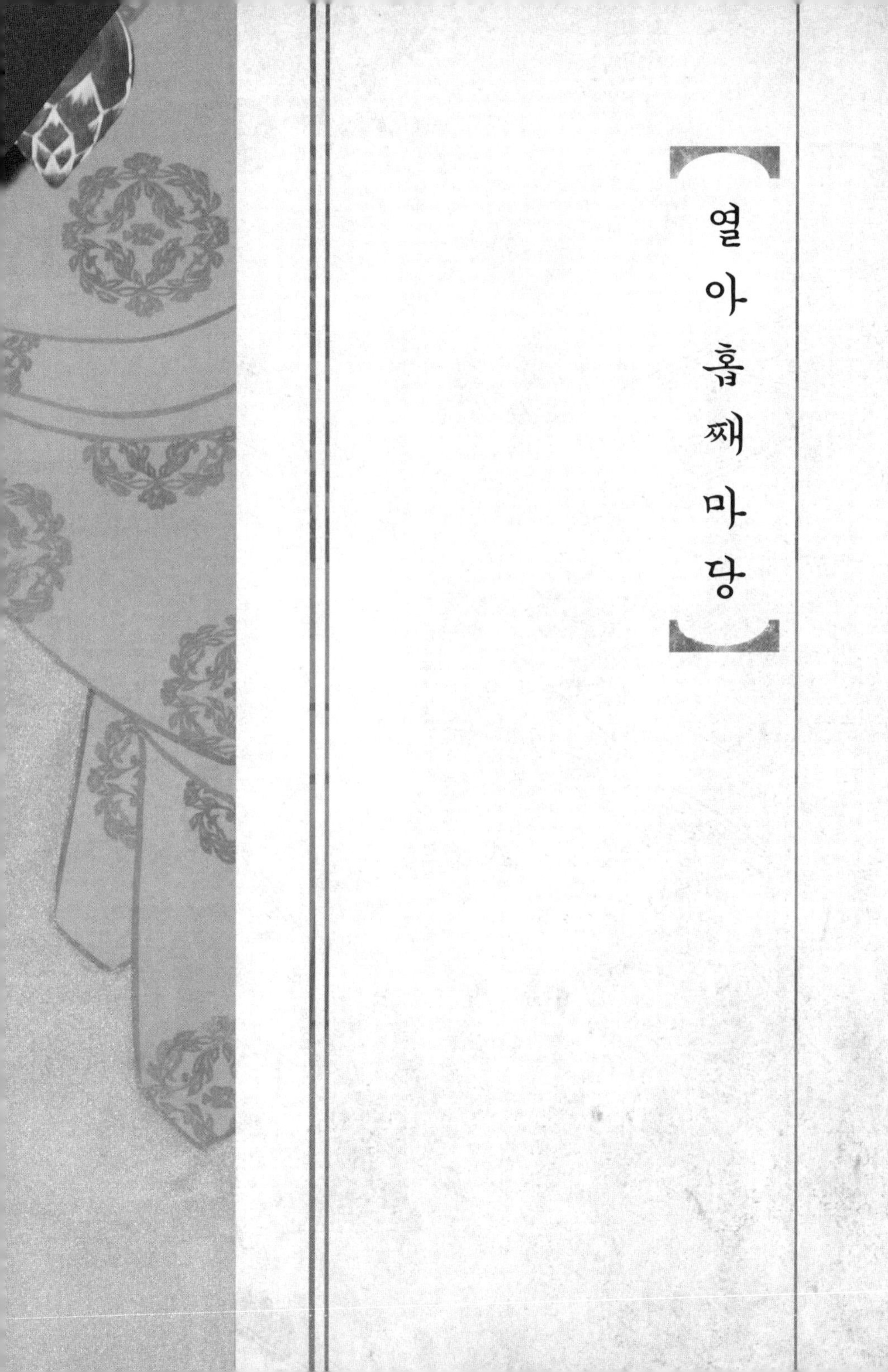
열
아
홉
째
마
당

마부위침 磨斧爲針

여제의 명을 받아 왕경 서라벌에 이르는, 가장 가까운 요충지인 압독주 군주로 나아가 있던 유신은 병문의 일 따위에는 아무 관심도 없다는 듯 매양 술을 마시고 향가를 하며 날과 달을 보내고 있었다. 곁에서 지켜보는 양부는 애가 달았다. 유신의 몸이 상하는 것이 염려되기도 하거니와 군주가 그러하니 군사들에 있어서도 기강이 바로 설 리 없기 때문이었다.

"도독 존하께서 어쩌자고 매일같이 저러시는지 모르겠군. 벌써 몇 달째야. 나 원."

안에서 유녀들을 끼고 술판을 벌이고 있는 유신을 감히 말릴 수도 없고 하여 뜰에서 넋두리를 쏟아내었지만 댓돌 아래에 선돌처럼 서 있는 군승은 아무 대꾸도 하지 않았다. 양부는 그런 군승을 보고는 고개를 절레절레 흔들었다.

"이놈아, 그렇게 온종일 꿰매고 있을 입은 무엇 하러 달고 다니느냐."

유신이 장수들과 어울려 질펀하게 잔치판을 벌이는 동안 군사들은 군사들대로 병기를 놓고 곳곳에서 널브러져 술이야 노래야 하는 것이었다.

유신이 이따금 군영 밖을 나서서 하는 일이라곤 술에 취한 채 말을 타고 압독주를 건성으로 둘러보는 일이었다. 그럴 때면 길가에 나와서 노는 아이들이 말 위에서 꾸벅꾸벅 조는 유신을 조롱하곤 하였다.

"저기 우리 주정뱅이 도독님 납시었다아!"
아이들이 그러할진대 백성들은 더 말할 것이 없었다.

"저렇게 졸면서도 낙상을 안 하시니 그것이 신통할세 그려."
"저 백마는 천하의 명마라지?"
"명마면 뭘 하고 천리마면 뭘 해? 말이 아깝구나, 말이."
뒤따르는 양부가 매양 부끄러워 얼굴이 화끈거렸다. 술을 마신 뒤에는 바깥나들이를 하지 않으면 좋으련만 하였지만 유신은 버릇처럼 꼭 술을 마신 뒤에야 말을 대령시키곤 하는 것이었다.

"피익!"
작은 댓살 하나가 날아와 유신이 타고 있는 백마의 말다래에 부딪혀 떨어졌다. 댓살이 힘이 없었길래 망정이지 하마터면 유신의 허벅다리에 꽂힐 뻔하였다. 유신은 손을 들어 말을 세웠다. 그리고는 견마군사를 시켜 땅에 떨어져 있는 댓살을 줍게 하여 받아들었다.

멀지않은 곳에 모여 있던 아이들의 얼굴이 사색이 되었다. 저마다 손에는 장난감 노궁을 들고 있었다. 유신은 아이들을 바라보더니 웃는 낯을 보였다. 그제야 아이들이 안심을 하고는 히죽 웃으며 절을 하였다.

"저 아이들을 이리로 데리고 오너라."

양부에게 불려온 아이들은 벌을 받을까봐 겁에 질려 있었다. 유신은 안심시킨 뒤 장난감 노궁을 하나 건네받아 살폈다. 그 순간, 유신의 눈빛이 달라졌다.

"이걸 누가 만들어 주었느냐?"

"어떤 아저씨가요."

유신은 아이들이 말하는 아저씨가 있는 곳을 알아내고는 그쪽으로 길을 잡았다. 군영이 있는 압량토성 오 리 밖 소머리골이었다.

유신이 아이들의 장난감을 예사롭지 않게 여긴 데에는 그만한 까닭이 있었다. 군사들이 쓰는 노궁만 하더라도 살대를 한 대씩 걸어서 쏘도록 되어 있어 있었는데, 장난감으로 만든 노궁은 살대 여러 대를 걸어서 쏠 수 있도록 만든 것이었다. 무심코 보아 넘길 수도 있었지만 유신의 눈에는 그것이 하찮은 장난감으로 보이지 않았다.

아이들이 가지고 놀던 노궁을 만든 사람은 목공 구진천이었다. 그는 진흥대제 때 나마 벼슬에 있으면서 처음으로 포노를 만들어 전쟁터에서 무시무시한 위력으로 이름을 떨치게 한 신득의 손자였다.

유신은 생각보다 젊은 그에게 물었다.

"골품이 있는가?"

"예, 도독 존하. 소인의 골위는 육두품이옵니다."

"구 노사가 아이들에게 장난감 목노를 만들어 주었다고?"

"그러하옵니다. 아이들이 가지고 놀 것이 마땅치 않기에 심심파적 삼아 하찮은 손재주를 놀려본 것뿐이옵니다."

"내 보기에는 하찮은 손재주가 아닐세. 좀 둘러봐도 되겠는가?"

"소인이 모시겠사옵니다."

유신은 구진천이 이끄는 대로 넓은 뜰을 둘러보았다. 만들다가 만 야릇한 것들이 많았지만 무엇인지 알 수 없었다. 구진천이 굳이 일러주지 않았다. 뜰을 다 둘러본 유신은 공방 안으로 들어갔다. 낯익은 병기가 하나 눈에 띄었다.

"백보노로군. 지금 우리 신국 신라의 군사들이 쓰는 것이 아닌가?"

"그러하옵니다."

"그렇다면 이 백보노를 만들어 병부에 바치고 생계를 꾸려가고 있겠군?"

"예, 도독 존하."

유신은 공방 안 탁자 앞에 앉았다. 구진천의 조수로 있는 어린 심심이가 차를 내어왔다. 유신은 차 맛을 본 뒤에 입을 열었다.

"단도직입으로 말하겠네. 구 노사가 삼대를 이어 노궁을 만들어 왔으니, 모르면 몰랐지 귀신같은 솜씨가 있을 듯하네. 지금 우리 신국 신병들이 쓰는 백보노 말고도 아이들이 가지고 노는 것을 군문에서 쓸 수 있도록 연사노와 다사노를 만들어 주게. 또 자네 선대가 만들었던 거포노도 만들게."

"도독 존하께서 소인의 보잘 것 없는 재주를 높이 여겨주시니 신명을 다해 지어 올리겠사옵니다."

"그 밖에 구 노사가 만들 수 있는 것으로는 어떤 것을 들 수 있겠는가?"

"천보노를 궁리 중이옵니다."

"천보노? 방금 천보노라고 했나?"

"예, 도독 존하. 옛사람은 몸소 도끼를 갈아서 바늘도 만든다고 했사옵니다. 그것에 비하면 천보노 짓는 일이야 오직 머리를 잘 굴리면 되는데 어인 노고가 있겠사옵니까."

유신은 무릎을 치더니 구진천의 두 손을 잡았다.

"내 이제야 사람을 제대로 만났네. 허허."

유신은 밖으로 나왔다. 뜰에 있는 커다란 수레 위에 실려 있는 것이 못내 궁금하여 물었다. 구진천이 대답하였다.

"저것도 아직 궁리 중에 있는 것이온데, 발연거라고 하옵니다."

"발연거?"

"바람이 부는 방향으로 손물레를 돌리거나 발풀무를 밟아서 연기를 일으켜 날리면 적이 매캐한 연기를 맡아 숨을 잘 못 쉬게 되고 눈도 제대로 뜰 수 없게 되옵니다.”

“오! 그것 참 유용하겠군 그래?”

“옛적 군신 치우가 만들었다는 병거이온데 그 이름만 있고 만드는 방법이 전해지지 않사옵니다. 그래서 미력한 소인이 발연거라는 명칭에 의지하여 한번 재현해 보고자 하옵니다.”

유신은 고개를 끄덕였다.

“가상한 일일세. 여러 가지 병기를 만드는 데 드는 재용은 군영에 와서 마음껏 갖다 쓰게.”

“그렇게 해주신다면 소인이 비화옹을 만드는 데에도 큰 도움이 될 것이옵니다.”

“비화옹?”

“그저 하늘을 나는 항아리라고만 알아두옵소서. 그것도 때가 되면 다 만든 것을 직접 보실 수 있을 것이옵니다.”

“잘 알겠네. 구 노사가 한 가지 새겨두어야 할 것은 어디 숨어 있을지 모르는 이웃한 적국의 첩자를 조심해야 한다는 것이네. 그들이 알게 되면 큰일이니 아무도 모르게 하라는 말일세.”

“명심하겠사옵니다, 도독 존하.”

군영으로 돌아온 유신은 그날로 노사대를 조직하여 양부를 노사 대감으로 삼고 날마다 백보노를 들고 사냥을 하게 하였다. 매일 잡아와야 할 짐승의 마릿수와 종류를 정해주고는 할당된 수량을 채우지 못하는 날에는 엄벌을 내리곤 하였다.

이윽고 노궁을 쏘는 데 이력이 난 노사대 군사들은 압독주에 사는 산짐승의 씨를 말릴 듯이 잡아들였다. 그리고 드물기는 하였지만 하늘을 나는 새까지 쏘아 떨어뜨리는 군사까지 나타나기도 하였다. 잡은 짐승의 고기로는 저녁마다 질펀하게 잔치판을 벌여 그대로 노사대에게 다 먹였다.

밤이 지나고 나면 그 다음 날에는 또 어김없이 상을 걸고 사냥 경쟁을 시키기를 여러 달이 지났다. 사냥한 고기를 배불리 먹은 뒤, 기세가 충천하여 또 사냥을 하기를 거듭한 군사들은 몸이 튼튼해지고 날래기가 이를 데 없었다. 어느 때부턴가 그들은 좀이 쑤시기 시작하였다.

"요즘처럼 이렇게 힘이 남아돌 적에 백제 놈들과 제대로 한 번 싸워볼 만하지 않겠는가?"

"그렇다마다. 그런데 도독 존하께서는 도무지 적진으로 먼저 쳐들어가실 생각은 아예 하지 않으시니."

"전에는 자주 쳐들어오던 백제 놈들이 요즘은 어찌 이리 조용할꼬."

무산성으로 침입하였다가 비녕자와 거진 부자, 그리고 종 합절이 차례로 장렬히 죽은 뒤에 사기충전하였던 신라 군사에게 패하여 홀로 달아났던 백제 장군 의직이 다시 서쪽 국경으로 쳐들어왔다. 그는 지난날의 치욕을 앙갚음하듯이 요거성을 비롯한 십여 성을 함락시켰다.

신하들의 아룀을 들은 여제는 몹시 큰 우려를 보이며 압독주 군주 유신에게 군사를 이끌고 가 백제군을 패주시킬 것을 하명하였다. 유신은 근래에 들어 춘추와 다소 서름하게 지내오고 있던 터에 좋은 기회라고 여겨 아뢰었다.

"비록 미미하나마 소신이 쥐와 같은 적국 백제군을 물리치는 건 어렵지 않는 바이오니, 이번에 출병을 하면 예전에 옛적 대야성의 치욕을 갚고 대량주의 국토까지 다 수복하고자 하옵니다."

"지난번에 대야성 도독 품석이 잃은 대량주는 예부터 우리의 강토였다고는 하나, 작은 우리 신국 신라가 큰 적국 백제를 크게 범하려다가 나라가 위태로워진다면 장차 어찌하겠소?"

"성상폐하, 군사의 승패는 대소에 달려있는 것이 아니오라 다만 인심이 어떠한가에 달려 있을 따름이옵니다. 지금 저희 신병은 뜻이 한결같아서 생사를 함께 할 수 있사오니, 허풍선이나 다를 바 없는 적국 백제라는 것은 조금도 두려할 바가 없사옵니다."

여제로부터 발병 윤허를 받은 유신은 미리 작전을 짜 노사대를 두 편으로 나누어 옥문곡에 매복시켜 놓았다. 그리고는 남은 압독주의 기병과 보군을 거느리고 나아갔다.

신라군이 오는 것을 안 백제군은 성안에서 지키지 않고 오히려 대야성 밖에 나와 주둔하고 있었다. 유신은 돌격 명령을 내려 군사들이 맞서 싸우게 한 뒤에 점차 뒤로 물러나게 하였다. 그리고는 힘에 겨워 후퇴하는 척하였다.

백제장군 의직은 이번에야말로 복수를 할 때라고 생각하여 신라군을 맹추격하였다. 대야성 앞에서부터 옥문곡까지 후퇴하는 신라군을 본 의직은 더욱 의기양양하여 왕경까지 쳐들어갈 기세로 군사를 더욱 늘려 쫓아왔다.

백제군이 옥문곡 안으로 대거 들어오자 유신은 비로소 북소리로 신호를 울렸다. 갑자기 옥문곡 좌우 산비탈에서 화살이 빗발치듯 날아들었다. 미리 밀령을 받아 숨어서 기다리고 있던 노사대 군사들이 노궁을 쏘아댄 것이었다. 또 달아나던 신라군이 그 틈을 타 전열을 가다듬고는 되돌아서 맞서 싸우기 시작하였다.

좁은 옥문곡에 가득 든 백제군을 신라군이 세 방향에서 협격하는 형세가 되었다. 많은 군사들이 몰살당할 것을 염려한 백제 장군 의직은 뒤늦게 유신의 계략에 걸려든 것을 깨닫고 소리쳤다.

"퇴각! 퇴각하라!

좁은 옥문곡 골짜기 입구로 달아나려는 백제 군사들이 한꺼번에 몰리자 넘어져 밟히고 쌓여서 그대로 사람의 둑이 되는 바람에 일천여 인의 목숨이 삽시간에 사라져 버렸고, 활로를 찾아 허둥대던 백제 장수 여덟 사람은 사로잡히고 말았다.

"저들의 목숨을 어찌하면 좋겠는가?"

"끌어내어 목을 베어야 하옵니다."

휘하 장수들의 의견은 한결같았다. 유신은 조심스럽게 말을 꺼냈다.

"옛 대야성 도독 품석 내외와 자식들의 유해와 맞바꾸는 것이 어떠하겠는가?"

"도독 존하, 불가하옵니다."

부장의 말을 들은 유신은 그를 바라보았다.

"자네 부모형제의 유해라면 그런 말을 할 수 있겠는가?"

부장은 할 말을 잃었다. 다른 장수들도 더는 말을 하지 않았다. 유신은 양부를 사자로 삼아 백제군 진영으로 보내었다. 양부는 백제 장군 의직에게 유신의 뜻을 전하였다.

"우리 옛 군주 품석과 그의 처 김 씨의 뼈가 너희 나라에 묻혀 있음을 잘 알고 있다. 그리고 지금 너의 장수 여덟 사람이 나에게 사로잡혀 엉금엉금 기면서 살려달라고 청하는 것을 보니 나는 차마 죽이지 못하고 있다. 이에 내가 제안을 하는 바이니, 죽은 두 사람의 뼈와 살아있는 여덟 사람의 목숨과 맞바꾸는 것이 어떻겠는가?"

백제 장군 의직은 혼자 결정할 일이 아니라고 여겨 백제의 왕도 사비성으로 전령을 보내었다. 유신의 제안을 들은 좌평 중상이 백제 왕 부여의자에게 아뢰었다.

"신라인의 해골을 묻어두어 보았자 우리 백제에게 그다지 이로울 것이 없사오니 돌려보내는 것이 좋겠사옵니다. 만약 유해를 돌려보냈음에도 불구하고 유신이 신의를 저버려 우리 여덟 장수가 살아 돌아오지 못한다면, 먼저 말해놓고도 신의는 오히려 저들이 어긴 바가 되오니 어인 근심을 하겠사옵니까?"

"옳은 말이로다. 우리 장수 여덟의 목숨을 그깟 몇 줌 뼛가루에 비할쏜가."

품석과 그의 아내 고타소의 유해가 든 관이 돌아오자 부장이 유신에게 말하였다.

"이제 유해가 돌아왔으니 굳이 여덟 장수를 돌려보낼 것이 있겠사옵니까?"

"적국과 맞서 싸우는 전장에서도 무릇 신의라는 것이 있다. 만약 내가 저 여덟 백제장수를 돌려보내지 않는다면 장부답지 못한 처사라고 천하의 웃음거리가 될 것이다. 한 장 잎이 떨어진다고 무성한 숲이 줄어들 것은 없으며, 한 점 티끌이 모이더라도 큰 산에는 더해지는 것이 없는 법이다. 백제 장수 여덟 사람을 씻기고 입힌 뒤에 말을 내주어 돌려보내거라."

유신은 돌려받은 유해를 소수레에 실어 신라 왕경으로 고이 돌려보내었다. 그런 뒤 사기가 한껏 드높아진 군사들을 휘몰아 백제의 강역으로 깊이 쳐들어갔다. 하루에 하나씩 무려 열두 성을 공격하여 빼앗았고, 백제군 이만여 인을 참수하였으며 구천여 인을 사로잡았다.

유신이 고토 대량주를 수복하고도 성에 차지 않아 더 서쪽으로 진군하여 큰 전과를 올렸다는 소식을 들은 여제는 크게 기뻐하였다. 조정 대신들과 전공을 논하여 유신을 이찬으로 벼슬을 올리고 상주

행군대총관으로 삼았다. 휘하 장수와 군사들에게도 차등 있게 상을
내렸다.

전장에서 그러한 소식을 들은 유신은 계속하여 쳐들어가 진례성
을 비롯한 아홉 성을 격파하여 백제군 구천여 인을 무참히 무찌르
고 육백여 인을 포로로 거두어 들였다.

유신의 군사가 승전가를 크게 울리며 왕경으로 돌아오자 여제는
몸소 대궁 밖으로 나와 맞이하였고 조관들은 탄사를 아끼지 않았다.
왕경인들은 길가에 쏟아져 나와 유신을 우러러보며 나라가 열린 이
래 최고의 보배라며 입을 모았다.

"고맙소, 유신 형공."

"이제야 제공께서 묵은 한을 조금이나마 푸신 듯하여 다행으로
여겨지옵니다."

"내 유신 형공의 은공은 죽어서도 잊지 않겠소"

춘추는 눈물을 흘리며 딸 고타소와 사위 품석의 유골을 양지바른
곳에 묻고는 장차 반드시 백제를 쳐 멸할 것을 맹세하였다. 유신은
그런 춘추를 물끄러미 바라보았다. 춘추는 왕경에 자신은 압독주에,
그렇게 서로 떨어져 있어온 까닭에 다소 소원해져 있던 관계가 전
과 똑같이 회복되었음을 느꼈다.

"구 노사, 궁리는 잘되어 가는가?"

구진천은 허리를 굽히며 유신을 맞이하였다.

"머잖아 좋은 소식을 아뢸 수 있을 것 같사옵니다."

“그래? 그것 참 반가운 말이로군. 참, 여기 소머리골은 여러 병기를 만들더라도 이목이 많고 또 터가 좁아 실험하기에 용이치 않으니 구 노사가 마음 놓고 병기 제작에만 전념할 수 있을 만한 다른 곳을 물색해 보는 것이 어떤가?”

“소인도 그렇게 생각하고 있었사옵니다만, 혹시 도독 존하께서 봐두신 곳이라도 있사옵니까?”

“벽도산 깊은 곳에 아주 맞춤 같은 마땅한 곳이 있다네.”

“벽도산이라면? 여인네들만 모여 산다는 청연곡이 있는 곳이 아니옵니까?”

“그렇다네.”

기신지계 紀信之計

당나라에 조빙을 하러 간 한질허에게 당 황제가 어사대부를 시켜서 물어보게 하였다.

"신라국은 신하의 나라로서 대국의 조정을 섬기는 터에 어인 연유로 따로 연호를 칭하고 있소?"

"일찍이 황상폐하께서 정삭을 반포하지 않았기에 선대 법흥대왕 때부터 기년을 가지고 있는 것이옵니다. 만일 황명이 있었다면 어찌 감히 그렇게 하였겠사옵니까?"

그 말을 들은 당 황제가 별다른 꼬투리를 잡지 않고 고개를 끄덕여 수긍하였다는 것인데, 춘추는 지난번 선품과 마찬가지로 한질허가 다녀온 것 가지고는 안 되겠다고 여겨 직접 당나라에 가고자 하였다.

"제공, 꼭 직접 가셔야 하겠사옵니까?"

"내가 가지 않으면 누가 가겠소? 적국 백제가 한편으로는 고구려와 손을 잡고, 또 다른 한편으로는 왜국을 등 뒤에 두고 오만방자하게 우리 신국 신라를 넘보니, 이제 우리가 도움을 청할 곳은 당나라밖에 없지 않소?"

"교활한 당 황제가 제공의 뜻을 선선히 들어줄지……."

"내 이 한목숨을 바쳐서라도 원하는 바를 얻을 수 있다면 그렇게 할 작정이오."

"제공?"

"허허, 유신 형공은 심려치 마시구려. 우리 신국 신라를 지키고자 하는 내 뜻이 그렇듯 간절하다는 것이외다."

여제로부터 윤허를 받아낸 춘추는 유신과 의논하여 문장을 잘하고 풍채가 좋은 고승 세 사람과 조정의 신하 세 사람을 뽑았다. 고승으로는 밀본최사, 명랑법사, 양지대사를, 조정의 신하로는 벼슬자리에서 물러나 있던 예원, 양도, 사위인 대관대감 흠운, 그리고 학문이 깊은 자신의 셋째아들 문왕을 데리고 가기로 하였다.

또 정사당에서는 대신들이 모여 논의한 끝에 당 황제와 조정 대신들이 색을 좋아한다고 하여 여인 세 사람을 종실의 출신이라고 속여 딸려 보내기로 하였다. 그런데 시중 유곽의 여인들은 천박하여 보내기에 마땅치 않음을 알고 고민하였다. 유신으로부터 그러한 말을 들은 금지는 청연곡으로 가 유화 셋을 가려 뽑아 사신 일행을 따라가게 하였다.

"제공, 부디 잘 다녀오소서."

"아무 심려 마시오. 내 반드시 뜻을 이루고 돌아오겠소"

춘추는 유신과 조정 대신들의 배웅을 받으며 통천사 무리의 호위 속에 왕경을 나섰다. 바다에 배를 띄워 나가자마자 봄 바다에 돌풍이 일어 풍랑을 만났다. 배가 위태로워지자 사공이 아뢰었다.

"아무래도 여인 한 사람을 재물로 바쳐 해신의 노여움을 달래야 할 것 같사옵니다."

그 말을 들은 예원이 얼른 나섰다.

"아니 될 말이네! 인명은 지위고하 없이 지중한 것인데 어찌 보잘 것 없는 여인이라고 함부로 죽이려 든단 말인가!"

배가 심하게 흔들려 곧 침몰할 것만 같았다. 양도가 말하였다.

"예원 형공은 여인의 목숨만 지중하게 여기고 주공이 위험에 처한 바는 생각하지 않사옵니까?"

"기왕 한 배를 탄 터에 위태롭다면 다 함께 위태로운 것이고, 안전하다면 다 함께 안전해야 한다. 너는 어찌 죄 없는 사람을 희생시켜 삶을 꾀하려 하느냐."

예원이 말을 마치자 바람은 언제 불어 닥쳤느냐는 듯이 잠잠해졌다. 사공은 해신이 예원의 말을 듣고 노여움을 풀었다고 생각하였다.

해로와 육로를 거쳐 멀고 먼 당나라 장안성에 도착하였다. 당 황제는 광록시 대부 유형을 성 밖으로 보내어 춘추 일행을 맞이하게 하였다. 빈객관에 든 춘추는 다음 날 황제를 알현할 채비를 하고자 숙소에 들었고, 고승들은 당나라에서 이름 높은 승려들과 교류를 하고자 나갔다.

예원은 광록시 대부 유형과 마주 앉았다. 당 대신들은 예원이 원광법사의 조카로서 문장을 잘하고 식견이 뛰어나다는 소문을 듣고 찾아와 함께 자리하였다. 차를 나누어 마신 뒤에 유형이 물었다.

"신라에는 선선의 도가 있다고 들었는데 어떠한 것이오?"

"그저 청유를 즐기는 바입지요. 우리 신국 신라에는 진선공자라고 불리는 보종이라는 분이 계시온데, 그분께서는 능히 그 도를 얻었다고 할 만합니다."

"신라에서는 아무하고나 가리지 않고 혼인을 하는 낯 뜨거운 혼례의 방습이 있다고 하던데, 그것은 국법에 따른 것이오?"

"국법이 아니라 신명의 뜻에 따릅니다."

"신명의 뜻?"

"사람마다 품고 있기도 한 것인데, 언설로는 나타내지 못할 현묘한 바가 있습니다."

유형은 난혼이라고 할 만한 신라의 혼인풍습에 대하여 더 묻기를 주저하였다. 예원의 대답이 더 어려워 이해하지 못하면 여러 사람들 앞에서 무안할 것 같아서였다. 그래서 화제를 돌렸다.

"신라에서는 어떤 신을 시조로 삼고 있소?"

"일광의 신, 즉 해와 달의 신입니다."

“일광의 신이라면 소호금천씨와 같은 것이오? 내가 듣기로, 전에 왔던 사신이 신라에서는 금천씨를 조상으로 삼는다고 말했던 기억이 나서 하는 말이오.”

“허허. 옛 사람 금천씨가 어떻게 신이 되겠습니까?”

유형은 무어라 답해야 할지 몰랐다. 묻는 말에 부드러운 음성으로 가만가만히 말하는 예원의 깊이를 헤아릴 수 없었다. 그래서 또 화제를 바꾸었다. 이번에는 신라가 당면한 시급한 현안이었다.

“신라의 소지왕 때와 백제의 동성왕 때에는 왕실끼리 혼인까지 했는데 지금은 어찌하여 서로 원수를 진 듯이 다툼이 끊이지 않소?”

“옛적에 백제가 고구려에 쫓겨 남쪽으로 내려왔을 때 처음에는 우리 신국 신라가 군사와 강토를 빌려주어 보호해 주었습니다. 그리하여 백제가 처음에는 우리 신국 신라에 신하로서 의지를 했는데 그들이 점차 안정이 되자 은혜는 저버리고 도리어 우리 신라를 침범해 오기 시작하였습니다.”

“대국으로부터 얻을 것이 있으면 머리를 조아리며 조공을 하였다가도 얻을 것이 없다고 생각되면 언제 그랬느냐는 듯이 태도가 돌변하는 족속들인지라, 백제가 인의의 도를 행하지 않는다는 것은 잘 알고 있소.”

“게다가 가야는 본디 우리 신라의 부용국이었고, 지금은 우리 신국에 귀부한 터인데 백제가 그 서쪽 땅을 빼앗고는 돌려주지 않고 있습니다.”

“신라가 가야를 부용국으로 삼았는지 아니면 가야가 신라를 부용
국으로 삼았는지에 관해서는 명확한 바가 있소?”

“우리 신국 신라는 한 선제 오봉 원년에 나라가 열렸고, 가야는
한 광무 건무 십팔 년에 나라가 섰으니 그것만 생각해 보더라도 누
가 옳은지 알 수 있습니다.”

“과연!”

“백제는 신라가 베푼 은혜를 배신하고, 탐욕스럽기 그지없으며,
인의의 도가 전혀 없는 무리입니다. 이제 더 참지 못한 우리 신국
신라는 대국의 천병을 얻어 그들을 토벌하여 천하를 안녕케 하고자
합니다.”

유형은 또 물었다.

“신라는 대국을 따르는 바인데, 스스로 칭제하고 건원한 것은 언
제부터이오?”

“멀리 상고부터 그러하였습니다.”

“먼저 온 사신은 법흥왕 때부터 시작되었다고 대답하였소.”

“그것은 단지 문자를 사용하여 표기한 것을 말한 것입니다.”

광록시 대부 유형은 돌아가 황제에게 예원을 만난 일을 아뢰었다.

“황상폐하, 예원이라는 자의 식견이 매우 깊고도 해박했사옵니다.
신이 사려하건대, 지금까지 보아온 사신과는 달라도 한참 다른 사람
들이 온 줄 아옵니다.”

“신라에 인물은 김유신 한 사람이 있는 줄 알았더니 그게 아니었

단 말인가? 주신을 따라온 부신이 그리하다면, 주신은 과연 어떤 인물인지 몹시 궁금하도다."

다음 날 일찍 춘추가 황궁에 들었다. 당 황제는 예상하였던 것보다도 더 뛰어나게 비범해 보이는 춘추의 늠름한 용모와 영특함을 깊이 감춘 듯한 두 눈빛을 대하고는 모처럼 큰 인물을 만난 것만 같아 몹시 흐뭇하였다.

"신라 사신은 기왕 먼 길을 왔으니 오랫동안 머물면서 여러 곳을 편람하여 내 나라에 있는 양 편히 지내도록 하라. 그래 어딜 가장 먼저 구경하고 싶은가?"

"황상폐하, 황은이 망극하옵니다. 소신이 가장 먼저 들르고 싶은 곳은 국학이옵니다. 몸소 석전과 강론을 참관하기를 바라옵니다."

"옳고도 옳도다! 무릇 백성을 평안케 다스리는 도리는 학문에서 나오고, 나라를 태평히 지키는 힘은 병문에서 나오는 바이니 사신의 뜻이 가상하다."

당 황제는 이어 자신이 직접 지은 비문을 탁본한 것과 새로 편찬한 진나라의 사서를 내려 주었다. 춘추는 빈객관에 들어앉아 여러 날 그것들을 살펴보고 있었다. 황제는 춘추를 황궁으로 불렀다.

"요즘 바깥나들이를 하지 않는다던데 어디 병이라도 났는가?"

"내사하신 비문을 살펴보며 감탄하고 또 감탄하고 있었사옵니다."

황제는 춘추의 말이 설령 입발림이라도 듣기 싫지 않았다. 가볍게 웃음을 보인 그는 춘추에게 가벼운 수레와 날쌘 말 그리고 비단 옷과 좋은 약을 내렸다.

"온종일 객관에만 있으면 몸이 상하기 쉬우니 수레에 편히 앉아 가고 싶은 곳은 어디든지 마음대로 출입하고 잔치를 벌이고 싶으면 조정 경대부들과 며칠이고 즐기도록 하라."

봉황을 새긴 자물쇠가 일천 개나 쓰이고, 맹호와 백학이 그려진 큰 문이 일만 호나 된다는 황궁이었다. 아무리 둘러보아도 평생 내 다 둘러볼 수 없을 것만 같은 대궐 안에서 날이면 날마다 조정 대신들이 베푸는 연회에 참석하여 세상사 모든 일에 관하여 의논을 나누며 즐기는 동안 춘추는 그들로부터 신의 있고 우의 있는 환심을 사기에 이르렀다.

그러한 하루는 당 황제가 춘추를 불렀다. 황금 일백 근과 비단 다섯 수레를 내리고는 대인은 씀씀이를 아끼는 법이 아니라고 말한 뒤에 물었다.

"짐이 이제 먼 길을 온 경의 깊은 뜻과 큰 포부를 알고자 하노라. 경과 같은 인물이 작은 나라 신라에 있기에는 아까우니 짐의 곁에서 함께 천하의 대사를 논의함이 어떠한가?"

춘추는 기회다 싶어 얼른 꿇어앉고는 말하였다.

"신의 나라 신라는 바다 건너 동쪽에 치우쳐 있으면서도 대국의 조정을 섬긴 지 이미 여러 해가 되었사옵니다. 그런데 백제는 교활하게도 여러 차례에 걸쳐 저희 신라를 마음대로 침략하였사옵니다. 더욱이 지난해에는 군사를 크게 일으켜서 깊숙이 쳐들어와 수십 성을 함락시켜 저희 신라가 대국에 조빙할 길을 막았사옵니다.

만약 황상폐하께서 천병을 저에게 빌려주시어 저 흉악한 백제를 토벌하지 않으신다면 신의 나라 신라의 백성은 모두 금수의 더러운 발톱 밑에서 신음하게 될 것이고, 특히 바다를 건너고 산을 넘어 봉행하는 조빙마저 다시는 할 수 없게 될 것이옵니다.”

춘추의 말을 들은 당 황제는 어느 한군데 흠잡을 데가 없어 잠시 묵묵하였다. 춘추는 말을 덧보태었다.

“천하를 안녕케 하는 오직 한 방법은 저희 신라와 대국이 힘을 하나로 하여 미친개처럼 마구 날뛰는 백제를 멸하는 데 있사옵니다. 통촉하옵소서.”

당 황제는 그 말에는 일언가부도 없이 딴 말을 꺼내었다.

“경의 나라에 김유신이라는 천하의 명장이 있다고 들었노라. 그의 사람됨은 어떠한가?”

“유신은 비록 약간의 지혜와 재주를 갖추고 있사오나, 황상폐하의 위엄을 빌리지 않는다면 어찌 쉽게 이웃한 근심거리를 없앨 수 있겠사옵니까?”

“허허. 과연 경은 군자답도다. 그대 나라 신라에는 금척이라고 하는 보물이 있다지?”

춘추는 당 황제가 군사를 빌려주는 대가로 금척을 내놓으라는 말로 알아듣고 얼른 둘러대었다.

“금으로 만든 한낱 자일 뿐이옵니다. 저희 신라의 왕이 새로 보위에 오를 때 지니는 탓에 나라 안팎에 신물이나 되는 듯이 소문이 나 있을 따름이옵니다."

"하긴, 아무리 잘 만들었다고 하더라도 어찌 하찮은 자 따위가 어찌 일국의 보물이 될 수 있으랴. 허허."

"황상폐하, 저희 신라 조정에 은혜를 베푸시어 장복을 고쳐서 대국의 법제를 따르도록 윤허하여 주옵소서."

"오, 그래? 그것 참 듣기에 반가운 말이로다."

당 황제는 신라가 제후국의 면모를 제대로 갖추려고 한다고 생각하여 크게 기뻐하였다. 내전에 하명하여 갖가지 무늬를 입히고 수를 놓은 관복을 신라 사신 일행에게 빠짐없이 하사하였다.

또 춘추에게 당나라의 관작을 내려 정이품 특진관으로 삼았고, 춘추의 아들 문왕은 황궁을 호위하는 부대의 수장 중 하나인 좌무위 장군에 봉하였다. 비록 명예직이기는 하지만 제후국의 신하가 받은 것치고는 아주 높은 벼슬이었다.

당 황제의 심기가 더없이 흡족해진 것을 안 춘추가 또 아뢰었다.

"황상폐하, 신에게 아들 일곱이 있사옵니다. 바라옵건대 신이 데리고 온 아들과 사위를 고명하신 폐하의 옆을 떠나지 않고 숙위할 수 있도록 해주소서."

당 황제는 춘추가 자신의 아들과 사위를 볼모 아닌 볼모로 삼으라는 말로 들려 그 배포에 놀라면서도 크게 반가워하였다.

"오 그렇게까지? 짐이 그대의 충심을 잘 알겠도다. 듣거라! 좌무위장군 문왕과 대관대감 흠운은 황궁에 머물면서 숙위도록 하라."

"황은이 망극하옵니다."

"짐이 이제 사신을 통하여 신라가 대국을 향한 충성스러운 마음가짐을 잘 알게 되었도다. 이러한 터에 어찌 군사를 내어 구원의 손길을 내지 않겠는가. 때를 가려 백제를 칠 군사를 내어줄 터이니 신라 사신은 만반의 채비를 하고 기다리도록 하라."

춘추는 오랫동안 당 황제에게 끝없이 몸을 낮추고 당 조정 대신들에게 믿음을 얻어 비로소 자신의 뜻을 관철시킨 것에 대하여 스스로 감격하여 눈물이 줄줄 흐르는 얼굴을 조아렸다.

"짐이 백제와 고구려를 치려고 하는 뜻은 그 두 나라가 매양 그대의 나라 신라를 침략하여 편안한 날이 없게 하고 있는 까닭이다. 또 산천과 토지는 짐이 탐내는 바가 아니고 보배와 사람들은 짐에게도 넘쳐나는 바이다. 짐이 백제와 고구려를 평정하면 평양 이남의 땅은 신라에게 주어 길이 편안하게 다스리게 하겠노라."

춘추는 듣는 귀를 의심하였다. 당 황제가 고구려를 친 뒤에 그 땅을 거의 다 차지하려는 속셈을 내보여서였다. 그 자리에서는 아무 말도 하지 않아야 하였다. 불가하다는 기색이라도 보인다면 청병을 일언지하에 거절한 뒤, 천자에게 무례히 군다는 죄를 주어 감옥에 가둘 것이기 때문이었다.

춘추가 아무 말도 하지 않고 조아리고만 있자 당 황제는 명을 내렸다.

"조정의 삼품 이상 경대부들은 사신에게 송별연을 극진히 베풀어 신라로 돌아가는 먼 길의 노고를 위무하라."

신라로 돌아오기에 앞서 춘추는 아들 문왕과 사위 흠운에게 당부하였다.

"너는 신라의 신하이니라. 무슨 말인지 알겠느냐?"

아들 문왕이 대답하였다.

"예, 아버지. 때때로 이곳 황궁의 소식을 전하도록 하겠사옵니다."

광록시 대부 유형은 예원의 됨됨이에 감동하여 잡은 손을 놓지 않았다. 예원은 데리고 온 여인들을 이역만리 타국에 버려두다시피 한 채 돌아가게 된 것을 안타깝게 여겨 조심스럽게 말하였다.

"저희 신라 여인들을 잘 보살펴주시기를 부탁드리옵니다."

"아, 그 여인들은 아무 염려 말고 함께 데리고 돌아가도록 하오."

"예에? 그게 어인 말씀이신지?"

"여인들이 말이 통하지 않고 또 우리 대국의 풍토에도 익숙하지 못하기 때문에 비록 용모가 드물게 아름다우나 머물게 할 수는 없겠소."

그리하여 유화 세 사람도 함께 돌아오게 되었는데, 짐을 진 통천사 무리가 푸념어린 목소리를 내었다.

"오고 가는 수천 리 길에 우리에게는 저년들이 그림의 떡이니 차라리 여기 장안에 버리고 가는 것이 낫지 않겠는가."

그들은 예원을 찾아 그러한 뜻을 전하였다. 예원은 크게 나무랐다.

"부모와 형제가 있는 사람들을 어찌 낡아 못쓰게 된 물건처럼 버릴 수 있겠는가! 너희들이 그러고도 사람 행세를 하려 드느냐!"

앞서 장안에 도착하자마자 곧바로 당나라의 여러 곳에 있는 명찰을 돌아다니며 고승들과 교유하며 귀한 불경과 여러 가지 서적들을 가지고 돌아온 밀본최사 일행을 끝으로 귀국할 사람들은 다 빈객관에 모였다.

낯선 사람이 찾아왔다. 그는 자신을 당나라 상단을 이끄는 두상 뱅불이라고 밝힌 뒤, 예전에 용춘과 약속한 일을 털어놓았다. 춘추는 크게 반가워하며 손을 잡아주었다. 뱅불이가 말하였다.

"주공의 귀로는 소인이 책임지겠사옵니다. 마침 상단을 이끌고 신라 개경포로 가려는 참이옵니다."

"고맙네. 그렇다면 신세를 좀 지도록 하겠네."

춘추 일행이 이른 새벽에 뱅불이의 장삿배 여러 척에 나누어 타고 귀국 길에 올랐다. 몇 날이 흘러 배는 강을 지나 바다로 둥실둥실 떠갔다. 멀리 큰 배 한 척이 보였다. 배는 점점 가까이 다가오고 있었다. 춘추는 잔뜩 긴장을 하였다. 온군해가 소리쳤다.

"고구려의 배이옵니다!"

사람들은 다 놀라 어찌할 바를 몰랐다. 잡히기라도 하면 목숨이 달아나는 것은 삽시간의 일일 것이었다. 춘추 일행이 탄 장삿배는 그리 빠르지 못하였다. 더욱이 바다 위에서 빠르기로 이름난 고구려의 큰 싸움배가 다가오고 있음에랴. 온군해가 말하였다.

"주공, 더는 안 되겠사옵니다."

"어찌 하자는 겐가?"

"소인이 옛사람 기신의 꾀로써 저들을 유인하겠사옵니다. 그 틈을 타 주군께서는 어서 달아나옵소서."

기신은 한 고조 유방의 신하였는데, 유방이 항우의 군사에 포위되었을 때 그가 유방의 수레를 타고 초군을 속여 달아나다가 대신하여 죽었다. 온군해는 그 기신이 되고자 하는 것이었다. 춘추는 할 말이 없었다.

"주공, 어서."

온군해는 춘추의 옷을 벗기다시피 하여 의관을 바꾸어 입고 고구려 배에서 잘 보이도록 이물에 앉았다. 그 사이에 온군해의 옷을 입은 춘추는 뒤따라오는 작은 배로 옮겨 탔다. 뱅불이가 말하였다.

"주공, 돌아가시면 저희의 죽음이 헛되지 않도록 부디 큰일을 이루옵소서."

"아, 뱅불이 두상 자네마저?"

"소인조차 달아나면 상단과 주공의 수하들이 다 달아나려고 동요를 할 것이옵니다. 그러니 어서 저놈들의 눈에 띄지 않도록 멀리 가시옵소서."

뱅불이는 칼을 빼어 들고 상단에 엄령을 내려 제자리를 지키도록 하였다. 그리고는 여러 장삿배들을 온군해가 탄 배와 나란하도록 가깝게 붙여서 몰았다. 춘추가 탄 배가 가려서 보이지 않도록 하려는 것이었다. 춘추의 배는 점차 그 해역에서 멀어져 갔다.

통천사 무리와 상인들이 크게 동요하기 시작하였다. 하나같이 들고일어날 눈빛이었다. 뱅불이는 칼로 더욱 거세게 위협하였다.

"내 손에 다 죽고 싶으냐! 생각해 보거라. 살아남을 수 있다면 누가 살아남아야 하겠느냐? 우리가 살아남는다면 우리의 목숨 하나가 살아남는 것이지만 주공이 살아남으면 삼한통합을 이루어 만백성을 살아남게 할 것이다."

"달아난 주공이 삼한통합을 할지 못할지 어찌 아오?"

"다들 죽어서 귀신이 되어 지켜보면 되지 않겠느냐?"

"만약 장차 만백성을 살리지 못하여 우리의 죽음이 헛되이 되면 그때는 어쩔 거요?"

"주공도 결국에는 죽어서 우리가 있는 곳으로 올 것이니 그때 물어 보거라. 오늘 이후로 살아남아서 무얼 했느냐고."

"……."

세 유화가 갑자기 손을 이어 잡고는 말하였다.

"저희가 먼저 앞장서겠사옵니다."

그리고는 바다에 몸을 던졌다. 통천사 무리와 상인들 사이에 숙연한 기운이 감돌았다. 고구려 배가 점점 가까이 다가오고 있었다.

"아!"

춘추는 탄식하였다. 멀리서 손을 이마에 대고 바라보노라니 고구려 군사들이 그들의 싸움배에서 옮겨 타고는 장삿배에 탄 사람들을 모두 베어 바다에 떨어뜨리는 광경이 눈앞에 가물거렸다.

온군해와 뱅불이와 유화들과 상인들과 통천사 무리가 다 자신을 위하여 목숨을 잃자 춘추는 백제에 이어 고구려까지 멸하고픈 결의가 차올랐다.

"내 언젠가는 반드시!"

신라로 무사히 돌아와 조당에 든 춘추로부터 그 소식을 들은 여제는 충신 온군해와 뱅불이를 대아찬으로 추증하였고 온군해의 자손과 뱅불이의 친척을 찾아내어 후한 상을 내렸다. 또 드높은 식견으로 당나라 신하들을 크게 감동시킨 예원을 품주에 제수하였다.

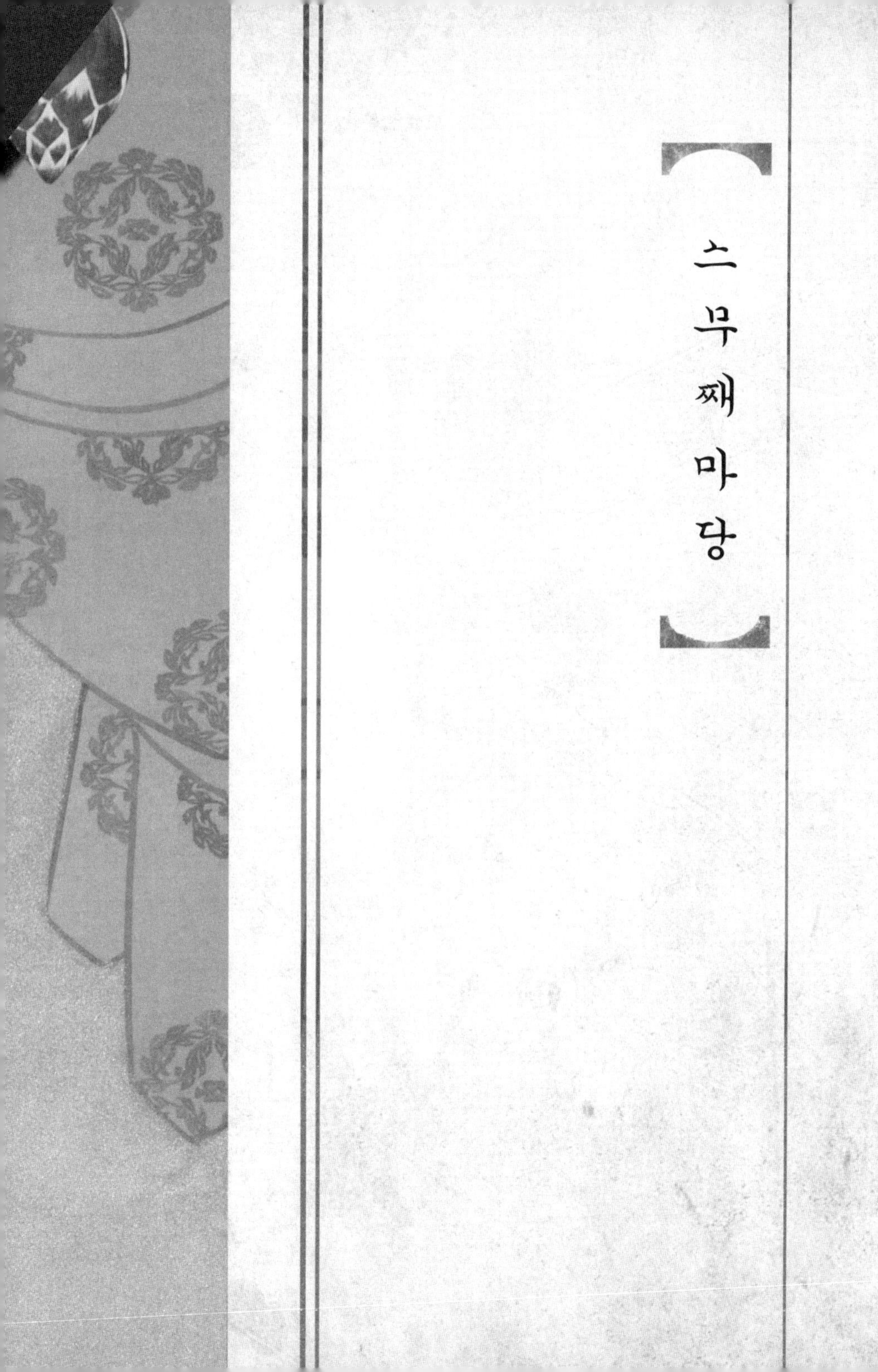

스무째 마당

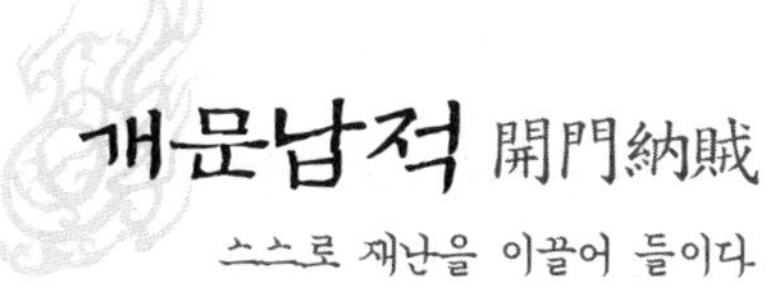

개문납적 開門納賊

스스로 재난을 이끌어 들이다

"폐하, 우리 신국 신라의 연호를 대국의 것으로 바꾸고 조복도 대국 조정의 것으로 바꾸자고 하니 이는 보이지 않는 나라의 문을 열어 놓고 발 없는 도둑을 불러들이는 일과 무엇이 다르겠사옵니까?"

"이찬 춘추공이 우리 신국 신라를 통째로 당에 바쳐 속국이 되고자 하는 것이 분명하옵니다. 통촉하옵소서."

"경들은 옷과 제도 따위를 지키는 것이 백성의 목숨과 나라를 보전하는 것보다 중요하다는 말씀이오?"

"내실 없이 허울만 지키는 것이 곧 보이지 않는 문을 열어 놓는 것이요, 아무런 대책 없이 가만히 앉아서 적이 쳐들어오지 않기만을 바라는 것이 바로 발 없는 도둑을 불러들이는 바가 된다는 것을 어찌 모르오?"

춘추를 견제하려는 조정의 대신들과 춘추의 편에 선 칠성우가 어전에서 설전을 벌였다. 여제는 두 편으로 나누어진 정사당의 견해를 묵묵히 듣고만 있었다.

"백성들에게 당나라 옷을 입히자는 것이 아니라 고작 조당 대신들이 입는 조복을 바꾸자는 것인데 어찌 그리 나라가 없어지는 것처럼 호들갑을 떠시오?"

"적과 싸우다가 나라가 위태로워지는 것이야 천명에 달린 일이라고는 하지만, 오늘처럼 이렇게 우리 것을 죄다 버리고 남의 나라의 것을 따르자고 한 예는 우리 신국 신라가 개국한 이래 없었사옵니다."

"대국의 문물을 따르기보다는 먼저 나라의 힘을 길러야 하옵니다."

가만히 있던 춘추가 입을 열었다.

"어떻게 하면 나라의 힘을 기를 수 있소? 그 방도를 말씀해 보시오. 날마다 달마다 끊이지 않는 전장에 나아가 수많은 장졸뿐만 아니라 어린 나이로도 목숨을 던져대는 마당인데, 어찌해야 국력을 기를 수 있는지 어서 말들 해보오!"

"……."

"말해보오! 여기 모인 대신들 중에 과연 몇 사람이나 전쟁터에 나가 보았소? 그대들은 그간 전쟁터에서 죽어간 숱한 장졸들의 원성이 들리지 않소? 귀신이 되어서까지 부디 나라를 전란으로부터 구하여 안민하게 해달라고! 지금도 그 원혼들이 이 조원전 천장을 떠돌며 내게 절규하고 있소이다!"

춘추에 이어 유신이 여제에게 아뢰었다.

"폐하, 우리 후손들에게는 전 국토가 전쟁터와 같은 나라를 물려줄 수는 없사옵니다. 적국 백제가 외세인 고구려와 왜국과 손을 잡고 우리 신국 신라를 사면초가에 빠뜨리고 있는데, 당나라마저 외면한다면 그야말로 우리 신국 신라는 어디에도 의지할 데가 없게 되옵고, 그렇게 된다면 꺼지기 직전의 등불과 같게 되옵니다. 춘추공이 당에 사신으로 가서 당 황제의 신임을 얻고 청병을 윤허 받은 것은 그야말로 바람 앞의 등잔과 같은 우리 신국 신라가 천군만마를 얻은 것과 다를 바 없사옵니다."

여제는 마침내 명을 내렸다.

"경들은 들으시오. 조정이 없어도 백성은 그대로 살아갈 수 있지만 백성이 없으면 조정도 없게 되오. 조정이 희생하여 오직 사직을 보전하고 안민하게 할 수 있다면 내가 당 황제의 첩인들 못 되겠소?"

"망극하옵니다, 성상폐하."

"대국의 문물을 가려서 따를 것이니 그리 아시오."

그로써 그에 관한 논란은 더 이상 벌어지지 않았다. 여제는 춘추에게 물었다.

"당 황제가 별다른 얘기는 하지 않았소?"

"장차 고구려를 멸한 뒤에 평양성 이북의 땅을 다 차지하려는 속셈을 보였사옵니다."

"그래서 그 말을 순순히 따르겠다고 하였소?"

"당장은 당의 도움이 절실한지라 아무 대답도 하지 않았사옵니다."

"으음. 어쨌든 잘하시었소."

"또 아뢰옵기 황공하오나, 우리 신국 신라에 내려오는 신물인 금척을 탐내는 눈치를 보였사옵니다."

"금척을? 그래서 어떻게 대처하였소?"

"소문과 같은 물건이 아니라고 얼버무리긴 했사옵니다만 마땅히 대처를 해야 할 줄 아옵니다."

여제와 조정은 고민을 하였다. 당 황제가 구원병을 보내기에 앞서 구경이나 하자며 사신을 시켜 가져와 보라고 한다면 안 내어줄 수 없는 노릇이었다. 금척을 당에 내어주었다고 한다면 백성들이 나라가 망할 징조라고 여겨 크게 동요할 것이 분명하였다.

대신들이 아무도 입을 열지 못하고 있는 가운데 황실과 조당에서 가장 어른이 되는 상대등 알천이 말하였다.

"폐하, 화근을 불러일으키기 전에, 또 하나뿐인 나라의 보물을 잃기 전에 금척을 우리 신국 신라의 강역 어딘가에 세세영영 감추어 두어야 하옵니다."

여제는 알천의 말을 따랐다. 그리하여 유신을 시켜 왕경 근교에 가짜 무덤 오십여 개를 만들고 아무도 알지 못하도록 그 속 어딘가에 묻어버렸다. 그 무렵 당 황제가 붕어하였다는 말이 들려왔다.

"그럴 줄 알았으면 금척을 그대로 둘 걸 그랬군."

"아닐세. 그 아비에 그 아들이라고, 새로 등극한 황제는 젊으니 그 아비보다 더 탐욕스러울 걸세."

"듣고 보니 그렇기도 하겠군. 필경 더하면 더했지 덜한 놈은 아닐 것이야."

"만에 하나 먼 훗날 우리 신국 신라가 망하는 날이 닥치더라도 금척은 그대로 우리 땅에 묻혀 있으니 신라의 정기는 영원히 사라지지 않겠지?"

"그렇다마다."

백제왕 부여의자가 좌평 은상을 총관으로 삼아 정군 칠천을 거느리고 신라의 석토성을 비롯하여 여러 성을 공격하여 빼앗게 하였다. 유신은 장군 죽지, 진주, 금강, 진춘, 천존 등과 함께 나아가 방어를 하였는데 전세가 불리하게 돌아가자 도살성으로 물러나 있었다.

유신이 말을 쉬게 하고 군사들을 잘 먹인 뒤 공격 채비를 하고 있는데, 물새 한 마리가 동쪽 하늘에서 날아와 대장군의 막사를 지나갔다. 장졸들이 이를 보고 상서롭지 못하다고 여기기 시작하였다. 유신은 빙그레 웃으며 말하였다.

"그다지 괴이쩍은 조짐이 아니다. 오늘밤에 반드시 백제 군영에서 밀정을 보내어 염탐을 하러 올 것이니, 그대들은 알아차리지 못하는 척하고 누구인지 찾거나 물어보지도 말도록 하라.”

또 양부에게 하령하였다.

“자네는 각 군막을 돌아다니며 군사들에게 전하게. 굳게 지키며 움직이지 않도록 하고, 내일 원군이 도착하기를 기다린 다음에 결전을 할 것이라고 말일세.”

백제에서 숨어 들어온 밀정이 그러한 소문을 사실로 듣고는 돌아와 총관 은상에게 알렸다. 은상은 내일이 되면 신라의 군사가 크게 늘 것이라는 말을 듣고 긴장하지 않을 수 없었다. 대책을 마련하느라 작전회의에 골몰하고 있는데 갑자기 신라군이 쳐들어온다는 비보가 날아들었다.

유신은 미처 전열을 가다듬지 못하고 있던 백제군을 거침없이 무찔러 나갔다. 그런데 백제 군영에서 한 장수가 눈의 띄었다. 전세가 화급한 중에도 느긋한 행동거지를 보이는 장수였다. 키는 팔 척이 넘었고 몸집이 우람한 것이 모처럼 보는 장수다운 장수였다. 그는 천천히 말에 오르더니 긴 창을 비껴들고 신라군을 향해 돌진하여 마구 쓰러뜨리기 시작하였다.

“누가 나가 저 자와 맞붙어 보겠소?”

대관대감 금강의 부장 수월이 앞으로 나왔다.

“소장이 나가서 겨루어 보겠사옵니다.”

수월은 말을 달려 나갔다. 백제의 젊은 장수는 그가 곧 자신과 대적하러 오는 것을 알고 창을 거두어 들고 말을 몰아 와 마주 섰다.

"나는 백제의 달솔 흑치상지이니라. 너는 누구냐?"

수월이 호탕하게 웃은 뒤 대답하였다.

"이제 갓 스물이나 되었을까 말까한 놈이 벼슬이 달솔에 이르렀다니 백제에 그렇게도 인물이 없나 보구나. 이 몸은 신국 신라인 수월이라고 하느니라."

"서로 이름을 안 것으로 인사는 되었다. 어디 그 인물의 솜씨나 좀 보자꾸나."

흑치상지는 말을 마치자마자 수월에게로 덤벼들었다. 수월도 장창을 들어 맞서 싸웠다. 가히 용호상박이라고 할 만하였다. 한데 어우러져 싸우던 신라군과 백제군이 갈라서서 두 사람이 벌이는 합전을 구경하였다. 이기는 쪽 군사들의 사기가 하늘을 찌를 것은 자명한 일이었다.

합전이 길어질수록 흑치상지가 힘겨워 하였다. 백전노장 수월의 수법을 젊은 혈기로 충만한 흑치상지가 감당하기 벅찼다. 마침내 흑치상지는 더 이상 버티지 못하고 말을 돌려 달아났다.

"진격하라!"

공격 명령을 내린 유신은 몸소 말에 올라 칼을 빼어들어 지휘하였다. 신라군은 거침없이 쳐들어가 달솔 정중과 군졸 일백 인을 사로잡고, 좌평 은상과 달솔 자견을 비롯한 백제 장수 십여 인과 구천에 가까운 백제군을 죽였다. 또 군마 일만 필과 갑옷, 투구, 병기 일천팔백 여 점을 거두어 들였다.

더 이상 싸울 뜻을 잃은 좌평 정복이 휘하의 군사 일천 인을 이끌고 항복하자 유신은 그들을 모두 풀어주어 신라에 귀부하든 백제로 돌아가든 마음대로 하였는데, 그들 대부분은 신라에 살기를 원하였다.

여제는 경술년 정월초하루에 그간 미루어 오던 황명을 드디어 반포하였다. 신라가 개국한 이래 처음으로 당나라의 연호 영휘를 사용하도록 한 것이었다. 또 몇 달 지나지 않아 진골로서 관직에 있는 사람은 조정에 드나들 때 아홀을 갖도록 하였다.

그런 뒤 여제는 당나라 젊은 황제의 신임을 얻어야 한다는 춘추의 건의를 받아들였다. 새 황제의 등극과 대덕을 칭송하는 오언태평시를 짓고는 손수 짠 비단에 그 시를 수놓았다. 그리고는 춘추의 맏아들 법민을 사신으로 삼고 그것을 주어 당나라 장안성 황궁으로 가서 새 황제에게 바치게 하였다.

"춘추공의 셋째 딸 요석은 짐이 평소에 친딸처럼 여기는 바인데, 머나먼 이국땅에 가 있는 단랑을 그리워하며 매일같이 눈물을 흘리니, 경은 가서 요석의 지아비 흠운만은 돌려보내 달라고 당제에게 각별히 청하도록 하라."

장안성에 도착한 법민은 고구려의 사신들이 먼저 와 있음을 알았다. 젊은 황제는 법민과 고구려의 사신을 함께 불러들였다. 그리고는 타일러 말하였다.

"해동 삼국이 오래전부터 원한이 맺혀 서로 번갈아 가며 침략을 일삼는다는 말을 짐이 일찍이 들었다. 신라와 고구려와 백제는 다 같은 대국의 번국으로서 오직 힘쓸 일은 지난 원한을 풀고 앞으로 화목하게 지내는 것이 아니겠는가?"

"그러하옵니다, 황상폐하."

법민과는 달리 고구려 사신은 대답하지 않았다. 당 황제는 법민에게 물었다.

"신라와 백제가 원한을 맺게 된 까닭이 무엇인가?"

법민은 절을 하고 말하였다.

"옛적에 백제가 고구려를 치러 간답시고 우리 신국 신라에게 협군을 청하는 척하면서 은근히 신라를 넘보기에 우리 신라의 대왕께서 군사를 내어 백제의 군사를 쳤사옵니다. 그로 말미암아 서로 원수가 되어 지금까지 늘 서로 공벌을 하게 되었사오며, 그러던 중에 우리 신국 신라가 백제의 왕을 잡아다 죽였으므로 양국 간에 깊은 원한은 그로써 비롯되었사옵니다."

"작은 백제가 큰 고구려를 치려 한 일이 있었다니 누가 들어도 가소롭게 여기지 않을 수 없도다. 그렇다면 신라가 고구려와는 어떤 원한이 있는가?"

"고구려는 백제와 서로 긴밀히 협력하면서 때마다 군사를 일으켜 백제와 번갈아 우리 신국 신라를 침략하니, 그동안 우리 신라의 큰 성과 중요한 진은 거의 다 빼앗겨서 국토는 날로 줄어들고 신국의 위엄조차 사라져가는 형편이옵니다."

“어찌하면 화목하게 지낼 수 있겠는가?”

“신이 원컨대, 황상폐하께서는 백제에 조칙을 내려 그간 우리 신라를 침공하여 빼앗아 간 여러 성을 돌려주게 하옵소서. 만일 백제왕이 대국의 칙명에 복종하지 않는다면 우리 신국 신라는 신병을 출군시켜 잃었던 옛 땅만을 되찾은 뒤에 그 즉시 화친을 맺겠사옵니다.”

법민이 당 황제 앞에서 거침없이 말하자 고구려의 사신들은 그 기세에 주눅이 들어 아무런 반박도 하지 못하였다. 당 황제는 논조가 정연하고 순리에 맞는 법민의 말을 따라 그대로 윤허하기에 이르렀다.

“내 선황께 그대의 부친 춘추공이 대인이라는 말을 들었으되, 오늘 그 자식을 보니 또한 아비의 피가 여실히 흐르고 있음을 알았도다.”

법민은 여제가 보낸 오언태평시를 바쳤다. 당 황제는 비단에 정성스럽게 수놓아진 글과 문리를 보더니, 신라의 왕이 당나라와 형제처럼 지내며 나라의 태평과 안민을 염원하는 간절함을 읽을 수 있어 몹시 기뻐하였다.

“짐이 신라의 왕을 계림국왕으로 책봉하노라. 또한 사신은 종삼품 태부경으로 삼노라.”

법민은 황제의 은혜에 사례를 하고는 여제가 생과부로 지내고 있는 요석을 안타깝게 여겨 부탁한 바를 말하였다. 황제는 법민에게 흠운을 데리고 귀국하도록 승낙하였다. 황궁에서 물러나와 빈객관으로 돌아온 법민은 둘째아우 문왕과 자형 흠운을 만났다. 흠운은 눈물을 훔치며 법민의 손을 잡았다.

"처남, 고맙네. 이제야 고국에 있는 그리운 아내를 만날 수 있게 되었네."

여제는 정월 초하루가 되자 조원전으로 나아가 백관으로부터 새로운 한 해가 열리는 하례를 받고 명을 내렸다.

"이제부터 일 년마다 돌아오는 새해 첫날을 설날로 삼아 나라 안 백성들이 다 윗사람에게 안부를 묻고 아랫사람에게는 덕담을 내리도록 하라."

중춘이 되어 여제는 조정의 품주를 집사부로 고치고 파진찬 죽지를 집사부의 중시로 삼아 여러 가지 기밀에 관한 일을 맡아 보게 하였고, 예원을 예부령에 제수하였다. 또 황실의 호위를 강화해야 한다는 춘추와 유신의 건의를 받아들여 시위삼도를 새로 설치한 뒤 진주를 시위삼도감으로 삼았다.

유신은 여제가 당나라와 선린의 관계를 돈독히 펼치는 정책에 반

감을 가진 무리들이 있을지도 모르고, 또 때 아닌 반란이 일어날 것
에 대비하여 옛 동료화랑들을 점차 조정의 요직을 차지하게 하였다.

춘추는 당나라의 젊은 황제를 떠올렸다. 그의 아비 태종문황제가
생전에 자신에게 한 약속을 저버릴지도 모르는 일이었다. 앞서 사신
으로 갔을 때 두고 온 셋째아들 문왕만으로는 그의 환심을 사기에
는 부족하다고 느껴졌다. 그건 어디까지나 그의 아비 때의 일인 까
닭이었다. 더구나 법민과 함께 사위 흠운이 돌아온 데 대하여 이렇
다 할 사은도 못하고 있는 터였다.

춘추는 둘째아들 파진찬 인문도 당으로 보내기로 결심하였다. 맏
아들 법민이 영민하면서도 사내다운 면모가 있는 반면 인문은 문왕
과 마찬가지로 여러 자식들 중에서 글을 잘하였다. 어려서부터 유가
의 책은 물론이고 자라면서 노장과 같은 도교와 불교의 경전까지
폭넓게 읽었다. 글씨도 아주 잘 썼는데 그중에서 예서는 나라 안에
서 으뜸이었다. 그뿐만 아니라 활쏘기며 말 타기며 향악에도 뛰어난
재주를 가졌고, 언행이 발랐으며 식견과 아량이 넓어서 왕경인들이
다 나라에 큰일을 할 사람이고 숭앙하였다.

인문은 스물셋 젊은 나이로 사신이 되어 당나라로 가 숙위하였다.
당 황제가 춘추의 뜻을 읽고는 인문에게 좌령군위장군 벼슬을 내렸
다는 소식이 들려왔다. 춘추는 젊은 황제에 대한 우려를 씻어내고
안도를 하였다.

그때 백제에서도 당나라에 사신을 보냈다는 밀계가 사비성에 있

는 첩자로부터 도착하였다. 용춘이 살아있을 때부터 보내오던 것을 이제는 춘추에게 보내오고 있는 것이었다. 다른 때와 마찬가지로 첩자는 밀계에 자신의 정체를 밝히지 않았다. 춘추는 그가 누구인지 몹시 궁금하였지만 알아볼 도리가 없었다. 그가 때때로 보내오는 밀계만 일방적으로 받아볼 뿐이었다.

백제왕 부여의자의 명을 받고 당나라에 와 조공을 하는 사신에게 당 황제는 조서를 주어 부여의자가 잘 알아듣도록 타일렀다.

"해동 삼국은 개국의 역사가 오래되고 국경을 서로 복잡하게 맞대고 있는 형국이다. 예부터 사이가 벌어져 원한을 맺고 전쟁을 계속 일으키니 한 해도 편안한 해가 없게 되었다. 그리하여 삼한의 백성들은 언제 목숨이 끊어질지 두려워하여 집집마다 무기를 쌓아놓고 아침부터 저녁까지 시름하기에 이르렀으니 이는 매우 가엾은 바이다.

짐이 만국의 군주로서 어찌 그토록 위급하게 된 번방을 구제하지 않으랴! 이에 칙명을 내리노니, 백제왕은 그간 빼앗은 신라의 성을 모두 돌려줄 것이며, 신라왕도 사로잡은 백제의 포로들을 돌려보내라. 그렇게 한 후에라야 묵은 근심이 풀리고 분규가 해결될 것이니, 전쟁이 그치면 세 번방 백성들은 괴로움을 잊고 편히 쉴 수 있을 것이다.

백제왕이 만약 짐의 칙명을 따르지 않는다면, 짐은 신라 사신 법민의 요청대로 신라가 백제와 결전을 치르도록 할 것이며, 그때는 고구려로 하여금 백제를 구원하지 못하게 할 것이다. 고구려가 만일 짐의 칙명을 거역한다면 그 즉시 거란을 비롯한 모든 번국에 명을 내려서 요수를 건너 고구려를 칠 것이니, 백제왕은 짐의 말을 깊이 성찰하여 장차 후회함이 없도록 하라.”

조서를 읽은 백제왕 부여의자는 몹시 분개하였지만 어찌할 도리가 없어 그러겠다고만 짧게 대답하였다.

오지암에 모인 칠성우가 백제왕 부여의자가 당 황제로부터 훈계를 들었다는 사실을 알고 크게 환영하였다.

“당 황제도 우리 신국 신라와 고구려와 백제를 합쳐 삼한이라고 하니 하는 말씀이오만, 순박한 백성만 삼한의 백성이지, 끊임없이 전쟁을 일으키는 조정을 어디 삼한의 조정이라고 할 수 있겠소?”

“옳은 말씀이옵니다. 백성들의 피가 달라도 하나로 사는 나라가 있고, 백성들의 피가 같아도 갈라져 사는 나라가 있는 줄 아옵니다.”

“언젠가는 세 나라가 하나로 합쳐져야만 전쟁이 그칠 것이오.”

“반드시 신국의 도가 있는 우리 신라가 그 주역이 되어야 함은 더 말할 것이 없소이다.”

바로 그때 느닷없이 큰 호랑이 한 마리가 나타나 평상에 둘러앉은 좌중을 향하여 달려들었다. 군승을 비롯하여 평상 주위에서 시립하고 있던 사람들이 미처 손쓸 새도 없었다. 놀란 사람들이 엉거주춤 일어나며 피하려고 하였다.

그런데 상대등 알천만은 조금도 움직이지 않고 태연히 앉아 있더니 술종을 향해 훌쩍 뛰어드는 호랑이 꼬리를 붙잡아 단단히 움켜쥐고는 땅바닥에 메쳐서 대가리를 박살내어 죽여 버렸다. 순식간에 일어난 일이라 사람들은 숨조차 제대로 쉬지 못하였다. 유신이 껄껄 웃으며 말하였다.

"저 아이들이 칼을 빼어들기도 전에 상상의 완력이 그와 같음을 보이셨으니 어찌 연로하시다고 하겠사옵니까?"

"미물 한 마리를 잡아 놓은 것 가지고 치사가 지나치오. 허허."

유신의 영을 받은 군승이 시자들과 함께 대가리가 터진 채 숨이 끊어져 있는 호랑이를 치우고 핏자국을 흙으로 덮었다. 여느 때에 여간해서는 입을 열지 않는 보종이 갑자기 상황에 어울리지 않는 말을 하였다.

"너그러움으로는 알천공께서 가장 윗길이시나, 위엄으로는 유신 공이 으뜸이옵니다."

다시 자리를 고쳐 앉은 좌중이 그저 듣고 말 기색으로 고개를 끄덕였다. 유신은 낯이 간지러웠다.

"보종 형공은 한 번씩 엉뚱한 말씀을 잘도 하시옵니다."

그러자 보종은 한술 더 떴다.

"아니옵니다. 유신공은 천상에서 내려온 귀인이고, 여기 모인 다른 사람들은 다 유신공께서 한 장씩 나누어 준 유신공의 그림자에 지나지 않사옵니다."

"거 어인 말씀을!"

유신은 보종의 말이 갈수록 지나치다 싶어 입을 막고 싶었다. 보종은 여전히 낯빛 하나 달라지지 않고 말하였다.

"오늘 상상 알천공께서 맨손으로 범을 잡으셨사오니, 저는 잠깐 천상천계의 비밀을 한 가지 알려드릴까 하옵니다."

좌중은 침을 꿀꺽 삼켰다.

"저의 두 눈에는 열두 신장이 빙 둘러서서 유신공을 엄호하고 있는 것이 보이옵니다. 공들의 눈에도 보이시옵니까?"

좌중은 기가 막혀 할 말을 잃었다. 보이는 것이라곤 평상 주위에 둘러서 있는 시자들뿐이었다.

천관 소영이 천녀들을 데리고 술과 음식을 가지고 올라왔다. 칠성우는 입을 모아 반가이 맞이하였다. 소영은 천녀들을 시켜 좌중에게 술을 따르고 춤을 추게 하여 흥을 돋우었다. 천녀들의 춤사위가 멀리 서녘 노을을 받아 참 아리따웠다. 알천이 유신에게 술을 권하며 말하였다.

"이와 같이 아름다운 우리 신국 신라에 백제나 고구려와 같은 무도한 적국이 쳐들어 와 마구 짓밟는 것이 어디 가당키나 한 일이겠소?"

"제가 춘추공과 더불어 차근차근 준비하는 것이 있사오니 상상께서는 아무 심려 마옵소서."

오지암에서 내려온 유신은 군승을 데리고 벽도산으로 향하였다. 압독주 소머리골에 있던 구진천을 이거 시켜 놓은 곳이었다.

"어서 오소서, 도독 존하."

"구 노사, 병기 제작은 잘되어 가고 있는가?"

구진천은 유신을 집 뒤뜰로 이끌었다. 그리고는 심심이를 시켜 노궁을 들게 하였다.

"연사노이옵니다."

심심이가 살대 다섯 대를 노궁에 걸고 쏘았다. 살대는 차례로 휘휘휘휘획 날아가 큰 소나무 밑동에 박혀 들어갔다. 유신은 내심 감탄하였다. 군사들이 살대를 노궁에 재는 시간을 크게 줄일 수 있게 되어서였다.

"이번에는 다사노이옵니다."

심심이가 연사노를 내려놓고 다른 노궁을 들었다. 살대 다섯 대를 한꺼번에 시위에 먹여 놓고는 쏘았다. 놀랍게도 다섯 살대가 한꺼번에 날아가는 것이었다. 유신은 크게 흡족하여 구진천의 노고를 치하하였다.

"거포노와 천보노, 그리고 발연거와 비화옹은 미처 완성하지 못하였사옵니다."

"이것들만으로도 장하네. 천천히, 서두르지 말고 천천히 하게."

유신은 달리 부족한 것이 없는가 묻고는 돌아 나와 청연곡에 들렀다. 청연곡장 세아가 진촌주 세홍, 차촌주 이엄, 집사 이구미를 데리고 나와 맞이하였다.

"내가 아무리 조정의 대신이라고는 하지만 엄연히 한 사람의 사내이거늘, 성상께서 출입을 막아놓으신 금남지처에 이렇게 들어와도 되는가?”

“대장군께서는 예외이시옵니다. 저희들의 두상이신 재매정주님의 단랑이신 까닭이옵니다.”

“그렇게 말을 하니 안심이 되고 고맙네. 그래 뭘 만들고 있는가?”

“정주님의 영을 받아 팔매를 만들고 있는 중이옵니다.”

“팔매를? 나뭇가지에 앉은 새라도 잡을 작정인가?”

“소녀를 따르시옵소서.”

유신은 세아를 따라 골짜기 안 깊이 들어갔다. 드넓은 터가 나타났다. 치마가 아니라 바지를 입고 머리를 짧게 잘라 뒷덜미에 묶은 유화들이 나란히 서서 팔매질 연습을 하고 있었다. 유신은 군사들의 조련 광경을 보는 듯하여 놀라움을 금치 못하였다. 세아가 말하였다.

“정주님께서 말씀하시기를, 저희 보잘 것 없는 풍류단란도 머잖아 나라에 크게 쓸모가 있을 것이라고 하셨사옵니다.”

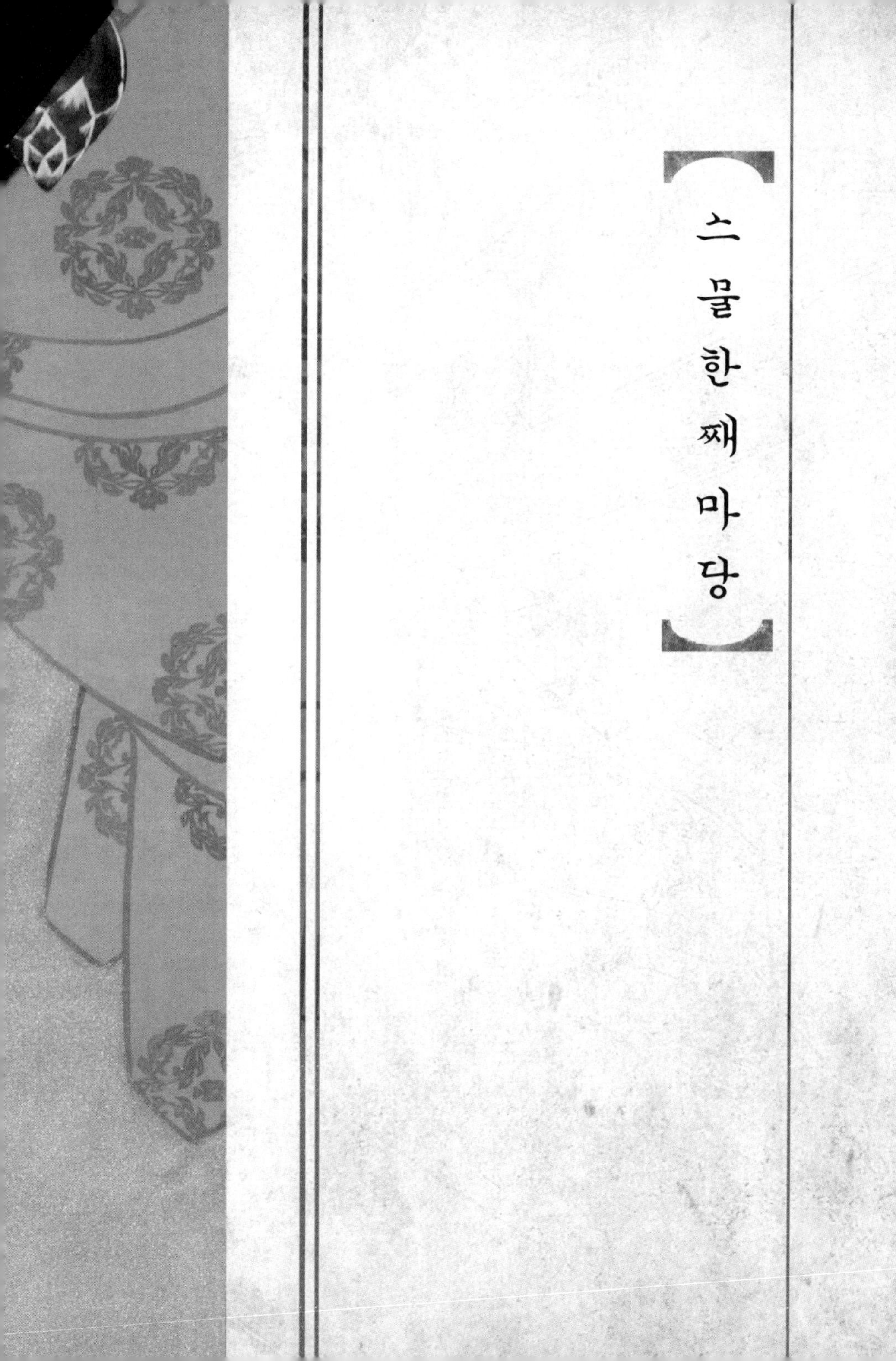
스물한째마당

수의지존 遂意至尊

입금이 될 뜻을 이루다

왕경에 폭설이 내렸다. 천지가 눈 속에 파묻혀 계춘의 봄날이 다시 한겨울로 되돌아가려는 것만 같았다. 햇빛이 다시 비추자 비록 땅은 겨울 풍경이었지만 하늘만은 봄기운으로 가득 찼다.

"우르르, 콰앙!"

대궁 남쪽의 문이 무너졌다. 눈 무게를 이기지 못하고 저절로 무너져 내렸다고 보기에는 괴이쩍었다. 조정 대신들은 어인 징조인가 하여 공공복사에게 점을 치게 하고, 신궁으로 차사를 보내어 물어보게 하였다. 하지만 아무도 속 시원히 말하는 사람이 없었다.

이찬 유신은 상대등 알천을 바라보았다. 알천 역시 유신에게 눈길을 두고 있었다. 두 사람은 눈빛이 여느 때와 달랐다. 하지만 말을 나누지는 않았다. 여제가 문을 새로 세우라는 명을 내렸다. 그리고 신하들에게 말하였다.

"경들은 갑인년 봄이 되면 오늘의 일을 알게 될 것이오."

신하들이 다 어리둥절해 하는 가운데 오직 유신과 알천만이 한 입으로 아뢰었다.

"폐하, 망극하옵니다."

여제는 빙긋 웃고는 하문하였다.

"나라의 충신과 재상이 다 나오는 바, 요사이 선문의 경향은 어떠하오?"

신하들은 낭법이 바로 서지 않고 점차 기강이 흐트러지고 문란해지고 있다는 말을 차마 아뢰지 못하고 머뭇거렸다. 조정은 낭정을 간섭할 수 없고, 낭정 또한 조정에 불만을 나타낼 수 없는 것이 선문을 설치한 이래로 면면히 내려오는 불문율이었다.

칠성우 중의 한 사람인 호림의 생질손 진공은 화랑이 되자마자 풍월주 춘장의 부제가 되었다. 진공은 풍채가 늠름하고 문장에 능하여 선문을 이끌 재목이기는 하였지만, 한편으로는 색을 좋아하였고 탐욕스러운 데가 있어 선문과 낭문의 인망을 썩 만족시키지는 못하였다.

진공은 부제가 되자마자 가야파로서 낭문의 두상 격인 도두별장 찰두를 가까이 하였는데, 찰두는 그에 화답이라도 하듯이 세 딸을 진공의 첩으로 삼게 하였다. 진공은 거기서 그치지 않고 찰두의 며느리까지 첩으로 들이고는 뻔뻔스럽게 말하였다.

“집안에 또 아름다운 여인이 있으면 빠짐없이 색공장부에 올려놓게. 내 틈나는 대로 천천히 살펴볼 것이니.”

진공은 또 흠돌과 마음이 잘 맞아 친분이 두터웠다. 흠돌은 유신의 셋째누이인 정희의 아들이었다. 흠신은 흠돌의 누나로서 일찍이 진평대제의 서자인 보로전군에게 시집가서 두 딸을 낳았는데, 왕경인들이 그 딸들을 두고 계림이미라고 부를 만큼 아름다웠다.

진공과 흠돌은 그 두 딸을 꾀어 한 사람씩 나누어 정을 통하였다. 나중에 아들이 그런 짓을 한 사실을 안 정희가 대노하여 남형인 유신에게 말하여 벌을 주려고 하였다. 그러자 흠돌이 크게 두려워하여 보로전군의 모주인 보량궁주에게 큰 재물을 주어 환심을 사두었다. 그리하여 보량궁주는 사돈인 정희에게 타일렀다.

“그러한 불미스러운 일을 왕경인들이 다 알도록 한다면 우리의 자녀들만 상처를 입지 않겠습니까? 너그러운 마음으로 감춘다면 곧 거품이 사라지듯이 아무 일 없는 것처럼 될 것입니다. 조금만 더 깊이 생각해 보십시오.”

정희가 그 말을 옳이 여겨 유신에게 말하려던 것을 그만 두었다. 그러자 신이 난 것은 진공과 흠돌이었다. 두 사람은 더욱 거리낌 없이 마음 내키는 대로 어색을 하러 다녔다. 백성들의 이목이 다 그 두 사람에게 쏠려 있을 정도였다.

계림이미라고 불리운 두 딸이 각각 진공과 흠돌과 색사를 일으킨 뒤, 분란이 생기려다가 말고 정희가 참는 바람에 가라앉게 되자 두

딸의 모주인 흠신이 은근히 진공을 출중하고 용감한 사내라고 여겨
차츰 마음이 쏠렸다. 흠신은 진공과 방사를 벌인 뒤에 속에 있는 말
을 하였다.

"내가 이제 보로전군을 버리고 진공공의 아내가 되고자 하나 그
것이 여의치 않습니다."

"그런 일이라면 내게 맡겨 두오."

진공은 큰 재물로 보량궁주의 마음을 흔들어 아들인 보로전군을
설득하게 하였다.

"며느리에게 몹쓸 병을 있으니, 이참에 버리고 다시 좋은 여자를
골라 너의 아내로 맞이하는 것이 좋겠다."

"알겠사옵니다. 어머니."

보로전군은 흠신을 내보낸 뒤, 유신의 셋째 딸 적광을 새로 부인
으로 맞이해 들였다. 한편 진공은 홀로 된 흠신을 처로 삼았는데,
그때 두 딸 계림이미가 크게 반대를 하였지만 할 수 없는 일이었다.

춘장에 이어 풍월주가 된 진공은 아내 흠신을 화주로 삼고, 처남
이 된 흠돌을 부제로 삼았다. 그로 인하여 진공과 흠돌은 선문과 낭
문 뿐만 아니라 온 왕경인들 사이에 마음이 음험하고 간사하며 어색
을 함에 있어 가리지 않고 잔꾀를 잘 부린다는 악평이 자자하였다.

한편, 도두별장 찰의는 흠돌의 낭권을 믿고 대도두 행세까지 하며
거들먹거렸다. 그리하여 가야파가 선문과 낭문을 장악하였다. 찰의
는 흠돌을 따라 보량궁주를 배알하러 갔다가 흠돌이 슬그머니 자리

를 비켜주는 틈을 타 색통을 하였다.

그 사실을 안 여제는 비록 찰의의 골품은 높여주지 못하였지만, 보량궁주와 색사를 나누는 데 있어서 그 지위 차이가 많이 나지 않도록 벼슬을 내려주었다. 그 일을 두고 백성들은 늙은 보량궁주는 자식들과 며느리 보기에 부끄럽지도 않는가 하고 입을 모아 빈정거렸고, 찰의에게 벼슬을 내린 여제의 처사도 못마땅하게 여겼다.

"폐하! 성상폐하!"

이른 아침에 여제의 침전에서 느닷없이 궁녀가 오열하는 소리가 터져 나왔다. 여제가 간밤에 잠을 자다가 깨어나지 못하고 그대로 숨을 거둔 것이었다. 워낙 갑작스러운 일이라 바삐 입조한 조정 대신들은 저마다 어안이 벙벙하여 곡도 제대로 하지 못하였다.

궁녀가 전하기로는 침전 안에 환약이 흩어져 있었다고 하였다. 대신들은 여제가 남모르는 환후를 앓던 중에 심야에 복약을 하려다가 결국 먹지 못하고 침대에 쓰러져 숨을 거둔 것으로 짐작할 뿐이었다.

환약이 어떠한 약인지 따위에 눈 돌릴 겨를이 없었다. 여제가 붕어함으로써 황실 어디를 찾아보아도 성골은 남자나 여자나 다 씨가 말라버린 형국이었다. 그렇다고 제위를 비워둘 수는 없는 노릇이었고, 결국 진골 중에서 대좌의 주인이 나와야 하였다. 긴장감이 팽팽히 감도는 가운데 정사당에 모인 신하들은 수많은 진골 중에서 과연 누가 제위를 이을 것인가 하는 것에 관심을 쏟고 있었다.

당장 떠오르기로는 두 사람이었다. 한 사람은 붕어한 여제의 종조부 뻘이 되는 동시에 진골 중에서 가장 연장자인 상대등 알천이었다. 또 한 사람은 여제와 종이종간으로 오촌 사이가 되는 춘추였다. 알천과 춘추 외에 제위를 물려받을 만큼 큰 명분을 가지고 있는 사람은 없다고 해도 지나치지 않았다.

유신도 고민하지 않을 수 없었다. 여제가 그렇게 급사하지 않았다면, 최급으로 칠성우를 소집하여 후사를 의논하였을 것인데 그럴 수도 없게 되었다. 조당에는 칠성우 뿐만 아니라 조정 대신들이 다 들어 있어 따로 칠성우만 모여서 의논하기에도 마땅치 않았다.

시간이 점차 흐르자 대신들의 이목은 유신에게 쏠렸다. 나라의 군권이 그에게 있는 까닭이었다. 유신의 말 한 마디에 대좌의 주인이 결정될 순간에 이르고 있었다. 이윽고 유신이 입을 열었다.

"공들이 허심탄회하게 논의해 보시오."

유신이 한 발 뒤로 빼자 춘추는 그런 그가 못내 불만스러웠다. 유신은 춘추의 표정을 읽고 눈짓을 하여 염려 말라는 뜻을 보였다. 그제야 춘추는 유신에게 깊은 생각이 있음을 알고 안도하였다.

"어느 모로 보나, 알천공께서 제위를 물려받으셔야 하옵니다."

맨 먼저 입을 뗀 것은 좌이방부령 파진찬 천효였다. 그러자 여러 신하들이 이구동성으로 알천에게 섭정을 청하였다. 알천은 묵묵할 뿐 말이 없었다. 대신들의 종용이 이어졌다. 그때 집사부 중시로 있는 죽지가 알천에게 말하였다.

"아버지, 우리 집안은 대대로 황실의 은혜를 입었사옵니다. 세수

아흔에 이른 아버지께서 지금 대좌에 오르고자 하신다면 그 어인 큰 욕심이겠으며, 장차 그 자리에 얼마나 오래 계실 수 있겠사옵니까?”

알천은 아들 죽지의 얼굴을 물끄러미 바라보았다. 자신이 대좌에 오르면 곧바로 태자가 될 수 있는 자식의 입에서 나올 소리가 아니라고 여겨서였다. 그건 대신들에 있어서도 마찬가지였다. 과연 이러한 때에 스스로 나서서 대욕을 버릴 수 있는 사람이 얼마나 될 것인가.

알천은 용춘을 떠올렸다. 그가 춘추를 제위에 등극시키기 위하여 죽기 전에 얼마나 많은 노력을 했었는지, 그리고 칠성우까지 결람시켜 말없는 가운데 얼마나 간곡히 후사를 당부하였는지.

알천은 잠시나마 대욕의 끈을 쥐고 있었던 자신을 돌아보았다. 스스로 못난 사람이라고 생각되어 웃음이 났다. 어떻게 하는 것이 순리인지를 깨달은 알천은 마침내 티끌 같은 미련조차도 말끔히 떨쳐 내고 용단을 내렸다.

“나는 이미 늙었고 이렇다 할 덕행이 없소이다. 지금 조야에 덕망이 높기로는 춘추공 만한 분이 없는데, 내가 생각하기로는 능히 우리 신국 신라를 잘 다스릴 뛰어난 인물이라고 여겨지오. 나는 춘추공이 제위에 올랐으면 하오.”

알천이 양보하자 대신들의 이목은 일제히 춘추에게 쏠렸다. 그리고는 대좌에 오를 것을 청하였다. 춘추는 자신은 경륜이 없다며 알천이 대좌에 오를 것을 주장하며 세 차례나 사양하였다. 알천이 다시 말하였다.

"정 그러시다면 춘추공이 보좌에 오르셔야 하는 이유를 말씀드리겠소. 나라가 누란의 위기에 처하였을 때 목숨을 아끼지 않고 고구려에 청병을 다녀온 것이 그 첫 번째요, 또 왜국에까지 가려는 대담한 용력을 보인 것이 그 두 번째요, 당나라에 가서는 황제 앞에서 우리 신국 신라의 국위를 훼손하지 않고 청병의 약속을 받아낸 것이 그 세 번째이오.

공들도 잘 생각해 보시오. 그 어느 누가 춘추공 만큼 우리 신국 신라를 외세로부터 보전하고자 동분서주하였소? 또한 그 어느 누가 천 리 길과 만 리 길을 마다 않고 두루 다녀오신 춘추공 만큼 천하를 보는 안목을 지니고 있소?"

유신은 알천의 말에 정신이 번쩍 들었다. 그간 춘추가 무모하다고 여겨질 만큼 나라 밖으로 나다닌 것, 그것은 무모한 짓이 아니라 오늘과 같은 때에 어느 누구도 따라 오지 못할 큰 명분을 얻고자 목숨을 걸고 몸소 실행한, 그가 깊이 품은 원대한 계획 중의 일부였다는 것을.

유신이 다시 춘추의 얼굴을 바라보니 이미 오랫동안 보아왔던 그 춘추가 아니었다. 유신은 춘추가 자신이 생각한 것보다 한층 더 깊은 수를 숨겨온 인물이었음을 새삼 깨닫고 과연 제왕의 그릇이요, 삼한의 주인이 될 영걸이라고 믿게 되었다.

"춘추공 제위에 오르소서!"

"춘추공께서 제위에 오르시어 우리 신국 신라의 사직을 보전하소서!"

빗발치는 대신들의 요청에 못이기는 척하며 춘추는 마침내 승낙하였다. 춘추가 자리에서 일어나 비어 있는 대좌로 천천히 걸어갔다. 머릿속으로 한 사람이 떠올랐다. 용춘이었다. 마침내 그의 은밀하고도 용의주도하였으며 크나큰 가르침이 결실을 보는 순간이었다.

'살아 계셨다면, 살아서 이 순간을 보셨다면……'

춘추가 대좌 앞에서 돌아섰다. 그리고는 대신들을 향하여 합장을 하고 허리를 굽혀 절을 두 번 한 뒤에 대좌에 앉았다. 대신들은 일제히 한 목소리로 소리쳤다.

"성상폐하, 만세를 누리소서! 만세를 누리소서! 만세를 누리소서!"

춘추의 나이 쉰둘, 유신의 나이 예순에 이루어진 일이었다. 춘추는 유신을 내려다보았다. 용춘에 이은 은인이었다. 참으로 긴 세월이었다. 큰 뜻을 품고 형제처럼, 때로는 벗처럼 방외지우로 지내온 날들이 주마등처럼 뇌리를 스쳐갔다. 춘추는 유신에게 할 말을 신하들에게 하는 것처럼 말하였다.

"경들이 있었기에 오늘 내가 이 자리에 앉게 되었소. 앞으로 모든 일을 잘 의논하여 백성들이 안락하게 살 수 있도록 하십시다."

"폐하, 황은이 망극하옵니다."

그로써 새 대제는 두 가지 기록을 가지게 되었다. 신라가 개국한 이래 처음으로 금척을 가지지 못한 제왕이었고, 또 스물여덟 대를 내려온 성골 골품이 끊기고 진골의 골위로서 최초로 대좌에 오른

제왕이 되었다.

예부령 예원이 붕어한 여제의 시호를 진덕이라고 올렸다. 대제는 진덕대제를 사량부에 장사지냈다. 또 석신상을 정성껏 만들어 신궁 안 신단 앞으로 몸소 받들고 나아가 진평대제에 이은 선덕대제의 석신상 옆에 안치하였다.

당 황제는 여제가 붕어하였다는 소식을 듣고 황궁의 영광문에서 애도를 하고 난 뒤에 태상시의 오품관 장문수를 사신으로 보내어 조문하게 하였다. 여제를 종일품 개부의동삼사를 추증하였으며 부의로 비단 삼백 필을 보내 주었다. 신궁에 나아가 조문을 마친 장문수가 대제에게 아뢰었다.

"신라국의 왕아께 아뢰옵니다. 고구려왕 보장이 말갈과 동맹을 맺은 후 군사를 이끌고 대국의 번국인 계단국을 공격하였사옵니다. 이에 계단국 군사들이 맞서 싸웠는데, 때마침 바람이 거세게 불어 고구려군이 쏜 화살이 다 계단의 군영에 미치지 못하였사옵니다. 그리하여 계단 군사들이 들판에 불을 놓아가며 공격하여 많은 고구려 군사들이 불에 타 엉겨 죽어 시체가 언덕처럼 쌓였사옵니다. 그 일로 황상께서는 모든 번방에 승전을 포고하셨사옵니다."

"저 고구려와 백제와 왜국만 제외하고는 만국이 다 황은에 감읍할 일이오."

당나라 사신이 돌아가자 대제는 맨 먼저 폐위되었던 선조고 진지대제를 복위시켰다. 선고 용수는 문흥대왕으로, 선비 천명궁주는 문정태후로 추봉하였다. 또한 선숙고 용춘은 갈문왕으로 추존하였다.

대제는 율령전 박사들과 이방부령 양수에게 하명하여 나라의 율령을 가다듬게 하여 이방부격 육십조를 고쳐 정하였고, 당나라의 제도를 좇아 조정을 정비하였다. 그리고는 유신과 의논하여 대궁을 지키는 시위군사 중에서 흑개감을 흑개대로 승격시키고 사자대, 용호대와 함께 새로이 시위삼도로 묶었다. 또 왕경을 비롯한 나라 안의 모든 군제를 아홉 갈래로 나누어 구서당이라고 명명하고 그간의 방어형 군제를 공격형 군제로 전환시켰다.

모든 관료체제와 군제를 개편하여 제왕의 권위를 굳건히 세운 대제는 명을 내렸다.

"대화백회의를 열라!"

신궁 뜰에서 열린 대화백회의는 장엄하였다. 대제 주위에는 흑개대, 용호대, 사자대 군사들이 세 겹으로 에워쌌고, 구서당의 여러 장군들이 신궁 밖을 엄위하였다.

뜰에는 만조백관이 원을 그리며 앉았는데, 한가운데에는 대제가 홀로 앉았고, 그 둘레로 진골들이 작은 원형대를 지었다. 진골 다음에는 육두품, 육두품 다음에는 오두품, 맨 바깥에는 사두품 관원들이 가장 큰 원형으로 둘러앉았다. 대제와 신하들이 앉아 있는 모양은 동심원 형태로 마치 하늘에 떠 있는 해를 떠올리게 하였다.

신궁봉사 소영이 천녀들을 시켜 북을 울리게 하였다. 삼백삼십삼 인이 동시에 두드리는 북소리는 왕경뿐만 아니라 온 나라에 울리는 듯하였다.

북소리가 멎자 대제가 입을 열었다.

"짐이 오늘 이렇게 대화백회의를 연 것은 저 무도한 백제를 정벌할 대계를 마련하고자 함이오."

절호규획 絶好規劃

제책을 꾸미기에 더없이 좋은 기회가 찾아오다

백제에서 더 이상 밀계가 오지 않았다. 대제는 백제왕 부여의자가 신라에 새로 등극한 자신에 대하여 어떠한 반응을 보이고 있는가 하는 것이 몹시 궁금하였다. 첩자가 죽었을 지도 모를 일이었다. 그렇다면 그는 자신의 뒤를 이어 신라에 밀계를 보낼 사람을 정해 두지도 않았다는 말인가. 대제는 용춘에 이어 자신에게까지 보내온 밀계로 보아 그는 틀림없이 백제 왕실과 조정에 가까이 있었던 사람이라고 여겼다.

'그자가 누구인지 알아볼 방도가 없을꼬'

대제는 명을 내려 방방곡곡에서 전해지고 있거나 행하여지고 있는 미담, 효행, 선행 따위와 같은 귀감이 될 만한 거리들을 채문하라고 명하였다. 그리하여 수백 건이 넘는 장계가 조정으로 올라왔다.

하나하나 손수 살펴보던 대제는 중원경 사량부 사람으로 문장을 잘 짓기로 으뜸이라는 백성의 이야기에 눈길이 끌렸다. 그의 이름은 우두라고 하였다.

지나치는 어느 도인이 우두가 어릴 적에 머리에 검은 점이 있는 것을 보고 장차 기이한 인물이 될 것으로 예견하였다. 우두가 일찍이 부곡의 대장장이의 딸과 정을 통하였는데, 나이가 스물에 이르자 부모가 읍내의 처녀 한 사람을 중매하여 며느리로 삼고자 하였다. 이에 우두가 말하였다.

"이미 정을 나눈 여인이 있는지라 불초자는 두 번 장가들 수 없사옵니다."

그의 아비가 성을 내며 말하였다.

"너는 문장으로 이름이 나서 고을에 너의 이름을 모르는 사람이 없다. 그런데 한 번 정을 통하였다고 해서 미천한 여인을 지어미로 삼는다면 사람들 보기에 수치스러운 일이 아니냐?"

"미천함은 부끄러운 것이 아니옵니다. 사람이 도를 익히고도 그것을 실천하지 않는 것이 참으로 부끄러운 일이옵니다. 불초자가 일찍이 옛 사람의 말을 들었사온데, 조강지처는 마루에서 뜰에 내려오지 않게 하며 가난하고 미천할 때에 사귄 친구는 잊을 수 없다고 하였사옵니다. 미천한 아내일망정 몸과 마음의 지조만 굳게 지킨다면 어찌 차마 버릴 수 있겠사옵니까?"

대제가 놀랍고 흐뭇하게 여겨 우두를 왕경으로 불렀다. 우두는 대궁에 들어 대제를 알현하였다.

"신은 본디 임나가야 사람으로 이름은 우두이옵니다."

"과연 불룩 솟은 그대의 머리뼈를 보니 강수라고 부를 만하도다."

우두는 그 자리에서 지신의 이름을 강수라고 고쳤다. 대제는 그의 문장을 시험해 보기 위하여 진덕여제가 붕어하였을 때 조문사절을 보내온 당나라 황제에게 감사의 뜻을 나타내는 사은표를 짓게 하였다.

강수가 다 지어 바치자 글을 읽어본 대제는 문조가 뛰어나고 자신이 말하고자 하는 뜻이 다 담겨 있어 한 번 더 크게 놀라고 기특해 하였다. 대제는 강수에게 해마다 조 일백 석을 내리도록 명한 뒤 그의 식견도 높을 것으로 짐작하여 물었다.

"짐이 머잖아 당군을 빌려 백제를 정벌하고자 하는데 그대는 어떻게 생각하는가?"

"폐하께서 품으신 뜻이 어찌 백제뿐이겠사옵니까? 하오나, 외세를 빌려 삼한을 통합한 것을 두고 후세에 말들이 많을 것이옵니다."

"어인 까닭으로 말들이 많아질 것이라고 하는가?"

"당 황제가 얻을 것이 있기에 우리 신국 신라를 도우려는 것이옵니다. 그 얻을 것이란 대국의 북쪽에 있는 고구려 강토가 될 수도 있고, 대국의 남쪽에 있는 백제의 땅이 될 수도 있을 것이옵니다. 하오나 거기서 그치지 않을 것이옵니다."

"계속 말해 보라."

"우리 신국 신라가 삼한을 통합하고 나면, 당 황제는 통합된 삼한을 한 입에 삼키려 들 것이옵니다. 그에 대한 비책까지 미련해 두고 천하대사를 도모하시어야 할 것이옵니다.”

강수의 말을 다 듣고 난 대제는 근엄한 목소리를 내었다.

“우리 신국 신라에 있어서 당이 외세라면, 백제의 외세는 고구려요, 왜가 아닌가? 또 고구려의 외세라면 백제요, 말갈이 아닌가? 그런데 어느 누가 감히 외세 운운 할 수 있다는 말인가? 저들은 두세 나라가 연합을 해서 호시탐탐 쳐들어오려는 때에 우리 신국 신라만 외톨이가 되어 나라가 망해야 하겠는가?

또 우리 신국 신라가 삼한을 통합함에 있어 당 황제가 고구려 땅이나 백제의 땅을 달라면 주면 그뿐이다. 적국의 땅을 떼어주는 한이 있더라도 짐은 삼한일족이 우리 신국 신라의 백성으로서 서로 어울려 더는 전쟁에 대한 두려움 없이 평안하게 살아가기를 바라노라.

한 나라가 망하면 그 나라가 망한 까닭이 어디에 있는지, 망할 수밖에 없었던 원인을 그 나라 내부에서 찾아서 길이 교훈으로 삼아야 하거늘, 후세의 어느 누가 감히 어설프게도 망국을 두둔하고 우리 신국 신라를 폄하하려 들겠는가?

만일 우리 신국 신라가 삼한을 통합한 뒤에 당이 우리를 삼키려든다면 짐은 죽을 각오로써 싸워 나라를 지킬 것이다. 경들은 짐이 당 황제에게 삼한을 고스란히 가져다 바치려는 줄 아는가?”

“망극하옵니다, 성상폐하.”

대제는 유신을 대각찬으로, 이찬 금강을 상대등으로, 파진찬 문충을 중시로 삼았다. 그리고 맏아들 법민을 태자로, 당나라에서 돌아온 문왕을 이찬으로, 노차를 해찬으로, 인태를 각찬으로, 지경과 개원을 각각 이찬으로 삼았다. 둘째아들 인문은 당나라에서 숙위하고 있어 벼슬을 내리지 않았다.

대제가 친정체제를 더욱 확고히 해 나가고 있는 가운데 고구려 첩자로부터 밀계가 도착하였다.

신라에 새 왕이 등극하였다는 소식을 들은 연개소문은 예전에 사신으로 왔을 때 그를 죽이지 못했음을 그지없이 분하게 여겼다. 이에 연개소문은 고구려왕 보장에게 신라를 멸할 것을 주청하였는데, 보장은 내키지 않아 신하들에게 물었다.

"신라에는 세 가지 보물이 있어 다른 나라가 함부로 범할 수 없다고 하는데, 무엇을 말하는 것이오?"

"첫째로는 황룡사의 장육존상이옵고, 둘째로는 그 절의 구층탑이오며, 셋째로는 진평왕의 천사옥대이옵니다."

"금척이라고 하는 신물도 있다고 들었소만?"

"당 태종선황제가 탐을 내는 바람에 아무도 찾지 못하도록 그 강역 어딘가에 파묻어버렸다고 하옵니다."

보장이 신라를 치는 것을 내키지 않아 하자 연개소문이 우렁찬 목소리로 말하였다.

"우리 고구려군과 백제군과 말갈의 군사가 연합을 하면 작은 신라 따위는 두려워할 것이 아무 것도 없으니 당장 쳐들어가야 하옵니다!”

밀계가 도착한 뒤에 북쪽 관경에 대한 방어를 강화할 새도 없이 고구려, 백제, 말갈의 삼국연합군이 쳐들어왔다.

“폐하, 북쪽 변방의 성 서른셋이 저들에게 함락되었다고 하옵니다.”

“이는 필시 우리 신국 신라가 당나라와 통하는 길을 끊고 고립시키려는 의도가 분명하옵니다.”

“그런 뒤에 대군을 내어 우리 신국 신라의 온 국토를 유린하고자 할 것이옵니다. 마땅히 철저한 대책을 강구해야 하옵니다.”

대제는 크게 진노하여 사위 흠운을 낭당대감으로 삼아 군사를 이끌고 북쪽 관경으로 나아가게 하였다. 출전을 하루 앞둔 밤에 아내 요석공주는 흠운의 품에 안기어 울며 말하였다.

“꼭 살아서 돌아오시어요.”

“무릇 전장에 나아가는 장수는 생사에 얽매이지 않소.”

대제의 사위 흠운이 관경을 구원하러 온다는 말을 들은 실제사의 삼형제 중 부과, 도옥, 핍실이 승복을 벗어던지고 흠운의 군영을 찾아왔다. 도옥이 말하였다.

“소승이 중이 되기에 앞서 원을 세우기를, 불도를 이루어 다른 사람을 이롭게 하는 것이었는데 지금까지 껍데기만 중의 꼴을 하고 있었을 뿐, 단 한 가지도 좋은 일을 하지 못하였사옵니다. 이에 우리 형제들이 뜻을 하나로 모아 대감께 종군하여 죽음으로써 나라의 은혜에 보답하고자 하옵니다."

흠운이 도옥 삼형제를 가상히 여겼다.

"어찌 사문의 이름으로 살생을 하겠는가? 그대의 이름을 새로 취도라고 내리노라."

흠운은 취도 삼형제를 병부에 올리고 삼천당에 배속하였다. 그리고 군사들을 독려하여 연일 계속되는 풍우를 헤치고 높은 산을 넘어 출병한 지 엿새 만에 백제군 가까이 양산 아래에 군영을 쳤다.

밤이 되어 흠운은 조천성을 공격하고자 장수들과 전계를 짜고 있는데 백제군이 별파기군을 보내어 선수를 쳤다. 미처 전열을 가다듬지 못한 신라군은 한밤중에 들이닥친 백제의 기병에 놀라 우왕좌왕하였다. 그 뒤를 따라온 백제의 보군이 신라군 진영이 혼란스러워진 틈을 타 일제히 화살을 퍼부으며 공격을 하였다.

흠운이 얼른 창을 집어 들고 군막을 나와 말에 올랐다. 그때 대사 전지가 말고삐를 잡으며 만류하였다.

"대감, 지금 적군이 어둠 속에서 쳐들어와 피아를 구분조차 할 수 없는 지경에 이르렀사옵니다. 이러한 때에 대감께서 전사라도 하시면 아무도 알아줄 사람이 없사옵니다. 더구나 대감께서는 황서이시옵니다. 만약 적군의 손에 목숨을 잃게 되시면 적국 백제의 자랑거리가 될 것이고 우리 신국 신라에 있어서는 깊은 수치가 될 것이옵니다."

"대장부가 되어 이미 이 한 몸을 나라에 바친 지 오래인데, 누가 그것을 알아주고 알아주지 않는 것을 염두에 두겠는가? 내 일찍이 화랑이 되었을 때 가잠성 현령 찬덕과 그의 아들 금산 당주 해론이 장렬히 전사하였다는 말을 듣고 그 사당에 참배하고 통곡을 한 적이 있었는데, 오늘은 내가 죽어서 혼백이 되어 그 사당에 들어가야겠다. 비켜라!"

흠운이 말을 달려 나가 창을 휘두르며 싸우다가 창 자루가 부러지자 백제의 군사에게 내던져 찔러 죽이고는 허리에 차고 있던 칼을 빼어들었다. 적 장수들과 싸워 몇 사람을 죽였는데 그 또한 날아드는 화살에 맞아 말에서 떨어져 죽고 말았다.

곁에서 흠운을 호위하며 싸우던 대감 예파와 소감 적득도 안간힘을 쓰며 싸우다가 쓰러졌고, 취도 삼형제도 용감히 돌진하여 싸우다가 차례로 죽었다.

밤새 전투가 벌어지고 있는 가운데 보기당주 보용나가 흠운이 죽었다는 소식을 듣고 그 자리에서 무릎을 꿇고 하늘을 우러렀다.

"신명이시여, 대감은 폐하의 사위로서 영화로운 자리를 지켜도 될 터인데 오히려 전장에서 장수의 절개를 지키려다가 죽었사옵니다. 그러한 마당에 이 하잘 것 없는 보용나는 살아 있더라도 우리 신국 신라에 아무런 이득이 되지 않고 또 죽어도 나라에 조그만 손해가 되지 않는 목숨이오니 부디 저의 이름도 거두어 가소서."

기도를 마친 보용나는 적군 속으로 뛰어들어 힘껏 싸워 서너 사람을 죽인 뒤에 등에 적군의 창을 맞아 죽고 말았다.

양산으로 나아간 군사들이 패배하였다는 말을 듣고 대제는 크게 애통해 하였다. 전사한 사위 흠운과 대감 예파에게는 일길찬을, 보기당주 보용나와 소감 적득에게는 대나마의 관등을 추증하였다.

백성들은 요석공주의 지아비 흠운이 죽었다는 말을 듣고 옛적 황창랑이 죽은 것처럼 슬퍼하여 양산가를 지어 부르며 흠운을 애도하였고 과부로 홀로 남게 된 아름다운 요석공주를 위로하였다.

"대각찬, 공이 몸소 군사를 이끌고 출병해 주어야겠소."

"폐하, 지금은 성급히 출전을 할 때가 아니오라 군사를 다시 정돈하여서 호기를 엿보아야 할 때이옵니다. 우선 사신을 보내 당 황제에게 알리는 것이 급선무라고 여겨지옵니다."

대제는 유신의 주청을 따라 상문사감 강수를 시켜 표문을 짓게 하였다. 그리고는 그 즉시 인문을 당나라에 보내 황제에게 고구려, 백제, 말갈의 삼국연합군이 북쪽 국경에 침입하여 수십 성을 함락시킨 사실을 알렸다. 표문을 읽어본 당 황제는 신라가 위급함을 깨닫고, 영주도독 정명진과 좌우위중랑장 소열에게 일만 군사를 내어주어 고구려를 공격하게 하였다.

고구려군은 요수를 넘어오는 당나라 군사의 수가 적은 것을 얕보아 성문을 열고 귀단수를 건너 와 싸우다가 크게 패배하였다. 당군은 달아나는 고구려군을 맹추격하여 신성 주변과 민가에 불을 지르고 돌아갔다. 그로써 고구려는 신라에 대한 공격을 멈추고 말갈과 함께 군력을 당과의 접경인 요하지역에 집중시키기에 이르렀다.

유신에게 밀서 한 장이 도착하였다. 흠운이 조천성 싸움에서 패하였을 때 부산현령 급찬 조미갑이 백제군에 잡혀서 포로가 되어 백제의 왕도 사비성으로 끌려가게 되었는데, 그의 학문을 알아본 좌평 임자의 종으로 들어가게 되었다는 내용이었다. 조미갑은 언행에 힘써 임자의 신임을 받게 되었는데 앞으로 백제의 사정을 살펴 신라에 알려주겠다는 것이었다.

유신은 밀서를 들고 입궁하여 대제에게 보였다. 읽어본 대제는 유신에게 지난날 자신에게 밀계를 보내오던 첩자에 대한 애기를 전하면서 이제 다시 백제에 대한 첩정이 재개되어 다행이라며 기뻐하였다.

"우리 신국 신라 사람이 적국 백제의 재상 곁에 있게 되었으니, 그로부터 나오는 첩정을 잘 살펴 머잖아 백제를 멸할 계책을 꾸미기에 더없이 좋게 되지 않았소?"

"그러하옵니다, 폐하. 비록 황서 흠운의 죽음은 그지없이 안타까운 일이오나, 조미갑의 충성은 실로 신명이 우리 신국 신라를 버리지 않겠다는 뜻임을 잘 알게 하는 바이옵니다."

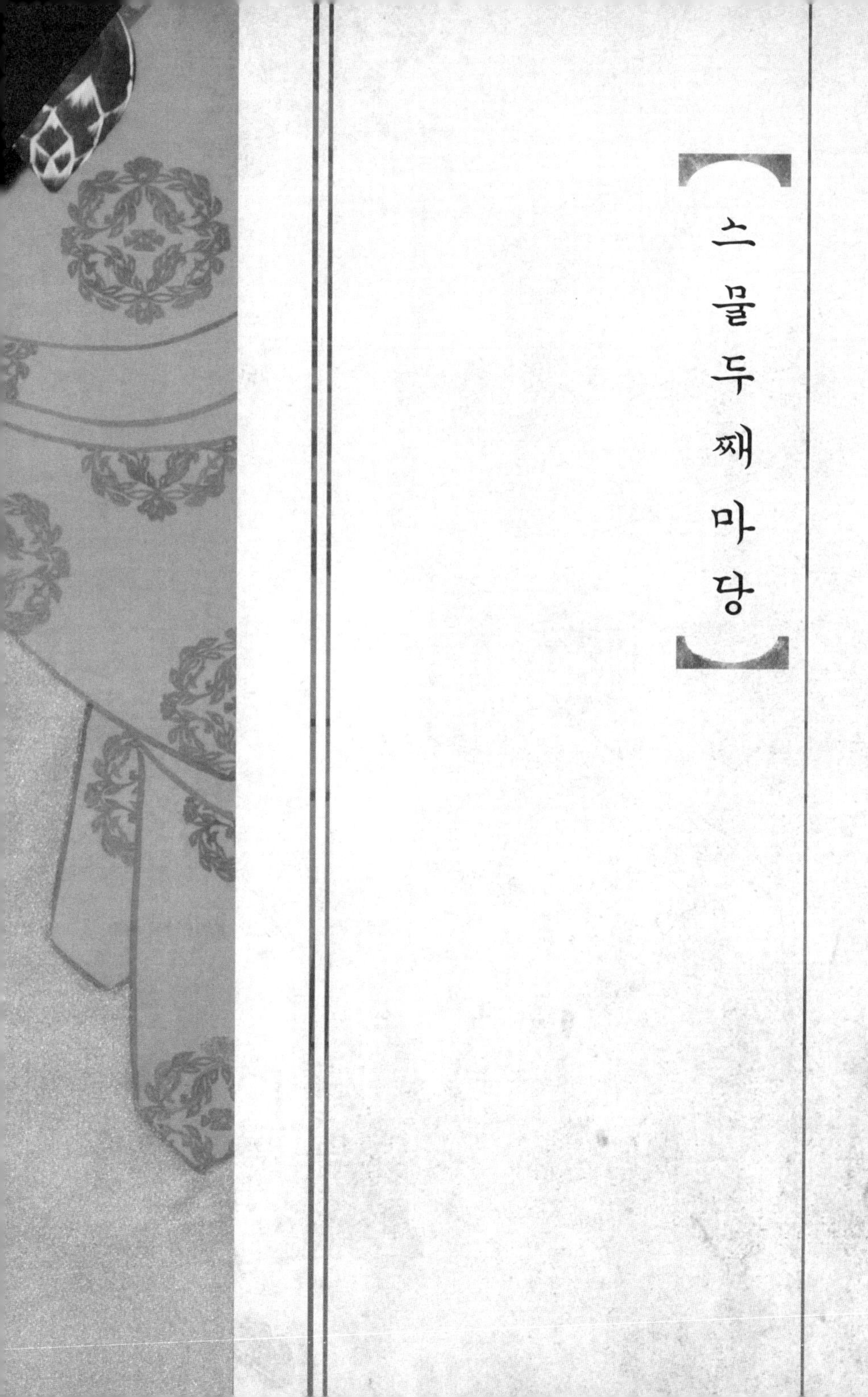

스물두째 마당

반근착절 盤根錯節
세력이 굳어져 흔들리지 않다

금지가 병석에 누운 지 여러 날이 지났다. 유신은 약전의 태의사며, 선도산 아래에 사는 백결선생의 증손 마령간이며, 또 신의라는 보종까지 차례로 데려와 보였지만 명쾌한 금방은 얻지 못하였다. 보종이 한 말이 마음을 무겁게 짓눌렀다.

"유신공, 무릇 사람이란 병을 얻어 수가 다하는 경우도 있지만 수가 다하여 병이 생기는 경우도 있는 법이옵니다."

금지는 군승을 불러 머리맡에 앉혔다.

"머잖아 성상폐하와 대각찬 존하께서 백제와 고구려를 정벌하시고자 대군을 일으킬 것이다. 그때가 되면 청연곡으로 가서 곡장 산홍에게 이르거라. 그러면 내어주는 것이 있을 것이니 그것을 나라에 바치거라. 또 독산 아래에 있는 대장간 고을 촌주를 찾아가면 주는 것이 있을 것이니 그것도 가져다가 나라에 바쳐야 하느니라.”

군승은 묵묵히 듣고만 있었다.

“너는 잠시도 대각찬 존하 곁을 떠나지 말고 엄호해야 한다. 알겠느냐?”

군승은 여전히 아무 말도 하지 않았다. 금지는 사내종 고달과 계집종 동화를 불러 두 사람이 혼인하라고 일렀다. 그때 유신이 들어왔다. 금지가 몸을 일으키려고 하자 유신이 말리고는 그대로 누워 있게 하였다.

“제가 죽기 전에 소원이 한 가지 있사옵니다.”

“죽다니, 거 어인 입에 담지 못할 소리이오?”

“제 병은 제가 잘 압지요. 우리 군승이 한 번만이라도 아버지라고 부르는 소리를 듣고 싶사옵니다.”

“그, 그게 뭐 그리 어려운 부탁이라고……”

“군승아, 어디 한번 불려보렴.”

군승은 쉽게 입을 열지 않았다. 유신이 겸연쩍은 낯빛을 띠고는 말하였다.

“삼광이 너를 서형이라고 부르지 않느냐?”

“……”

“군승아, 이 어미의 마지막 소원도 못 들어주겠느냐?”

군승은 그제야 가만히 말문을 텄다.

“어머니, 불초자가 대각찬 존하를 뵌 지 삼십 년에 이르도록 한 번도 아버지라고 부르라는 말씀을 듣지 못하였사옵니다. 그런데 이제 와서 제 입에서 어찌 그 말이 나오겠사옵니까? 죄송하오나 불초자는 아버지라는 낱말도 모르거니와 그 뜻도 모르옵니다.”

그 말만 남기고 군승이 나가버리자 금지는 울음을 터뜨렸다. 유신은 금지의 손을 잡아주었다.

“왜 저 아이를 그렇게 모질게 대하셨사옵니까?”

“사람 사는 일을 스스로 느끼고 깨달아 크게 자라도록 했을 뿐이오.”

“그래서 우리 군승이 크게 자랐사옵니까? 지금껏 혼인도 하지 않고 이름난 장수도 되지 못하였는데…….”

“혼인은 언제든 할 수 있는 것이고, 이름난 장수가 되는 것도 그리 멀지 않았소. 그보다 먼저 부인이 자리를 툴툴 털고 일어나야 하지 않겠소?”

금지는 고개를 저었다. 그리고는 힘없는 목소리로 말하였다.

“제가 죽거든 흙꼭두 신금장군과 함께 꼭 청연곡에 묻어주옵소서.”

유신은 금지의 손을 힘주어 고쳐 잡았다.

“단랑님.”

금지는 마지막 남은 힘을 다하여 그 한 마디를 하고는 숨을 거두었다. 쉰아홉의 나이였다. 재매부인이 죽었다는 말을 들은 황후는 시녀를 보내어 조문을 하였고, 장례에 쓸 여러 가지 물건과 비용을 내사하였다.

군승은 금지의 유언을 받들어 청연곡 양지바른 곳에 장사를 지냈다. 풍류단란이 다 상복으로 갈아입고 여러 날 곡을 하였다. 청연곡장 세아는 진촌주 세홍, 차촌주 이엄, 집사 이구미를 비롯한 모든 유화들을 불러 모아 의논을 하였다.

그리하여 청연곡을 이름을 바꾸어 재매곡이라고 하였고, 금지의 무덤이 있는 개울가에는 암자를 한 채 지어 송화방이라고 하였다. 또 매년 금지가 죽은 봄날이 돌아오면 재매곡의 송화방에서 그녀를 기리는 연회를 베풀기로 하였다.

재매곡은 그간 풍류단란이 잘 가꾸어 놓아 이미 선계나 다름없는 경치였지만, 세홍은 금지의 무덤 근처에 백가지 화초를 더하여 심어 가꾸었고 무덤 둘레에는 소나무를 심어 해마다 봄날이 되면 솔꽃 내음이 골짜기 가득 맴돌게 하였다.

금지의 장례가 끝난 뒤 대제는 유신을 불러 술을 따라주며 위로하였다. 유신은 그 자리에서 대제에게 말하였다.

"폐하, 신이 젊은 사람들로 새로 칠성우를 결람시켜 장차 태자마마를 보위하고자 하옵니다."

"좋은 생각이오. 대각찬이 알아서 하시구려."

유신은 심사숙고한 끝에 일곱 사람을 물색하였다. 자신의 맏아들 삼광, 낭정의 부조리와 불합리한 여러 가지 제도를 크게 개혁한 천광, 유신의 부장으로 있는 대관대감 품일, 예부령 예원, 비담의 난을 평정할 때 부제로서 크게 활약하여 천광의 뒤를 이어 호성장군이 된 춘장, 대제의 서자인 거득과 시득이 그들이었다.

유신은 예전에 용춘이 그러하였던 것처럼 날을 가려 그들 일곱 사람을 남산 오지암에 모이도록 하였다. 그들은 자신들의 모임을 신칠성우라고 이름 하고 회주로는 가장 연장자인 예부령 예원을 뽑았다.

대제는 태자를 위하여 신칠성우가 결람된 것에 대한 보답으로 유신에게 자신의 셋째 딸 지조공주를 하가시키기로 하고 황후의 의향을 물었다. 황후는 오라버니 유신이 금지가 죽은 뒤로 적적하게 지내고 있는 것을 잘 알고 있는지라 크게 반기며 승낙하였다.

유신은 자신은 나이가 많아 새로 혼인을 하면 백성들의 비웃음을 사게 될 것이고, 또 신라에서만 횡행하고 있는 동기상합지풍의 풍습은 차차 고쳐 나가야 일이라며 사양하였지만 대제는 유신의 말을 들어주지 않았다.

"대각찬은 짐에게 불신지신이오. 더구나 우리 두 사람은 수레의 바퀴와 덧방나무와도 같은 관계이니 더는 다른 말씀 마오."

그리하여 유신은 대제의 처남이 되면서도 사위가 되었고, 황후 문희에게도 오라비이면서 사위인 처지가 되었다.

"황실이 이러한 터에……."

흠돌은 속으로 질녀를 아내로 맞이해 들인 유신을 비웃으며 여전히 어색을 하러 다녔다. 예전에 당나라에 사신으로 갔다가 돌아와 병을 얻어 일찍 죽은 선품과 예원의 누이인 보룡부인 사이에 난 딸 자눌낭주의 아리따움이 뛰어나 계림일미라는 말이 나돌고 있음에 귀가 솔깃하였다.

흠돌은 과부가 되어 혼자 살아가고 있는 보룡부인을 찾아가 말하였다.

"아내인 진광을 내치고 자눌낭주를 정실로 들이겠사옵니다."

"그대가 대각찬 존하의 따님을 내치겠다니? 으음, 돌아가 있게. 내 생각해 보겠네."

보룡부인은 흠돌이 유신의 딸 진광을 내칠 마음은 조금도 없이 자신의 딸을 첩으로 삼고자 하는 속셈을 꿰뚫어 보고는 여러 날이 지나도 허락을 하지 않았다. 그러던 중에 보룡부인은 대제의 부름을 받고 입궁하여 색공을 하였다. 흠돌이 여러 사람을 시켜서 대제의 후궁이 된 보룡궁주의 행실이 추하다며 떠들게 하였다.

"궁주님, 자눌낭주를 제게 주신다면 지금 왕경에 나돌고 있는 말들을 사라지게 하겠사옵니다."

보룡은 이미 그 소문을 흠돌이 내었다는 것을 간파하고 있는지라 단호히 거절하고는 머리를 깎고 비구니가 되어버렸다. 그러자 대제가 몹시 애석하게 여기다가 점차 미모가 더하고 언행에 흠잡을 데가 없어 계림일미라는 별칭이 드높아가는 자눌낭주를 태자비로 삼고 궁을 내려 자의궁이라고 하였다.

"이거 큰일났군."

흠돌은 보룡궁주를 협박한 죄를 얻을까 두려워하여 휘하에 두고 있는 무리를 시켜 태자비 자의궁주가 실제로는 영악함을 감춘 여우

와도 같다는 험담을 왕경에 퍼뜨렸다.

태자비는 궁녀들로부터 그 말을 전해 듣고도 시어머니인 황후의 이질로서 흠돌의 권세가 황실과 조정 그리고 시중에 두텁게 퍼져 있기에 마음 졸이며 처신을 조심할 뿐 별다른 반응을 보이지 않았다.

자의궁에서 아무런 동요를 보이지 않자 오히려 애가 탄 건 흠돌이었다. 그는 황후를 찾아갔다.

"이모님."

"너는 여기가 어디라고 함부로 그렇게 부르느냐?"

"아니, 참. 황후마마."

"그래 무슨 할 말이 있어 찾아왔느냐?"

"태자비로 있는 자의궁주가 후일 황후가 되어 그 아들을 태자로 세우면 황실의 대권이 가야정통에서 진골정통에게 다시 넘어가게 될 것이 아니겠사옵니까? 그렇게 된다면 우리 가야파는 다시 위태로움에 처할 것이오니, 자의궁주를 태자비 자리에서 내쫓고 신광을 새로 태자비로 삼아서 우리 집안을 편안하게 하도록 하옵소서."

곰곰이 되새겨 본 황후는 흠돌의 말이 일리가 있다고 여겼다. 그 어미가 비록 비구니가 되었다고는 하나 한때는 대제의 후궁이었기에 후궁의 딸을 태자비로 맞이해 들인 것에 적잖은 불만을 감추고 있던 중이었다.

신광은 유신의 딸이자 흠돌의 처인 진광의 동생이었다. 황후는 신광이 태자비가 되면 우애가 극진한 진광과 가깝게 지내면서 친정

집안이나 가야파를 저버리는 일은 없을 것이라고 생각하였다.

하지만 몇 번 타일렀어도 태자 법민은 태자비 자의궁주를 내쫓고 유신의 딸 신광을 받아들일 마음을 전혀 보이지 않았다. 다만 효성이 지극한 법민인지라 신광을 첩으로 삼고 야명궁이라는 궁호를 지어 주어 그녀를 맏며느리로 삼지 못한 황후의 마음을 달래주었다.

대제의 셋째 딸 지조공주를 새 아내로 맞이한 것에 대하여 유신은 대제에게 보답할 길을 찾느라 고심하였다. 그리하여 대제가 도비천성을 치고자 다른 장수를 보내려는 것을 자청해서 출병하였다.

유신은 밀본최사를 군통으로 삼아 백제 땅에 들어갔다. 연사노 부대와 다사노 부대를 앞세워 도비천성을 공격하였는데 새롭고 강력한 무기를 본 백제군이 공포에 질린 채 전의를 상실하여 손쉽게 성을 점령하였다.

승전고를 울리며 돌아온 유신은 자신이 아직 건재함을 조야에 과시하였다. 대제는 크게 흡족하여 장졸들에게 후한 상을 내렸다.

유신은 신궁으로 가 선황들에게 향을 피워 승전을 아뢰었다. 그리고는 신궁봉사 소영과 마주 앉았다. 소영은 금지의 죽음을 애통해하면서도 유신이 대제의 딸을 아내로 맞이한 것에 대한 축하를 잊지 않았다. 유신은 미안한 감이 들어 소영을 위로하였다.

"단랑님, 소녀가 천관의 직임에서 물러나더라도 단랑님의 첩으로 들어앉을 수는 없사옵니다. 그러니 소녀에 대한 걱정은 하지 마옵소서."

성용생간 成用生間

첩자를 만들어 쓰는 데 성공하다

간간이 백제의 정세를 알려오던 조미갑이 이번에는 은밀히 사람을 보내 왔다.

"소인은 칙목이라고 하옵니다."

"자네는 어느 나라 사람인가?"

"신라인이기도 하고 백제인이기도 하옵니다."

유신은 그 말뜻을 알아듣지 못하였다.

"신라가 되찾으면 신라 사람이 되옵고, 백제가 점령하면 백제 사람이 되는 관경 출신이기 때문이옵니다."

"그렇다면 자네가 고향을 떠나 사비성으로 갔을 땐 어느 나라 사람이었는가?"

"전쟁 중이었던지라 어느 나라 사람이었는지 꼭 집어 말씀드리기 어렵사옵니다."

"백제를 돕지 않고 신라를 돕는 연유는 무엇인가?"

"신라는 어린 화랑까지 전장에 나아가 싸우니 망하지 않을 나라라는 생각을 하였사옵니다."

"그렇다면 백제가 망하겠는가?"

"그러하옵니다. 백제의 왕실은 물론이거니와 신하들까지 사치가 심하고 방탕하여 나라가 오래 가지 못할 것을 느꼈사옵니다. 올해만 해도 봄에 태자 부여효가 들어있는 태자궁을 고쳐 짓는 데 아주 사치스럽고 화려하게 하였으며, 지난해에는 왕궁 남쪽 연못 한가운데에 있는 멀쩡한 누각을 부수고 새로 지어서 망해정이라고 하였사옵니다. 왕실과 조정이 나랏일은 잘 돌보지 아니하고, 늘 먹고 마시며 놀 궁리에 힘쓰니 백성들이 다 원망하고 호국신은 크게 노하여 재앙과 괴변이 끊이지 않는 실정이옵니다."

유신은 점차 때가 무르익어가고 있다고 느꼈다. 백성이 등을 돌리는 왕실과 조정, 그건 나라가 수명이 다하였다는 말이었다. 칙목이 다시 입을 열었다.

"지금 백제 왕실과 조정은 무도하여 그 죄가 옛 하은의 걸주보다 더하옵니다. 이에 진실로 신명의 뜻에 따라 백제의 백성들을 어여삐 여기시어 좋은 국토를 갖고도 굶주리고 헐벗게 하는 죄인들을 징벌하실 때이옵니다."

"밀계를 보내지 않고 자네가 몸소 나를 찾아온 까닭은 무엇인가?"

"저의 주인이신 조미갑 공께서 머잖아 좋은 소식을 가지고 직접
대각찬 존하를 찾아뵙고자 하옵는데 달리 하령하실 것은 없는가 여
쭈어 보라고 했사옵니다."

"내가 말할 것은 조심하여 오라는 것뿐일세."

가을이 되자 산과 들에서 곡식을 거둬들이고 과실을 따기 위하여
바쁜 틈을 타 조미갑이 종졸 칙목과 함께 신라로 돌아와 유신을 찾
았다.

"어서 오게. 노고가 컸네."

"소인 대각찬 존하께 문안 여쭈옵니다."

유신은 조미갑이 혹시 이중첩자 노릇을 하고 있는 건 아닌가 하
여 떠보듯이 물었다.

"좌평 임자에게는 무어라 하고 돌아왔는가?"

"백제의 나라 안 풍속을 알고자 시골로 돌아다니겠다고 하였사옵
니다."

"요사이도 백제 왕실과 조정이 사치에 정신이 팔려 있는가?"

"그러하옵니다."

"백제 병문의 일로는 내게 들려줄 말이 없는가?"

"흑치상지라는 영걸스러운 장수가 먼 임지로 떠났사옵고, 계백승
이라는 장수가 또한 용감하고 충성스러운데 백제왕 부여의자가 그
를 시켜 마천성을 중수하였사옵니다."

유신은 조미갑이 말하는 태도로 보아 신라에 정직하여 쓸 만한

자라고 판단하여 말하였다.

"나는 좌평 임자가 적국 백제의 조정을 좌지우지한다고 들었는데, 나라에 망조가 드는 이러한 때에 그자도 여러 가지 생각을 하고 있을 것이네. 자네가 다시 돌아가서 내가 은밀히 함께 일을 도모하자더라고 떠 보도록 하게."

자신의 정체가 탄로나 목숨을 내놓아야 할 일임에도 불구하고 조미갑은 조금도 망설이지 않고 아뢰었다.

"대각찬 존하께서 저에게 크나큰 소임을 맡기시니, 백제 사비성으로 돌아가 비록 좌평 임자에게 할 말을 다 못하고 죽는다 한들 후회 따위는 없사옵니다."

"자네 같은 충신이 있는데 우리 신국 신라의 앞날에 어찌 먹구름 같은 것이 끼겠는가."

조미갑은 유신에게 절을 하고 물러났다. 그리고는 그 길로 바로 칙목을 데리고 백제로 돌아갔다. 좌평 임자에게 말하였다.

"주공께 아뢰옵니다. 소인이 스스로 생각하기에 이미 백제의 백성이 되었으니 마땅히 나라의 풍속을 알기 위해 집을 떠나 다른 곳에 가서 노닐다가 수십 일 동안 돌아오지 않았사옵니다. 그러한데도 주공께서는 나무라는 말씀을 한 마디도 하지 않으시니 참으로 대인이시옵니다."

"나는 자네가 돌아오지 않을 줄 알았네."

그 말을 들은 조미갑은 임자가 자신의 정체를 꿰뚫어보고 있는 것은 아닌가 하여 얼른 말하였다.

"주공, 개나 말 같은 미물들도 어디를 가더라도 주인을 그리워하는 마음을 이기지 못하는 바이온데 저는 사람으로서 어찌 주공의 은혜를 저버릴 수 있겠사옵니까."

"알겠네. 먼 길에 노독이 깊을 터이니 이만 가서 쉬게."

며칠 지나지 않아 조미갑은 틈을 엿보고는 임자를 독대한 자리에서 조심스럽게 입을 열었다.

"주공, 제가 지난번에는 죄가 두려워 감히 똑바로 아뢰지 못하였사옵니다. 사실은 신라에 갔다가 돌아왔사옵니다."

"조금은 짐작되는 바가 있었네. 계속 말해 보게."

"신라의 재상 유신공께서 저를 타일러 말씀하시기를 주공께 전하라는 말씀이 있었사옵니다."

"김유신이? 천하의 김유신이 말인가?"

"그러하옵니다. 무릇 나라의 흥망은 미리 알 수 없으니 만약 공의 나라 백제가 망하면 공은 우리 신국 신라에 의지하고 우리 신라가 망하면 내가 공의 나라 백제에 의지하겠노라고 전하라 하셨사옵니다."

좌평 임자는 그 말을 듣고 입을 다물고 있다가 한참 뒤에 말하였다.

"자네가 지금 목숨을 내놓은 게로군."

조미갑이 묵묵히 처분을 기다렸다.

"물러가 있게."

그날부터 조미갑은 일이 성사되지 않은 것으로 알고 처벌을 기다리며 하루하루를 보내었다. 그런 어느 날 임자가 조정에 들어갔다가 나온 뒤에 바로 조미갑을 불러들이더니 가만히 묻는 것이었다.

"자네가 지난번에 말한 김유신공의 말뜻이 무엇인가?"

조미갑은 조금도 두려워하지 않고 그때와 똑같이 대답하였다. 그러자 좌평 임자가 말하였다.

"자네가 내게 전하는 말이 그때나 지금이나 다르지 않으니 신라로 돌아가 김유신공께 내가 수락하였노라고 아뢰도록 하게."

"주공!"

조미갑은 얼른 일어나 절을 하였다. 임자가 말을 덧붙였다.

"자네가 내 집에 들기 이전에 신라에서 온 검일이라는 자가 있었다네."

"검일이라면? 오래전 대야성 도독으로 부임하였던 품석에게 아내를 빼앗긴 앙심을 품어 신라를 배신하고 백제에 붙어 성이 함락되도록 한 자가 아니옵니까?"

"그렇다네. 그자는 이곳 사비성으로 와서 작은 벼슬을 받았는데 시일이 흐를수록 백제군과 내통하여 지금 신라왕의 딸과 자식들까지 죽게 하였을 뿐만 아니라 많은 군사들이 자신의 배신으로 말미암아 목숨을 잃은 죄책감에 시달렸다네. 그러던 중에 누가 시키지도 않았는데 아무도 몰래 신라의 첩자 노릇을 하기 시작하였다네. 오랫동안 신라에 밀계를 보내고 있다가 내게 발각이 되었는데 그 즉시 스스로 목숨을 끊으려 한 것을 내가 말렸다네.”

“그런 일이 다 있었다니.”

“그 전에도 남몰래 신라의 밀정노릇을 한 자들이 많았다네.”

“그들은 다 죽었사옵니까?”

“그렇겠지. 아무도 몰래 하는 일치고 언제고 꼬리가 밟히지 않는 일은 드문 법이니까.”

조미갑은 고개를 숙인 채 묵묵하였다.

“나는 관경에 살다가 어릴 적에 포로가 되어 백제로 끌려 왔었는데, 어느 조정대신의 눈에 들어 그 댁에 아이종으로 있다가 양자가 되었다네. 그런 뒤 학문을 닦아 오늘날 이 자리에까지 오르게 되었지. 비록 돌아가신 양부의 은혜를 저버리는 일이 죄스럽기는 하나, 그로써 백제의 백성들이 무모한 전장에 나아가 덧없이 희생되는 일만 없게 할 수 있다면 내 기꺼이 그 길을 택하고자 하네.”

“주공, 제가 이제야 주공을 바로 알게 되었사옵니다.”

얼마 후에 좌평 임자는 조미갑을 자신의 양자로 삼았다. 그리고는 여인을 한 사람 소개하였다. 왕후 은고의 먼 친척이 되는 사람이라고 하였다. 자태가 요조한 것이 눈매에 깊이가 있었다.

조미갑은 첫날밤에 아내 묘화에게 조심스럽게 자신의 정체를 말하였다. 그러자 놀라거나 머뭇거리지 않고 입을 연 그녀의 말이 듣기에 좋았다.

“저는 아무 것도 모르옵고, 오늘부터 오직 지아비를 섬길 뿐이옵니다. 저의 지아비께서 섬기는 나라가 곧 저의 나라이옵니다.”

“고맙소. 내가 천하에 둘도 없는 인보를 얻었구려. 사람 보물 말이오.”

조미갑은 마침내 칙목을 보내어 유신에게 아뢰게 하였다. 유신은 크게 기뻐하여 칙목에게 큰 상을 내렸다.

“허허. 내 평생 별러온 때가 무르익어가고 있도다, 바로 그러한 때가!”

우수주에서 황실에 크고 흰 사슴을 바쳤다. 대제는 뒤뜰에 놓아서 기르게 하였다. 또 굴불군에서 흰 돼지를 바쳤는데, 머리 하나에 몸은 둘이고 다리가 여덟이었다. 황실과 조정이 다 기이하게 여겼다. 대제가 공공복사를 불러 보인 뒤에 물었다.

“어인 조짐인가?”

“폐하, 흰 돼지의 머리가 하나인 것은 폐하를 상징하는 바이옵고, 몸이 둘인 것은 충신 중의 충신 두 사람을 뜻하옵니다. 또한 발이 여덟인 것은 그 두 충신과 더불어 나라에 큰 공을 세울 장수를 뜻하옵니다.”

“그렇다면 그들은 누구를 말하는 것인가?”

“두 충신은 유신공과 알천공이옵고, 장수들은 여럿 있는지라 일일이 말씀드리지 못하겠사옵니다.”

유신과 알천이야 조야가 다 아는 나라의 두 기둥과 같은 사람이라 드러내어 놓고 말을 하여도 아무 반감을 살 리 없었지만 장수들에 있어서는 그렇지 않았다. 여덟 사람에 들지 못하면 크게 낙담하는 장수들이 있을 것이기 때문이었다. 오히려 말하지 않음으로써 그들을 경쟁시키는 것만 못하였다.

대제는 더 캐묻지 않았다. 다만 흰 돼지를 몹시 상서롭게 여겨 돼지를 바쳐온 굴불군 태수의 벼슬을 높여 주었고, 월성 안에 큰 고루를 세워 북을 안치한 누각의 네 기둥에 그 기이하고 상서로운 흰 돼지의 형상을 새기게 하였다.

벽도산 골짜기에서 밤낮없이 신병기 제작에 몰두하고 있던 구진천이 시종 심심이를 보내와 유신을 청하였다. 유신은 기다렸다는 듯이 백마에 올라 산으로 향하였다.

"대각찬 존하, 이제 드디어 다 완성하였사옵니다."

"그래? 참으로 반가운 소식일세. 그간 구 노사의 노고가 많았네."

유신이 보는 앞에서 구진천은 심심이와 함께 거포노를 발사해 보였고, 발연거에서 연기를 뿜어내었다. 그리고 천보노까지 쏘아보았다.

유신의 놀라움은 이만저만 아니었다. 큰 바위와 같은 돌을 쏘는 거포노는 단번에 적의 성문을 부수기에 모자람이 없는 듯하였고, 발연거는 풍세만 잘 읽는다면 적의 전의를 일거에 떨어뜨리기에 충분하다고 생각되었다. 천보노에 있어서는 살대가 날아가 멀리 꽂히는 곳이 눈에 보이지 않을 정도였다.

"비화옹은 아직도 완성하지 못하였사옵니다."

"지금까지 구 노사의 애씀을 보아 그 병기도 곧 만들어 내리라고 믿네.”

유신은 술상을 봐오라고 일러 구진천의 손을 잡고 마주 앉혔다. 그리고는 술을 부어주며 그간의 노고를 위로하였다.

“내가 폐하와 더불어 평생을 기약한 일이 있다네.”

“대각찬 존하, 비록 아둔하오나 소인도 그 일이라면 잘 알고 있사옵니다. 바로 삼한을 통합하시려는 대계가 아니옵니까?”

“그렇다네. 하지만 그에 관해서는 단 한 마디도 이 산에서 새어나가지 않도록 해야 하네.”

“소인도 이미 나라에 목숨을 바친 지 오래이옵니다. 아무 심려 마옵소서.”

유신은 더할 나위 없이 든든하게 여기며 구진천 앞에 놓인 각배에 술을 가득 따라 주었다. 그리고는 말하였다.

“저것들을 우리 신국 신라의 군영이 다 쓸 수 있도록 이제는 많이 만들어내어야 하지 않겠는가?”

“그러하옵니다. 대각찬 존하께서 여러 서당에 저 신병기들의 부분 부분을 만들도록 하령하여 주옵소서. 그렇게 하여 만들어진 것들을 모아다가 여기에서 조립을 한다면, 아무도 무엇을 만드는지 모르게 할 수 있을 뿐 아니라 그리 오래지 않아 수백 수천 기를 만들어 낼 수 있사옵니다.”

“그것 참 묘안이로고!”

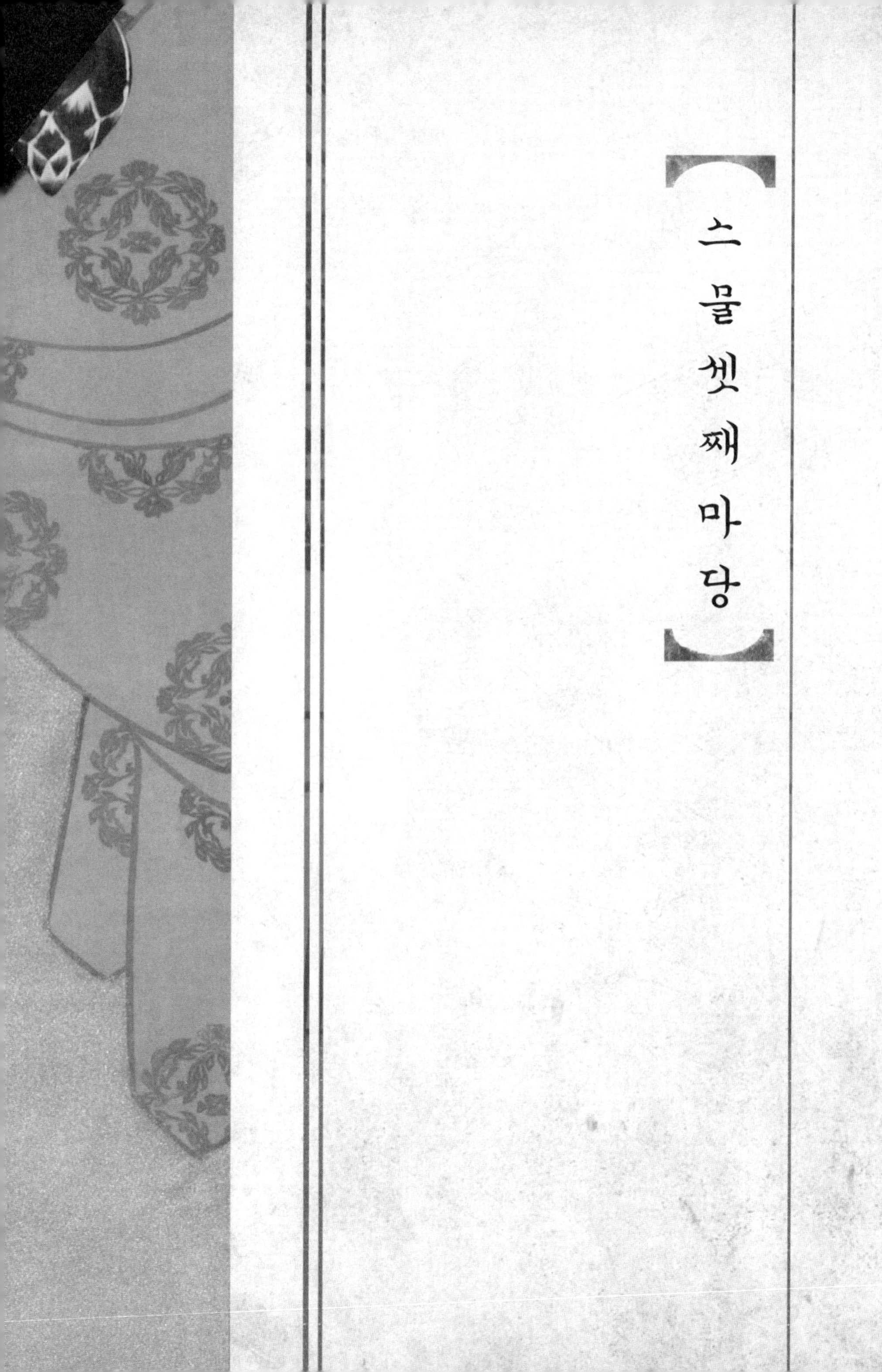

스물셋째 마당

불언지교 不言之敎

말없이 가르침을 주다

사신으로 당나라에 갔던 인문왕자가 당 황제의 윤허를 받고 신라로 귀국하여 대제를 알현하였다. 그 자리에는 유신이 같이 있었는데, 인문왕자가 아뢰는 말에 괴이쩍은 바가 있었다.

인문왕자가 당나라에 가 있을 때 고구려에서도 사신이 왔는데, 사신을 따라온 종자 철후가 은밀히 빈객관으로 찾아왔다.

"소인은 예전에 억울하게 죽은 점쟁이 추남의 아들인데, 아비의 복수를 하기 위하여 스스로 마음을 내어 신라의 밀정노릇을 해 왔사옵니다."

"그렇다면 우리 신국 신라의 누구에게 고구려의 정세를 전하여 왔는가?"

"용춘공, 신라왕 그리고 유신공에 이르옵니다."

"내가 돌아가는 대로 그대의 말이 사실인지 알아보겠다. 그런데 오늘 이렇게 나를 찾아온 까닭은 무엇인가?"

"연개소문이 고구려 왕실과 조정을 제멋대로 주물러온 지 오래되어 이미 위험한 지경에 이르렀사옵니다. 그리하여 백성들 사이에 이대로 가다가는 나라가 망할 것이라는 말들이 나오고 있사옵니다.

소인은 고구려가 당나라에 망하느니 신라에 망하는 게 낫다고 생각하고 있사옵니다. 삼한일족이라는 말도 있지 않사옵니까? 왕자님께서 신라로 돌아가시면 이러한 저의 간곡한 뜻을 유신공께 잘 전하여 주옵소서. 소인의 소원은 살아생전에 유신공을 한번 만나 뵙는 것이옵니다."

"유신공이 선친의 환생이라는 말을 믿고 있는가?"

"믿고 아니 믿고를 떠나서 삼한의 영걸을 소인의 눈으로 한 번 우러러 보았으면 하는 바람뿐이옵니다."

유신은 기분이 묘하였다. 대제는 그런 그의 기분을 풀어주려고 입을 열었다.

"그자의 말을 심중에 너무 깊이 담아두지 마오."

대제는 인문왕자를 압독주 도독에 제수하였다. 인문은 압독주로 나아가 장산성을 쌓고 성 위 요처마다 수루를 설치하고 지형과 지세를 살펴 관문을 세워 쇠뇌군사들을 배치하였다. 대제는 그 공을 기특하게 여겨 식읍 삼백 호를 내렸다.

그리고 셋째아들 좌무위장군 문왕왕자를 불러 당에 사신으로 보내는 자리에서 은밀히 지시하였다.

"당나라에 가면 혹시 또 고구려에서 사신이 올지도 모른다. 너는 당나라에 머물면서 그 사신이 오거든 종졸 철후라는 자를 만나서 그가 우리 신국 신라를 진실로 도울 뜻을 품고 있는지 그 속을 면밀히 떠보고 또 고구려의 정세를 듣는 대로 그 즉시 대각찬 유신공에게 알려오도록 하거라."

"예, 부황폐하. 명심하여 봉행하겠사옵니다."

대제는 태자비가 된 후부터 단 하루도 빼놓지 않고 아침저녁으로 문안을 하는 자의의 현숙함을 몹시 귀애하였다. 점차 당나라의 문물을 받아들이고 있는 때에 유가의 가르침을 드물게도 몸소 실천해 보이고 있는지라 여간 기특해마지 않았다.

"종사에 있어서 큰 복이로고!"

태자 법민과 태자비 자의궁 사이에 태손 소명전군이 태어났다. 대제가 그지없이 기뻐하여 명을 내렸다. 전장에서 죽은 흠운과 요석공주 사이에 난 딸을 장차 태손의 지어미로 받아들이기로 요석공주에게 철석같이 약속을 하였는데 소명전군이 그만 죽고 말았다.

이에 흠운의 딸은 비록 어린나이임에도 스스로 소명전군의 제사를 받드는 사람이라는 뜻에서 소명제주가 되기를 원하였다. 태자비 자의가 그녀를 안타깝게 여기면서도 기특하기도 하여 이를 허락하고 대제에게 아뢰어 소명궁을 내렸다.

그즈음 태자 법민과 유신의 딸인 후궁 야명궁주 사이에 인명전군이 또 태어났다. 앞서 소명전군을 잃은지라 태자는 인명전군을 애지중지하였다. 그것을 안 흠돌이 야명궁주에게 간청하여 인명전군의 사신이 되기를 원하였다.

하지만 야명궁주는 간사하고 잔꾀를 많이 부리는 흠돌의 됨됨이를 잘 알고 있어 선뜻 내키지 않았다. 흠돌은 곰곰이 생각하다가 자신의 딸을 대제의 서자 순원에게 보내어 색공을 하게 하였다. 그런 뒤 아내로 맞이해 들이지 않으면 대제에게 아뢰겠노라고 협박을 하였다. 그리하여 순원은 흠돌의 부탁을 받고 야명궁주를 설득하여 흠돌을 인명전군의 사신으로 받아들이게 하였다.

그로써 권세가 더욱 커지게 된 흠돌은 진공에 이어 풍월주에 올랐다. 흠돌은 부제를 물색하던 중에 제 누이를 첩으로 바친 화랑 흥원을 부제로 삼았다. 흥원의 아비 호원은 진평대제의 서자인데, 그런 까닭으로 흥원은 자신이 진평대제의 서손이므로 폐위된 진지대제의 적손인 금상보다는 오히려 자신이 제위에 올랐어야 한다고 생각하였다.

남몰래 황실과 조정을 원망해 오던 흥원은 흠돌과 결탁하여 부제가 되자 드디어 은밀히 자신의 세력을 모아나가기에 이르렀다. 흠돌은 그 누이와 색사에 정신이 팔려 흥원이 품고 있는 바를 전혀 눈치채지 못하였다.

가을이 되면서부터 왕경 서라벌에도 여러 가지 이변이 일어났다. 토함산의 땅이 불탔고, 흥륜사의 문이 저절로 부서졌으며, 선도산의 북쪽 바위가 무너져 산산조각이 나면서 쌀이 되었는데 그것을 주워 먹어본 백성들은 곳간에서 여러 해 묵은 쌀 맛이라고 입을 모았다.

왕경 내에 나라가 망할 징조가 아닌가 하여 민심이 크게 동요하여 대제가 공공복사와 신궁봉사에게 점을 치게 하였는데, 공공복사는 풀이를 하지 못하였고 신궁봉사 소영이 조원전에 나아가 대제에게 아뢰었다.

"성상폐하, 그러한 일들은 다 길조이옵니다."

"길조라? 다들 불안해하고 있는 터인데 길조라고 했느냐?"

"그러하옵니다. 신이 점을 쳐보니 신명과 선황들이 우리 신국 신라의 황실과 조정과 백성들에게 말없는 가르침을 내려준 것이었사옵니다."

"으음. 그렇다면 어서 풀이를 해보라."

"토함산 산정의 땅이 불타고 있는 것은 앞으로 삼년 뒤에 꺼질 것이옵니다. 불이 꺼지는 그때가 바로 나라의 큰일을 도모할 때이옵니다. 무릇 쇠를 녹이는 것이 불이온데, 쇠는 오방으로 본다면 서쪽에 해당하니 이는 백제를 뜻하옵니다. 하오니 장차 우리 신국의 신병이 백제를 멸할 큰 길조가 아니고 무엇이겠사옵니까?"

"과연! 듣던 중에 반가운 말이로다. 그렇다면 흥륜사의 문이 저절로 무너진 것은 어떠한 가르침인가?"

"흥륜사에서는 매년 이월보름에 탑돌이를 하는 복회가 열리옵니다. 그 절의 문이 무너진 것은 복회를 하면서 빌어마지 않은 우리

신국 신라 백성들의 소원이 한꺼번에 이루어져 천하에 널리 퍼져나
가는 뜻이 있사옵니다. 하옵고, 선도산의 북쪽 바위가 무너지면서
산산조각 나 쌀이 된 것은 장차 외적을 칠 때에 우리 신국 신병들의
군량이 부족하지 않게 될 것이라는 길한 조짐이옵니다.”

대제와 신하들이다 탄복하였다. 대제는 신궁봉사 소영에게 비단
스무 필을 내렸다. 유신도 크게 안도를 하였다. 이변의 징조가 나라
가 망하려는 것이 아니라 오히려 외적을 멸하는 바라는 소문이 나
돌자 민심은 안정을 되찾았다.

“대각찬 존하, 남산에 다녀오겠사옵니다.”

부장 대관대감 품일의 말을 듣고 유신은 은전이 든 주머니를 내
려주었다.

“부디 옛 칠성우를 본받아 우의를 다지고 국사를 폭넓게 의논하
는 데 소홀함이 없도록 하게.”

신칠성우가 남산 오지암에 모여들었다. 예원, 삼광, 품일, 천광,
춘장, 거득, 시득이 그들이었다. 평소에 서로 친분을 나누어 온 사람
들도 있었고 그렇지 않은 사람들도 있었다. 성격이 소활한 춘장이
맨 먼저 입을 열었다.

“우리가 타의에 의하여 선택 받은 사람들이라는 생각이 들어 뭔
가 개운치 않은 것도 사실이 아니오?”

예원이 조용히 말하였다.

“선택 받았다가보다는 책임을 떠맡았다고 하는 편이 옳을 것이

네.”

“예원공의 말씀에 동감하옵니다. 옛 칠성우께서는 지금의 성상폐하를 도우셨고, 우리는 이제 태자마마를 도와야 할 책임을 지고 있는 것이옵지요.”

“요사이 선문에 있는 흠돌이 여간 거들먹거리지 않사옵니다. 황실과 조정이 다 불편해 하고 있을 만큼 말이옵니다.”

“유신공의 생질손이자 황후마마의 이질에다가 또 그의 육촌이 태자의 후궁이기도 하니, 그 권도가 도대체 몇 갈래인지 모르겠사옵니다.”

“너무 걱정하지 말게. 때가 되어 유신공의 귀에 들어가면 그자도 그날로 권세란 것이 새벽이슬과 같은 것이라는 걸 알게 될 터이니.”

“요사이 병문의 움직임이 심상치 않은 것으로 보아 머잖아 성상폐하와 유신공께서 대군을 일으켜 백제를 정벌하러 나실 것 같사옵니다. 만약 우리 신국 신라가 백제를 치려든다면 고구려는 물론이거니와 탐라국과 흑치국과 왜국과 같은 담로국들이 군사를 내어서 구원하러 들지 않겠사옵니까?”

“나는 꼭 그렇게만 보지는 않네. 이미 그들 담로국의 결속력이 떨어지고 있는 것 같으이. 그 증거를 대 본다면, 이런저런 핑계를 대어 바다 밖으로 나가지 않으려는 백제의 왕족과 공족이 많다는 말이 있고, 또 한 번 나간 사람들은 길이 멀어 돌아오기가 쉽지 않아서 그대로 눌러 앉는 경우가 많다고 하네.”

"저도 같은 생각이옵니다. 설령 담로국에서 군사를 낸다고 한들 병선에 보기군을 태우고 군물과 군량까지 싣고서 멀고 험한 바닷길을 헤쳐 오는 것이 어디 쉬운 일이겠사옵니까? 또 그렇게 도해하여도 지친 장졸들이 바로 군선을 포구에 대고 육지를 점령한다는 것은 거의 불가능할 것이옵니다."

"그러한 때에 공격을 받으면 좁은 병선에 든 군사들이야말로 그대로 독안에 든 쥐와 같은 꼴이 되지 않겠사옵니까? 화공을 당해도 속수무책일 터이고 말씀이옵니다."

"우리가 당나라의 힘을 빌려 백제를 치려는 것이 과연 잘하는 일인지 모르겠사옵니다."

"남의 나라의 힘을 빌려 자국의 안녕을 도모하겠다는 것이 일견 나약하게 보일지 모르는 일이긴 하네만 그렇다고 가만히 앉아서 잡아먹힐 수는 없지 않겠는가?

저 옛적 중원만 생각해 보더라도 진이 통일을 하였을 때 주위의 나라 백성들이 작은 나라 진이 큰 나라들을 다 쳐서 망하게 하였다고, 합종연횡을 하며 외세를 빌려서 남의 나라를 정벌한 것을 두고 원망하지 않았네. 오히려 자기 나라를 망국으로 빠뜨린 그들 왕실과 조정의 잘못을 질타하였을 뿐이지."

"그러하옵니다. 진이 통일을 준비할 때 다른 나라는 다 망국의 지름길로 들어서고 있었사옵니다. 그에 비추어 보건대, 고구려나 백제도 마찬가지가 아니옵니까? 고구려는 신하 한 사람의 나라가 된 지

오래되어 원성이 자자하옵고, 백제는 사치와 방탕이 극에 이르고 있으니 말이옵니다.”

“제가 걱정되는 것은 만약 백제와 고구려가 망하고 나면 그 다음은 어떻게 되겠는가 하는 것이옵니다. 끊임없는 항쟁에 부딪히지 않겠는지요?”

“아마도 백제의 담로국들은 그들 나름대로 독자적인 나라로 떨어져 나갈 것일세. 그러니 백제는 걱정할 것이 없고, 오히려 염려해야 할 것은 고구려가 가진 광대한 강역이 어떻게 되느냐 하는 것인데, 아마도 우리 신국 신라가 다 차지하기는 어려울 것일세.”

“그렇다면 당나라가 차지하게 되겠사옵니까?”

“설령 고구려의 북쪽을 당이 차지한다 하더라도 백성들의 혈통과 말과 풍속이 달라 쉽사리 아우르지는 못할 것일세. 워낙 드센 고구려인들이 아닌가 말일세. 그러니 비록 고구려가 망하더라도 저 북쪽 어디에선가 필경 머잖아 다른 나라가 일어나도 일어날 것일세.”

“그렇게 된다면 또다시 우리 신국 신라에게 크나큰 근심거리가 되지 않겠사옵니까?”

“나라가 일어난들 한 나라의 꼴을 갖추려면 시일이 많이 걸리는 법일세. 또 어찌 나라의 꼴을 갖추었다고 해서 함부로 남의 나라를 탐내어 준동하겠는가?”

“하오면 바로 그러한 것을 다 고려하여 성상폐하와 유신공께서 백제와 고구려를 치시려고 오랫동안 대계를 품어오셨군요?”

“그렇다고 봐야 할 걸세.”

“만약 저들을 멸하지 못한다면 우리 신국 신라는 어찌 되겠사옵니까?”

“천하에서 사라지겠지.”

“장차 천지가 경동하겠군요. 우리 신국 신라는 당과, 백제는 왜를 비롯한 여러 담로국과, 고구려는 말갈과 편을 지어먹고 이 삼한 땅 전체에 전쟁의 피비린내를 몰고 올 터이니.”

예원은 긴 대화 끝에 한숨을 쉬며 말하였다.

“어쩌겠나. 고금을 막론하고 그것이 바로 국경을 맞댄 나라라는 것들의 속성인 것을.”

무애향안 無碍享安
걸림이 없어 편안함을 누리다

혜공화상은 번잡한 왕경을 벗어나 동해에 가까운 산속에 있는 항사사에 머물고 있었다. 절에는 깊이가 열 길이 넘는 우물이 있었는데 두레박줄을 풀어 한 번 길어 올리는 데만 해도 여간 힘이 든 게 아니었다.

고승이 와서 머물고 있다는 소문이 나 백성들이 많이 찾아들자 혜공화상은 피할 곳을 찾다가 우물 속을 들여다보고는 옳다구나 싶어 신발을 벗어놓고 내벽을 타고 내려갔다. 얼마나 깊이 내려갔는지 시자가 밖에서 내려다보아도 우물 속이 컴컴하여 혜공화상의 모습이 보이지 않았다.

그렇게 들어간 혜공화상은 몇 달이 지나도 나오지 않았다. 불목하니들이 물을 길으러 와서 두레박을 던져 넣으면 아프다는 소리만

울려 올 뿐이었다. 절에 있는 학승들이 도인은 물만 마시고도 몇 달을 살 수 있는가 하여 기이하게 여겼다.

혜공화상은 가을과 겨울을 보낸 뒤에 우물 벽을 타고 올라와 밖에서 늘 온종일 기다리곤 하던 동자승의 손을 잡고 밖으로 나왔다. 우물 속에 그렇게 오래 있었음에도 가사가 조금도 젖어 있지 않은 것을 본 학승들이 혜공화상이 그동안 우물 벽에 매달려 있었다고 짐작하고는 크게 놀랐다.

어떤 스님 한 분이 찾아왔다는 말을 듣고 혜공화상은 그를 만났다. 법명을 원효라고 밝힌 스님은 마흔이 갓 되었을까 하였다. 마주 앉아 차를 마시노라니 어딘지 낯익은 얼굴이었다. 혜공화상은 무릎을 탁 치며 탄복하였다.

"스님이 전에 신축년 가을에 왕경 만선선원으로 찾아와 땡추 안함이 내걸어 두었던 참서를 읽고 해독한 분이구려?"

"그게 어디 놀랄 일입니까."

원효는 몇 년 전에 의상스님과 함께 불법을 얻고자 당나라로 가던 중에 어느 무덤에서 자고 일어나 홀연히 크게 느낀 바가 있어 그 길로 되돌아 왔다.

대국통 자장율사가 주석하고 있는 분황사로 가서 많은 경전을 두루 섭렵하였는데, 그러는 동안 자장율사가 불도를 사문의 전유물로 생각하여 백성 위에 군림하려는 것을 보고는 자신은 생각을 달리하여 떠나고 말았다.

"그래서 찾아오신 곳이 이 항사사란 말씀이오?"

"대사께서는 부궤화상이라고도 일컬어지는 바이오니, 백성들과 가까이 계시지 않나 해서입니다."

"허헛, 잘 오시었소. 이젠 내가 우물에 들어갈 일이 없겠군. 여기에 머무시면서 나랑 좀 놀아나 봅시다."

원효는 그곳에서 깊이 공부한 학승들조차 어렵다는 여러 불경을 주석한 경론을 찬술하였는데 의문이 나는 대목에 이르면 늘 혜공화상에게 묻고 토론을 벌이곤 하였다. 그러는 동안 두 스님은 나이를 잊은 도반이 되다시피 하여 농담도 하고 장난도 치는 사이가 되었다.

하루는 두 스님이 함께 탁발을 하고 절로 돌아오는 길에 시냇가에서 쉬기로 하였다. 혜공화상은 물속을 들여다보더니 원효에게 웃으며 말하였다.

"원효스님, 배가 고프니 우리 저 물고기나 좀 잡아먹읍시다."

"아니 큰스님? 거 어인?"

"배가 고파서 잡아먹는 건 불법에 어긋나는 일이 아니오. 우리 같은 중이 살아있어야 불법도 있는 거지. 안 그렇소?"

원효는 하는 수 없이 바랑을 벗어놓고 혜공화상과 함께 물속에 들어가 물고기를 잡아서는 모닥불을 피워 구워먹었다.

"어, 배부르다. 안 먹던 걸 먹으니 탈이 났나보네."

혜공화상은 배를 움켜쥐었다. 원효도 배앓이가 나 두 스님은 가사를 걷어 올리고는 나란히 시냇가 돌 위에 앉아서 똥을 누었다. 혜공화상이 원효가 싼 똥을 보더니 손가락질을 하면서 말하는 것이었다.

"스님은 똥을 싸셨구려."

원효가 무슨 말인가 하여 혜공화상의 똥을 보니 물속에 떨어지자마자 물고기가 되어 헤엄쳐 달아나는 것이 아닌가.

"내 물고기여, 내 물고기여, 아직도 뜬 눈 감은 내 물고기여!"

혜공화상이 염불을 하듯이 읊조리자 원효가 놀라 물었다.

"큰스님, 이 어찌된 영문입니까?"

혜공화상은 껄껄 웃으며 가사의 소매를 툭툭 털었다. 그랬더니 물고기들이 나와서 물속으로 떨어지는 것이었다. 혜공화상이 똥 누던 자리에서 일어서며 말하였다.

"쯧쯧, 이 스님아. 물고기를 잡아서 구워 먹자고 했다고 그래 그걸 진짜로 구워서 먹어버리는 중이 어디 있나?"

원효는 크게 얻어맞은 듯하여 혜공화상에게 합장을 하고는 절로 돌아와 두문불출하며 정진하고 또 정진하였다. 그러던 어느 날, 원효가 바랑을 걸머지고 삿갓을 쓴 차림으로 절을 나서려 하자 혜공화상이 다가와 물었다.

"스님은 확철대오 하시었소?"

원효가 대답하였다.

"이 짓궂은 중이 아직도 물고기 똥을 싸고 있구나."

원효가 산문 밖으로 발걸음을 놓자 혜공화상은 선 자리에서 크게 웃었다. 그 웃음소리가 얼마나 컸든지 절 안 학승들이 다 나와 어인 일인가 하였다.

그로부터 얼마 지나지 않아 왕경에 미친 중이 나타났다는 소문이 나돌기 시작하였다. 누더기 가사를 걸치고 삿갓을 쓴 중 같지도 않은 중이 술집에 앉아 술을 마시지 않나, 유곽에 들어 색사를 벌이지 않나, 내키는 대로 아무 소민가에 들어가 허락도 받지 않고 잠을 자고 나오지 않나……

대국통 자장율사는 감찰승 몇을 보내어 그를 잡아오게 하였다. 원효는 밧줄에 묶인 채 분황사로 끌려갔다. 마침 초파일이 가까워 절에는 불공을 하러 온 백성들이 많이 있었다. 자장율사가 원효를 뜰에 꿇려 놓고 물었다.

"그대는 사문인가? 아닌가?"

"물고기 똥이오."

자장율사의 말이 막혀버렸다. 그때 원효의 몸을 감고 있던 밧줄이 스르르 풀어져 내렸다. 원효는 일어나 성큼성큼 걸어가더니 자장율사를 밀치고는 법상에 앉았다.

"대중들은 들어라! 나는 법문을 하는 것이 아니라 말을 하는 것이다. 내가 하는 말을 그대들의 귀에 법문으로 들려야 비로소 법문이 되는 것이지 그렇지 아니 하면 그저 귓가에 벌이 날아와 왱왱거리는 소리일 뿐이다.

또한 불도 근처에도 못 가본 자들이 무슨 고승대덕이나 된 듯이 법문을 한답시고 지껄이는 말을 듣지 말지어다. 불도는 불보살에게도 역대조사에게도 대덕도인에게도 있지 않고 바로 그대들에게 있다. 또 불도는 이 절간에도 저 남산에 깎아놓은 바위에도 있지 않고 바로 그대들 집안에 있다. 알겠는가?"

원효의 법문 아닌 법문은 큰 반향을 일으켰다. 절에 가서 복을 빌지 않아도 시주를 하지 않아도 된다는 말인 까닭이었다. 불도는 스스로에게 있으니 어디에서건 수행할 수 있다는 것, 그리하여 깨달음을 얻을 수 있다는 것, 그래서 궁극적으로는 무애하라는 것, 그것이 누더기를 걸치고 방종하는 듯이 온 왕경을 돌아다니는 원효의 가르침이었다.

원효의 법문은 그때까지 불도의 격의와 형식에 얽매여 있던 백성들로부터 큰 호응을 얻어 명성이 날로 드높아갔다. 불문에서는 그러한 그를 못마땅하게 여겨 이단으로 몰아갔지만, 가을 들판에 불이 번지는 것처럼 그에 대한 백성들의 우러름은 걷잡을 수 없을 지경이었다.

머잖아 큰 전쟁이 일어날 것만 같은 흉흉한 민심은 원효의 행각에서 위안을 삼았고, 아이들은 일거수일투족 흉내까지 내었으며, 동시에서는 그가 지고 다니는 바랑과 석장과 삿갓을 똑같이 만들어 백성들에게 팔기까지 하였다.

마침내 대제의 귀에도 원효가 벌이는 행각에 대한 이야기가 들어갔다. 신하들이 아뢰었다.

"그 중이 아무리 술에 취했어도 붓을 쥐면 글을 거침없이 써내려

갔고, 코를 골며 자다가도 누가 물으면 그 자리에서 일어나 삼학을 깊이 있게 강론하여 천하에 능히 만인을 대적할 만하다고 하옵니다."

"하는 짓은 괴이쩍고 기이하기 이를 데 없사오나, 불도의 묘리에 정통하여 입신의 경지에 이르렀다고 하옵니다."

"그렇다면 그자가 건달파가 아니고 고승이라는 말인가?"

"그건 명확히 알 수 없사오나, 여느 고승대덕과는 사뭇 다른 점이 있는 것은 사실이옵니다. 어전으로 부르시어 시험해 보시는 것이 어떻겠사옵니까?"

"짐이 불도를 모르는데 불러서 뭘 시험하겠는가. 차라리 시중에서 그를 시험하여 만약 파계를 한다면 건달파일 것이고, 그렇지 않다면 고승이라 할 만하지 않겠는가?"

"불도의 교단에서 이미 파문이 되다시피 한 자를 폐하께서 구태여 파계를 시험하실 것까지야 있겠사옵니까?"

대제는 신하들을 두루 내려다보며 말하였다.

"짐이 경들과 내기를 하겠노라. 짐은 그가 파계를 하는 건달파라는 데에 걸고자 하는데, 경들은 어찌하겠는가?"

아무도 말을 하지 않자 유신이 아뢰었다.

"신은 그가 파계는 하되 도인의 면모도 잃지 않을 것이라는 데에 걸겠사옵니다."

"그러오? 그럼 다른 사람들은 다 빠지고 짐과 대각찬 두 사람이

내기를 한 것으로 하겠노라. 한데, 대각찬은 뭘 거시겠소? 짐은 삼한통합을 하기 전까지는 술을 마시지 않겠다는 경에게 법주 삼배를 걸겠소.”

“황공하오나, 신은 폐하께서 안주로 잡수실 수 있도록 일배에 세 마리씩 꿩고기 아홉 마리를 걸겠사옵니다.”

“허허, 어디 두고 봅시다.”

며칠 뒤 원효는 이른 새벽에 안개가 낀 왕경 큰길을 거닐며 소리치기 시작하였다.

“어느 누가 자루 빠진 도끼를 내게 허락하겠는가? 만약 도끼를 얻는다면 내가 수고를 아끼지 않고 하늘을 떠받칠 기둥을 만들고자 하노라!”

하나둘씩 거리에 나타난 왕경인들이 다 그 뜻을 알지 못하고 고개를 갸우뚱하였다. 대제가 그 소식을 듣고는 빙그레 웃었다.

“그자가 새벽부터 아랫도리가 동하였구나. 마침 귀한 도끼가 있으니 짐이 그것을 내어주어 더 큰 것을 얻으리라.”

대제는 백제와의 전쟁에서 지아비 흠운을 잃고 홀로 지내오던 둘째 딸 요석공주를 떠올리고는 궁사지를 시켜서 원효를 찾아 요석궁으로 데려가게 하였다. 또 은밀히 사람을 보내어 요석공주에게는 누더기 도인이 들 것이니 거부하지 말고 맞이하라는 전갈을 해두었다.

궁사지가 대궁을 나와 큰길에서 원효를 찾으려고 두리번거리며 걸었다. 삿갓을 쓰고 납의차림을 한 중 하나가 걸어오면서 고래고래

소리치고 있었다. 궁사지는 큰 느릅나무가 한 그루 서 있는 다리 앞에서 기다렸다.

원효가 다리를 건너오기 시작하자 궁사지는 저도 마주 건너는 것처럼 다리 위로 갔다. 그리고는 스쳐 지나치려는 찰나에 몸으로 슬쩍 쳐 다리 아래로 빠뜨려버렸다. 개울 속에 빠진 원효가 일어나 나오자 궁사지는 공손히 합장을 한 뒤 옷을 말려드리겠다며 다리 건너편에 있는 요석궁으로 이끌었다.

"이곳은 뉘 댁이오?"

원효가 지체가 아주 높은 공족이 사는 집으로 여겨 궁금하여 물었다. 요석공주가 대답하였다.

"자루 잃은 도끼가 들어있는 한적한 곳간일 뿐입니다."

그날부터 원효는 요석공주와 밤마다 운우지정을 나누며 요석궁에 머물렀다. 대제는 원효가 파계하였다는 말을 듣고 흡족하여 고개를 끄덕였다.

"이제는 그자가 그러고도 도인인지 아닌지만 판명이 나면 되겠군."

한 달 뒤 원효는 요석공주에게 말하였다.

"이제 머물 만큼 머물렀으니 소승은 이만 떠나고자 하오. 공주께서는 부디 몸 간수 잘하여 장차 현인의 모주가 되도록 하오."

"하룻밤을 같이 지냈어도 저의 단랑입니다. 하물며 여러 날을 보냈습니다. 아무리 행처가 없는 운수납자이실망정 장차 기별을 할 만한 곳은 가르쳐 주고 떠나십시오."

"사람 몸에 현혹되지 않고 스스로의 마음속 깊디깊은 곳을 돌아본다면, 시방삼세에 어찌 기별할 곳이 없겠소."

원효가 남긴 말을 전해들은 대제는 유쾌한 목소리로 유신에게 말하였다.

"허허허, 짐이 독주 삼배에 안주로써 꿩 아홉 마리를 먹게 되었구려."

"망극하옵니다. 폐하."

요석궁을 나온 원효는 길가에서 희한한 광경을 보았다. 광대 옷을 입은 사람이 도깨비 모양으로 깎은 커다란 표주박을 등에 지고는 두 손으로 가마솥 솥뚜껑만한 구리바라를 광광 치면서 대안, 대안 하고 외치고 있는 것이었다. 그 뒤로는 아이들이 재미있다는 표정을 지으며 졸졸 따라다니고 있었다.

그를 알아본 원효는 얼른 다가가 합장을 하였다.

"대안대사님."

대안대사는 하던 짓을 멈추었다.

"이게 누구요? 원효스님 아니시오?"

"그간 무고하셨습니까?"

"나야 늘 대안이지, 대안! 허헛. 자 원효스님도 나랑 같이 다닙시다."

"소승은 이제 막 파계를 하고 나오는 길이니, 앞으로는 소성거사라고 불러주십시오.”

“거 잘 되었소. 이제야 무애가를 마음껏 부를 수 있게 되었구려.”

두 사람은 번갈아 소리치며 온종일 왕경 시가를 돌아다녔다. 그리고는 그 다음 날 약속이나 한 듯이 어디론가 사라졌다.

그로 말미암아 왕경에는 다시 밤낮으로 스산하고 음침한 기운이 감돌아 흘렀다. 머잖은 장래에 온 나라에 천둥이 치듯 일어날 것만 같은 전란의 공포가 머릿속을 떠나지 않아 가련한 백성들이 스스로 즐기지 못하는 까닭이었다.

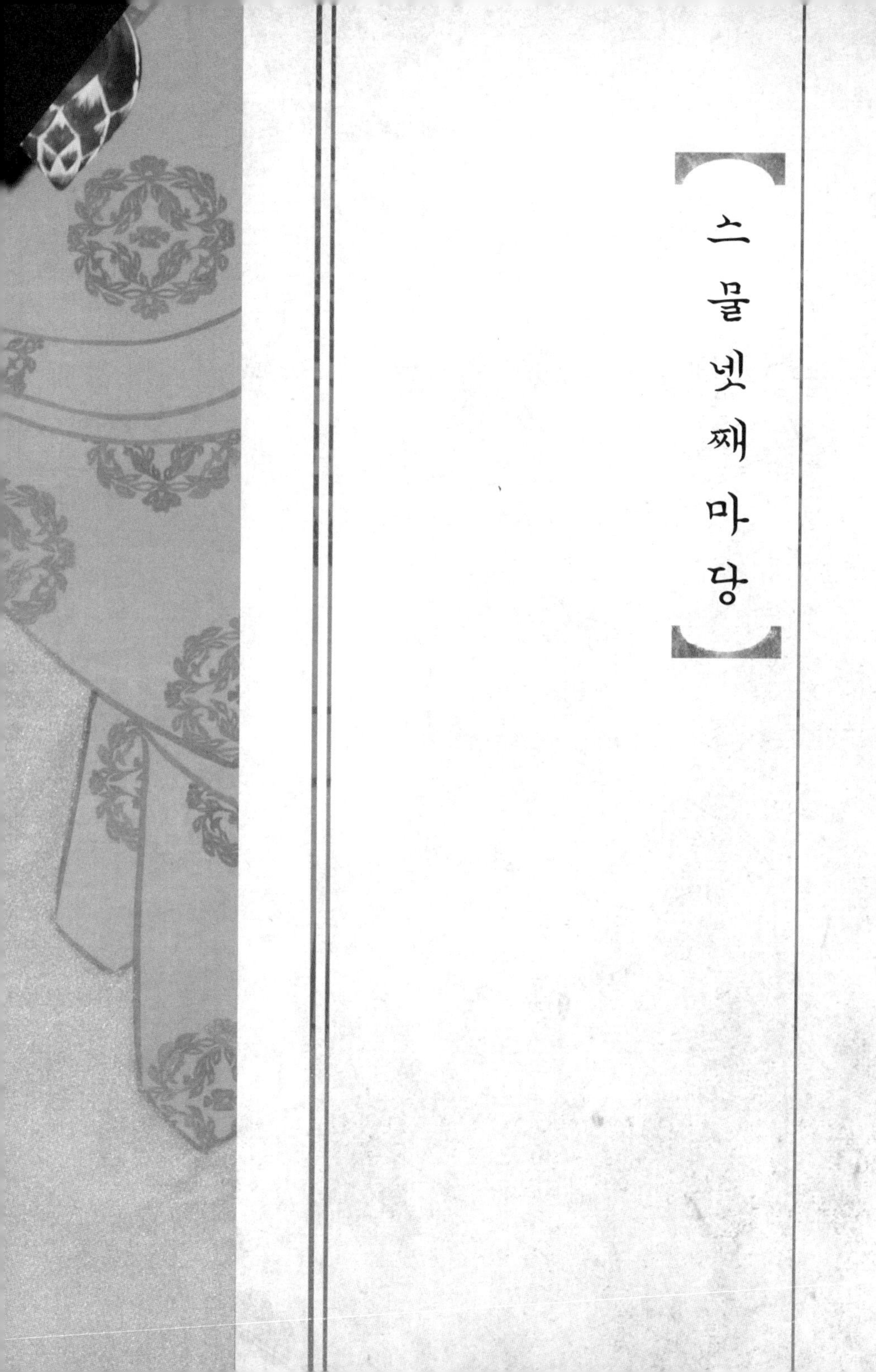

스 물 넷 째 마 당

득죄유찬 得罪流竄

충신이 죄를 얻어 유배되다

백제왕 부여의자가 왕후 은고와 태자 부여효와 왕자들, 그리고 묘원공주를 비롯한 공주들, 십 인이 넘는 후궁들, 사십 인이 넘는 서자들, 게다가 수많은 궁녀들과 신하들을 데리고 연일 연회를 열고 음탕한 향락을 그치지 않았다.

왕실과 조정이 가릴 것 없이 서로 마음에 맞는 사람으로 짝을 지은 가운데 선왕 부여장이 꾸며 놓은 강가 경치 좋은 곳에서 봄볕을 만끽하며 술 마시기를 즐거이 하는 동안 오직 묘원공주만 짝이 없이 홀로 앉아 있었다.

"묘원은 어찌 그리 외롭게 있느냐? 너도 한 사람 골라 보거라."

"고를 만한 사람이 없사옵니다."

백제왕 부여의자는 대신들에게 하명하였다.

“당장 묘원에게 어울릴 만한 자를 찾아 데려다 놓거라. 그렇지 않으면 대백제국의 공주를 홀로 두게 한 죄를 묻겠다.”

그때 무장들 사이에 있던 사람이 앞으로 나왔다. 흑치상지였다. 부여의자는 키가 크고 눈이 호기로워 얼른 보기에도 늠름한 기상이 배어나는 그에게 말하였다.

“너는 어떤 방법으로 묘원의 마음을 얻으려느냐?”

“신이 할 줄 아는 바는 오직 칼을 쓰고 말을 달리는 것이옵니다. 그러한 조그마한 재주로써 공주마마를 지켜드리겠사옵니다.”

“묘원아, 네 뜻은 어떠냐?”

묘원공주는 벌떡 일어났다. 시위하고 있는 장수의 허리에 찬 칼을 빼어들고는 몸을 솟구쳐 연회장 한가운데로 사뿐히 내려섰다. 그리고는 흑치상지에게 말하였다.

“장군은 어서 나와 재주를 보여라. 그 한 몸부터 지킬 수 있는지 내가 시험해 보아야겠다.”

흑치상지가 마다않고 곁에 있는 군사의 창을 빼앗듯이 받아들고는 두 손으로 자루를 부러뜨리더니 창이 달려 있지 않은 그 한쪽을 들고 나왔다. 그 모습을 본 묘원공주는 자존심이 상하여 칼을 휘두르며 덤벼들었다. 흑치상지는 날아드는 칼날을 흘려낼 뿐 공격은 하지 않았다.

사람들이 숨을 죽인 채 두 사람의 합전을 바라보았다. 묘원공주의 무예재주도 예사롭지 않았지만, 그녀의 세찬 공세를 그다지 힘들이

지 않고 막아내는 흑치상지의 몸놀림은 마치 바람 속에 노니는 봄 버들과도 같았다.

"그만 멈추거라!"

부여의자가 두 사람의 합전을 말리고는 술을 내렸다. 그리고는 흑치상지를 묘원공주의 옆자리에 앉게 하였다. 묘원은 쌕쌕거리던 숨소리를 가라앉히더니 흑치상지에게 말하였다.

"그대는 오늘밤 나의 궁으로 들라."

흑치상지는 손을 모으고 허리를 굽혔다.

"삼가 분부 받들겠나이다."

왕자 부여융이 웃으며 말하였다.

"이보게, 장군. 묘원은 둔갑술과 변장술에도 뛰어나니 오늘밤에 좋으라고 품었다가 행여 탈바꿈을 하더라도 놀라지 말게."

모여 있던 사람들은 정면에서는 입을 벌려 크게 웃지 못하고 저마다 고개를 돌려 웃음 한 장씩 떨어뜨렸다.

임금이 그러하니 신하들까지 정사를 돌볼 생각은 하지 않았다. 눈만 뜨면 오늘 하루는 또 어떤 일로 재미나게 보낼까 하는 궁리뿐이었다. 백성들의 원성이 높아만 갔다. 사내아이들은 돌덩이 하나 옮길 정도로만 자라면 왕이 노닐 곳을 꾸미는 공사장으로 끌고 갔고, 계집아이들은 조금이라도 반반한 구석이 있으면 데려다가 궁녀로 삼았다.

내법좌평 성충이 여러 날 고심하다가 모든 집안 식솔과 친족을 불러놓고 말하였다.

"내가 오늘은 입조하면 살아나오지 못할 것이니, 다들 왕도를 떠나 나름대로 살 길을 도모하거라. 만일 나를 따라 죽고자 한다면 그것은 크게 어리석은 일이다. 장차 신라가 쳐들어올 때 죽기로 맞서 싸우는 것만 못하니라."

조회에 나아간 성충은 백제왕 부여의자에게 말하였다.

"왕실이 날로 환락에 휩싸여 있어 백성들의 마음이 멀어지고 있사옵니다. 시폐를 바로잡아야 할 조정이 오히려 정사는 돌보지 않고 왕실에 기대어 독한 술과 기름진 안주와 어린 미색을 탐하기에 바쁘니 이를 서둘러 바로잡지 아니한다면 장차 나라가 위태로워질 것이옵니다."

내법좌평 성충의 말을 들은 대신들은 모골이 송연하였다. 백제왕 부여의자가 노기 띤 눈으로 성충을 바라보았다.

"지금 경이 나를 훈계하는 것인가?"

성충은 말이 없는 가운데 내두좌평 홍수가 입을 열어 아뢰었다.

"충신의 아룀을 어찌 훈계라 하시옵니까. 통촉하옵소서."

"제 입으로 저를 충신이라고 하는 신하는 만고에 듣지 못하였다. 경들이 아직 어제 마신 술이 덜 깨어 헛소리를 하는구나."

성충이 말하였다.

"신은 어제 연회에서 술을 마시지 않았사옵니다."

"그러면 술잔을 들고 줄곧 마셔댄 것은 술이 아니라 물이었단 말인가?”

“그러하옵니다.”

부여의자는 대노하여 성충과 흥수를 하옥하라고 하였다. 위사좌평이 시위 군사들을 시켜 두 사람을 끌어내었다. 대신들은 머리만 조아리고 있을 뿐 어느 누구 한 사람 입을 열지 않았다. 부여의자가 말하였다.

“저 역적들의 삼족을 멸하라.”

몸소 군사를 이끌고 성충의 집에 다녀온 조정좌평이 가솔이 다 어디론가 사라지고 아무도 없었다고 아뢰었다. 부여의자는 더욱 진노하여 찾아내어 육시를 하라는 명을 내렸다. 또한 옥에 들어있는 성충과 흥수에게 하루에 물 한 잔씩만 주게 하였다.

굶주리고 야위어 살이 다 빠지고 뼈가 앙상해진 성충은 오래지 않아 자신이 죽을 줄 알고 마지막으로 부여의자에게 글을 적어 올렸다.

“충신은 죽어도 주군을 잊지 않는 법이오니, 삼가 아뢰옵니다. 신이 늘 나라와 주변의 형세가 어떻게 변하는가 살펴보았사온데, 이제 머잖아 우리 대백제국의 사직을 위태롭게 하는 병란이 반드시 일어날 것이옵니다.

무릇 용병을 함에 있어서는 반드시 지형을 잘 선택해야 하옵는데, 만일 적국의 보기군이 쳐들어오거든 육로로는 탄현을 통과하지 못하게 하옵시고, 수군은 기벌포의 언덕을 넘지 못하게 하옵소서. 그 두 곳의 험준한 상류에 진영을 치고 방어를 해야만 왕도를 지킬 수 있게 되옵고, 그러는 동안 여러 담로국에서 원군을 보내와 적군을 물리칠 수 있을 것이옵니다.”

성충의 글을 읽은 부여의자는 대신들에게 물었다.

“과연 이 역적의 말이 옳은가?”

“역신 성충이 적국이라 함은 신라를 말하는 것이온데, 작고 보잘 것 없는 신라 따위가 어찌 우리 대백제국을 침노할 수 있겠사옵니까?”

“그러하옵니다. 얼토당토 아니 한 말이옵니다.”

“성충은 앞서 입에서 나오는 대로 미친 듯이 지껄여서 군왕을 기만하였사온데, 또 이제는 죽을 지경에 이르자 전란이 일어날 것이라는 허무맹랑한 글을 올려 나라의 불안을 조장하여 백성을 동요시키니 마땅히 사지를 찢어 죽여야 하옵니다.”

여러 좌평들이 앞다투어 아뢰는 데도 오직 대좌평 겸 내신좌평 사택지적만이 입을 다물고 있었다. 그는 부여의자의 모후인 사택왕후의 오라비였다. 부여의자가 사택지적에게 하문하였다.

“대좌평은 어찌 말이 없는가?”

사택지적은 절을 하고는 아뢰었다.

“신이 이미 연로한 지 오래되었음에도 아직 재상의 자리에 있사옵니다. 아무리 들으려고 애를 써도 귀가 어두울 대로 어두워져 다른 사람들의 말이 잘 들리지 않는지라 아무 쓸모도 없사오니 이제 그만 벼슬을 내려놓고 초야로 물러나고자 하옵니다."

부여의자는 그의 읍퇴를 허락한 지 얼마 지나지 않아 병관좌평 임자를 비롯한 조정 대신들을 다 갈아치웠다. 신하들이 충성을 다하고 있지 않다는 것을 느껴 자신의 서자 마흔한 사람 모두를 좌평에 제수하고 식읍을 나누어 준 것이었다. 이로써 왕실이 곧 경험 없는 조정이 되었고, 조정이 또한 왕실의 권위를 그대로 지녀 모든 국사가 뒤죽박죽되기에 이르렀다.

하루아침에 높은 벼슬자리에서 물러난 나라 안 거문벌족들은 그들대로 행여나 세력을 빼앗길까봐 백성들에게 더욱 가혹하게 세역을 지우고 공물을 끌어 모았으며, 언제 왕에게 불려가 목숨을 잃을지 몰라 은밀히 사병을 늘려 나갔다.

병진년 초여름에 큰 가뭄이 들어 온 들판과 산밭이 붉은 땅으로 변하였다. 곡식과 야채가 자라지 않아 대기근이 들었다. 백성들은 너나할 것 없이 눈만 뜨면 굶주린 배를 움켜쥔 채 너른 들과 깊은 산을 헤매었지만 이미 캘 것은 다 캐버렸고 잡을 것도 다 잡아버려 입에 넣을 것을 찾기란 쉽지 않았다.

허기져 집 안에서 뒹굴며 아침부터 저녁까지 양식을 구하러 나간 부모가 돌아오기만 애타게 기다리는 아이들 사이에 풍요가 번졌다.

아아아! 배고프다.
술가락 높이 들고

하늘을 퍼먹는다.
저 구름도 한 입
저 달님도 한 입
저 별님도 한 입
아아아! 배부르다.

비는 한 방울도 내릴 기미가 보이지 않고 가뭄은 극심해져 갔다. 급기야 웅진 땅에서는 차마 듣지 못할 소문까지 나돌았다.

어린아이가 있는 집에서는 자식을 서로 바꿔 잡아먹는 일까지 벌어지고 있다는 것이었다. 그 때문에 낮에도 아이들은 바깥으로 나다니지 못하였고, 어른들도 밤에는 홀로 나돌아 다닐 수 없었다.

아이 어른 할 것 없이 흔적도 없이 사라지는 일이 많아졌지만 움직일 기력조차 없는 사람들은 다 귀신과 같은 얼굴을 하고는 그러려니 할 뿐이었다. 나이가 많은 노인들 중에는 자식과 손자들이 연명을 하도록 밤새 눈물로 몸을 깨끗이 닦고 이른 새벽이면 스스로 목숨을 끊는 경우도 허다하였다.

묘화가 간장을 탄 물 두 그릇만 달랑 올린 저녁상을 들고 들어왔다. 상을 본 조미갑은 아내를 위로하였다.

"우리 집에는 그래도 아직 이렇게 먹을 것이 두 사발이나 남아 있었구려."

"백성들이 이제 제 살을 도려내어 끓여 먹는 도리밖에는 없다고 하옵니다.”

“그럴 터이지.”

조미갑은 천천히 한 숟가락씩 떠서 입에 넣고는 우물우물 씹어서 넘겼다. 간장 탄 물을 떠먹는 것을 꼭 밥 먹듯이 하는 것이었다. 묘화도 그 짓을 흉내 내었다.

“요즘과 같은 때에 뉘 집에서 밥 짓는 냄새가 나기라도 하면 이웃에서 우르르 몰려가 몰매를 놓고 고스란히 빼앗기고 만다는데, 누가 우리를 보고 진짜로 밥을 떠먹는 줄 알면 큰일 날 일이 아니옵니까?”

“허허. 그렇기도 하겠구려.”

상을 물린 조미갑은 묘화에게 말하였다.

“백제가 정녕 망할 징조인가 보오. 옛 조나라 사람 순경이 나라가 망할 조짐을 다섯 가지 꼽았다오. 그 첫째가 용부라고 하여 사내들이 계집과 같은 차림새로 꾸미기를 즐겨하는 것이고, 그 둘째가 속음이라 하여 음탕하고 퇴폐적인 풍기가 난무하는 것이며, 그 셋째가 기복조라고 하여 백성들이 지나치게 사치스러운 행색을 하는 것이고, 그 넷째가 지기라고 하여 나라를 위한 충심은 없고 이기심으로 가득 찬 것이며, 마지막 다섯째가 성악험이라고 하여 광기어린 음악이 유행하는 것이라고 하였소.”

“말씀을 듣고 보니, 그 다섯 가지가 다 지금의 우리 백제를 두고 말하는 것 같사옵니다.”

"어디 그 다섯 가지 뿐이겠소. 후한 말기에 하남 사람 중예는 망국의 네 가지 조짐을 말하였는데, 왕실에 거짓이 횡행하는 것, 조정이 사리사욕만 채우려는 것, 백성이 규범과 법도를 지키지 않는 것, 그리고 온 나라의 사치와 교만을 일컬었소"

"그 말도 또한 백제를 손바닥에 올려놓고 보면서 하는 말과 다름이 없군요."

"부여의자가 좌평 성충과 흥수와 같은 만고의 충신들을 하옥하였을 때부터 백제는 돌이킬 수 없는 길로 들어서고 만 듯하오."

"만약 신라가 쳐들어오면 백제인을 다 마소와 같은 노예로 만들겠사옵니까?"

"사람을 어찌 미물처럼 여기겠소? 내 장담하건대, 삼한일족으로서다 똑같은 백성으로 살게 할 것이오."

"그 말씀을 믿을 사람이 과연 이 백제에 얼마나 되겠사옵니까?"

"신라는 백제의 백성을 치러 오는 것이 아니라, 제 나라 백성은 돌보지 않고 오직 이웃나라에 침략만 일삼는 공족들을 응징하려는 것이오. 오히려 그들에게 보호받지 못하고 핍박만 받은 백성에게 어인 죄가 있어 노예로 삼겠소?"

조미갑은 백제 땅에서 일어나고 있는 일들을 세세히 적었다. 그리고는 단단히 봉하여 칙목에게 주고는 신라 왕경으로 가 유신에게 전하게 하였다. 칙목은 밤을 틈 타 군사들이 지키는 둥 마는 둥 하는 사비성을 어렵지 않게 빠져나왔다.

국망지조 國亡之兆

나라가 망할 조짐이 나타나다

칙목으로부터 조미갑이 보낸 밀계를 받은 유신은 때가 가까웠음을 깨닫고 대제에게 백제의 실상을 아뢰었다. 대제는 당나라에 다시 숙위를 하러 가는 인문왕자에게 강수가 지은 표문을 주어 당 황제에게 군사를 청하게 하였다.

그런 뒤, 상대등 금강과 이찬 유신에게 물어 아찬 진주를 병부령으로 삼았다. 이로써 병부령은 세 사람 되었는데, 대신들은 대제가 그리 멀지 않은 때에 백제를 정벌할 의지를 굳게 나타내었음을 확고히 알게 되었다.

"성상폐하, 적국 백제에서 여인의 시체가 생초진으로 떠내려 왔사온데, 그 길이가 열여덟 자나 된다고 하옵니다."

"사람이 그렇게 클 수도 있는가?"

대제는 어떤 불길한 조짐이 아닌가 하여 신궁봉사 소영을 불러 하문하였다.

"신도 괴이하게 여겨 시신을 직접 보았사온데, 떠내려 오면서 바위에 이리저리 부딪히는 바람에 살가죽이 너덜너덜하게 찢어져 길게 늘어져 있었사옵니다. 하오나, 몸뚱어리가 여느 사람의 갑절이나 되는 것은 분명하였사옵니다.

무릇 대모는 나라를 뜻하는 바이옵니다. 백제에서 큰 여자의 시체가 신라로 떠내려 왔으니, 이는 적국 백제가 우리 신국 신라에게 망할 징조이옵니다."

"옳도다. 우리 신국 신라도 선도성모와 같은 분들을 국모로 모시고 있지 않은가."

기뻐하던 대제는 곧 낯빛을 바꾸어 물었다.

"그렇다면 짐이 사신을 보내어 청병을 했는데도 당에서 군사를 보내겠다는 기별이 없는 것은 어찌된 까닭인가?"

"머잖아 좋은 소식이 올 것이옵니다."

초겨울에 들어 보좌에 앉은 대제가 잠시 졸았는데, 푸른 안개가 홀연히 조원전 입구로 들어오더니 두 사람의 모습으로 변하여 나타나는 것이었다. 대제가 놀라면서도 가만히 살펴보니 그들은 예전에 황산에서 백제군과 싸우다가 전사한 장춘과 파랑임이 분명하였다.

"그대들은?"

두 사람은 대제에게 절을 하고는 아뢰었다.

"폐하, 신들은 비록 오래전에 백골이 되었으나, 아직도 나라에 못 다한 충정이 남아 있었던 까닭에 혼백으로써 당나라에 가보았더니, 당제가 대장군 소열을 비롯한 여러 장수들에게 칙명을 내려 명년 오월에 대군을 거느리고 백제를 멸하러 보낼 것을 알게 되었사옵니다. 폐하께서 그 일을 두고 매일같이 노심초사하시니 이렇게 흉측한 넋으로나마 조당에 들어와서 아뢰는 바이옵니다."

대제가 문득 고개를 드니 두 사람의 형상은 보이지 않고 푸른 연기 같은 것 한 줄기가 조원전 문밖으로 나가고 있는 것이었다. 대제가 기이하게 여겨서 한산주에 있는 두 사람의 무덤으로 대궁감관을 보내었다. 다녀온 감관이 두 무덤에 구멍이 나 있는데, 푸른 연기가 출입하고 있더라고 아뢰었다. 대제는 신하들에게 명을 내렸다.

"고금에 살아서 충신은 허다하였으되 죽어서도 충신 노릇을 다한 사람은 아마도 장춘과 파랑뿐일 것이다. 사범서에서는 두 집안의 자손을 널리 구족까지 찾아 후한 상을 내리도록 하라. 또 공장부에서는 한산주에 두 사람의 사당을 세우라. 짐이 사당의 이름을 장의사라고 내리노니 두 사람의 명복을 비는 데 소홀하지 말지어다."

"성상폐하, 황은이 망극하옵니다."

"적국 백제왕은 산 충신을 옥에 가두어 굶어죽게 하는데, 우리 신국 신라에 있어서는 죽은 충신이 폐하께 현몽하여 사군이충을 아끼지 않으니 이는 실로 절호의 기회가 임박하였음을 뜻하는 바이옵니다."

“이찬 유신 경의 말이 지당하오.”

“또한 적국 백제에서는 이변과 괴변이 끊이지 않으니 민심은 흉흉하여 흩어지고 왕실과 조정을 탓하는 원성이 높다고 하옵니다. 이는 신명의 뜻이 우리 신국 신라로 하여금 악정과 관폐에 허덕이는 백제의 백성을 구제하라는 뜻인 줄 아옵니다.”

“경의 말 또한 지극히 옳도다.”

백제 땅에서 일어나고 있는 변괴는 더 이상 조미갑이 보내오는 밀계로만 알 수 있는 바가 아니었다. 입에서 입으로 전해져 백제의 왕도 사비성을 넘고 변경에 이르러 다시 신라 땅으로도 흘러들었다.

백제의 유서 깊은 절 오합사에 커다란 붉은 말이 난데없이 나타나더니 밤낮없이 절 마당을 거닐다가 동쪽 길을 따라 가버렸다. 오합사 중들이 그것을 두고 백제의 정기가 빠져 나가는 조짐이라고 입을 모았다.

또 여우 떼가 산에서 내려와 왕궁에 들어왔는데 그중 우두머리인 흰 여우가 정당에 들어 구석에 놓인 낡은 탁상 위에 앉아 슬피 우는 것이었다. 군사들이 다 내쫓고 나서 아뢰니 백제왕 부여의자가 물었다.

“누구의 탁상이더냐?”

“전 병관좌평 임자가 쓰던 탁상이었사옵니다.”

부여의자는 그 말을 듣고 임자를 불러 다시 병관좌평으로 삼았다. 그리고는 여우 떼가 나타난 일을 물으니 임자가 대답하였다.

"예로부터 여우 가죽은 귀한 물건이오니, 아마도 나라에 살림이 넉넉해질 조짐이 아닌가 하옵니다."

이변이 잠시 잦아드는 듯하더니 이번에는 태자궁 뜰에서 암탉과 작은 참새가 사람들을 조금도 두려워하지 않고 천연덕스럽게 교미를 하는 것이었다. 궁녀들이 다 고개를 돌리며 상서롭지 못한 일로 생각하였다.

백강에서 몸길이가 세 길이나 되는 큰 물고기가 나와 사비 언덕 위에서 죽었는데, 그 물고기를 나누어 먹고 주린 배를 채운 사람들이 그날 밤을 넘기지 못하고 다 숨을 거두었다. 또 옛 왕도 웅진 기군의 강에서도 큰 물고기가 나와서 죽었다. 대가리에서 꼬리까지 일백 자나 되었는데, 그것을 나누어 먹은 사람들도 사비성 사람들과 마찬가지로 다 죽고 말았다.

가을에는 왕궁 뜰에 서 있는 큰 홰나무가 마치 사람이 곡하는 것처럼 아름드리 밑동을 부르르 떨며 바람도 없는데 온 가지를 흔들어 울었으며, 그날 밤에는 정체를 알 수 없는 귀신이 왕궁의 남쪽 길에서 밤새도록 울부짖어 백성들이 모두 겁에 질려 문을 걸고 아침이 되었어도 아이들을 집 밖으로 내보내지 않았다.

새해가 되자 괴변은 더욱 자주 일어났다. 이월에는 왕도 사비성의 모든 우물물이 핏빛이 되어 길어 먹을 수가 없게 되었고, 서해 바닷가에 작은 물고기가 떼를 지어 갯벌로 올라와 뒤집어져 죽었는데 백성들은 지난해에 큰 물고기를 먹고 죽은 이들을 떠올려 아무도 구워 먹지 않았다.

초여름에는 두꺼비 수만 마리가 나무 위로 올라가 시끄럽게 울어대었다. 왕도의 백성들은 저승사자가 잡으러 오기라도 하는 듯이 저도 모르게 넋 나간 얼굴로 이리저리 어지럽게 달아나다가 서로 부딪혀 자빠져 죽는 자가 일백여 인이나 되었고, 집안 재물을 길바닥에 아무렇게나 내다버리는 사람이 헤아릴 수 없이 많았다. 하지만 지나가는 사람들은 아무 관심도 없다는 듯 거들떠보지도 않았고 아이들조차 아무도 주워 가지 않았다.

오월부터는 극심한 폭풍우가 몰아쳤고, 천왕사와 도양사의 탑에 한날한시에 벼락이 내리쳐 두 탑이 다 돌가루로 변하였다. 또 백석사 강론당에도 큰 벼락이 쳤는데, 그 직전에 하늘이 부서질 듯한 천둥이 울리더니 검은 구름이 마치 거대한 두 마리 용처럼 공중에서 동서로 나뉘어 크게 싸우는 듯하였다.

왕흥사의 중들은 산더미만한 배가 큰 파도를 따라서 절 안으로 들이닥치는 것만 같은 광경을 보고는 혼비백산하여 절을 버리고 달아나버렸다. 그러자 별안간 본당의 여덟 기둥이 저절로 부서져 지붕이 폭삭 내려앉는 것이었다.

사슴 꼴을 한 커다란 개가 서쪽 바다에서 사비 언덕까지 올라와서 왕궁을 향하여 범처럼 짖다가 남쪽으로 사라지고 말았다. 왕도 안의 모든 개들이 목줄을 끊고 달려 나와 큰길에 모여서 사방으로 요란히 짖기도 하고 낑낑대며 울기도 하다가 대가리를 숙인 채 큰

개가 사라진 방향으로 줄 지어 갔다.

봉두난발을 한 귀신 하나가 왕궁에 들어와서 큰소리로 부르짖기 시작하였다.

"백제가 망하는구나! 백제가 망하는구나!"

군사들이 잡으러 달려가자 귀신은 꺼지듯이 땅 속으로 사라졌는데, 백제왕 부여의자가 괴이쩍게 생각하여 군사들에게 땅을 파보게 하였다. 흙을 석 자쯤 파낼 무렵 거북이 한 마리가 나타났다. 그 등껍데기에 야릇한 글이 씌어 있었다.

백제는 이미 다 찬 보름달이고
신라는 새로 돋는 초승달이다.

부여의자가 왕실의 무녀를 불러 그 뜻을 물었다.

"보름달은 가득 찬 것을 뜻함이니 가득 찬 것은 곧 기울게 되옵고, 초승달은 아직 가득 차지 않았다는 뜻이니 가득 차지 않은 것은 곧 점점 차오르게 된다는 점괘이옵니다."

부여의자는 크게 화를 내며 무녀를 끌어내다가 직접 목을 베어 죽였다. 그리고는 피 묻은 칼을 든 채로 다시 들어와 신하들에게 물었다.

"누가 바르게 풀이해 보라."

병관좌평 임자가 부드러운 음성으로 말하였다.

“보름달은 융성한 것이옵고, 초승달은 미약한 것이옵니다. 우리 대백제국은 밤하늘에 환히 떠 있는 보름달처럼 더 강성해지고, 저 작은 신라는 드넓은 밤하늘에서 찾아보기 어려울 만큼 작고 미약하다는 징조일 뿐이옵니다.”

그제야 부여의자는 흡족해 하며 칼을 내던졌다. 그리고는 명을 내렸다.

“나라 안에서 일어나는 모든 이변들을 똑바로 풀이하지 못하고, 함부로 좋지 않은 소리를 하는 자들은 모조리 잡아들이도록 하라.”

유신은 이모저모 생각 끝에 이제는 충분히 승산이 있다고 판단하였다. 그때 안타깝게도 오랜 벗으로 상대등 자리에 있던 금강이 죽었다. 대제는 이찬 유신을 상대등으로 삼고, 나라 안에 방을 새로 내려 충성스럽고 용맹스러운 인재를 널리 구하였다. 그리하여 왕경으로 모여든 자들 가운데 어린아이들은 다 돌려보내고 장정들에게는 각각 그 재주에 맞는 병부의 벼슬을 내렸다.

“필부라고 하였는가?”

“그러하옵니다. 성상폐하.”

“그대가 가장 뛰어난 무력을 보였도다. 칠중성 하촌의 현령으로 삼노라.”

대제가 모든 장정들에게 벼슬을 내린 뒤에 보니 한 아이가 돌아가지 않고 서 있는 것이었다. 차림새로 보아 갓 화랑이 되었음이 분명하였다.

"너는 선문으로 돌아가지 않고 뭘 하고 있느냐?"

아이는 무릎을 꿇고 아뢰었다.

"성상폐하, 소신에게도 말직이나마 한자리 내려주옵소서."

"허허, 너는 아직 어려서 벼슬에 들 수 없으니 짐이 나중에 때가 되면 너의 그 기백을 높이 쓰도록 하마."

"나라에 큰일이 있는데, 그깟 나이가 많고 적음이 다 무슨 걸림이 되오리까."

"너의 아비가 누구냐?"

유신의 곁에 서 있던 품일이 나와 그 아이 옆에 꿇어앉았다.

"폐하, 소신은 상상 유신공의 부장 품일이옵니다. 이 아이는 소장의 아들 관창이라고 하옵니다. 지존 앞에서 언행을 어떻게 해야 하는지 예법을 가르치지 못하였사오니 저희 부자를 죽여주옵소서."

"허허허. 대를 이은 충신을 어찌 벌하겠느냐. 그토록 병문에 들기를 원하니 그대의 휘하에 데리고 있도록 하라."

대제는 좁쌀 여섯 말로 지은 밥과 삶은 산꿩 아홉 마리, 그리고 법주 여섯 말을 차려 새로 등용된 병부의 인재들에게 잔치를 베풀었다. 같이 먹고 마시며 군신간의 충의를 다지는 때에 대제는 대궁 감관에게 하명하여 유신의 옥배를 가져오게 하였다. 그리고는 맛을 보더니 낯을 찌푸렸다.

"경이 백제를 멸하지 않고는 술을 마시지 않겠다고 맹세한 일은 일찍이 알고 있었으되, 어찌 맹물도 아니고 간장을 탄 물을 다 마시오?"

유신은 차마 죽은 금지를 핑계할 수 없어서 말을 돌려내었다.

"멀리 있는 친한 벗이 생각나서 그러하옵니다."

"경에게 그토록 그리운 벗이 있는 줄을 짐이 미처 몰랐구려. 당장 왕경으로 불러오오."

"아뢰옵기 황공하오나, 그 벗은 지금 적국 백제의 왕도에 있사옵니다. 장차 정벌을 하고 나면 만나게 될 것이옵니다."

"으음. 잘 알겠소."

대제는 자신의 금옥배에 술을 가득 채우라고 이른 뒤에 큰소리로 말하였다.

"자, 상대등 유신 경의 그리운 벗을 만날 날을 기약하면서 다 함께 잔을 높이 들라!"

"예, 성상폐하!"

유신도 옥배를 높이 들었다. 그리고는 단숨에 마셨다. 아닌 게 아니라 백제의 왕도 사비성에서 밀정 노릇을 하고 있는 조미갑의 주공으로서 조정의 재상으로 있는 임자라는 벼슬아치가 어떤 인물인지 몹시 한번 만나고 싶었다.

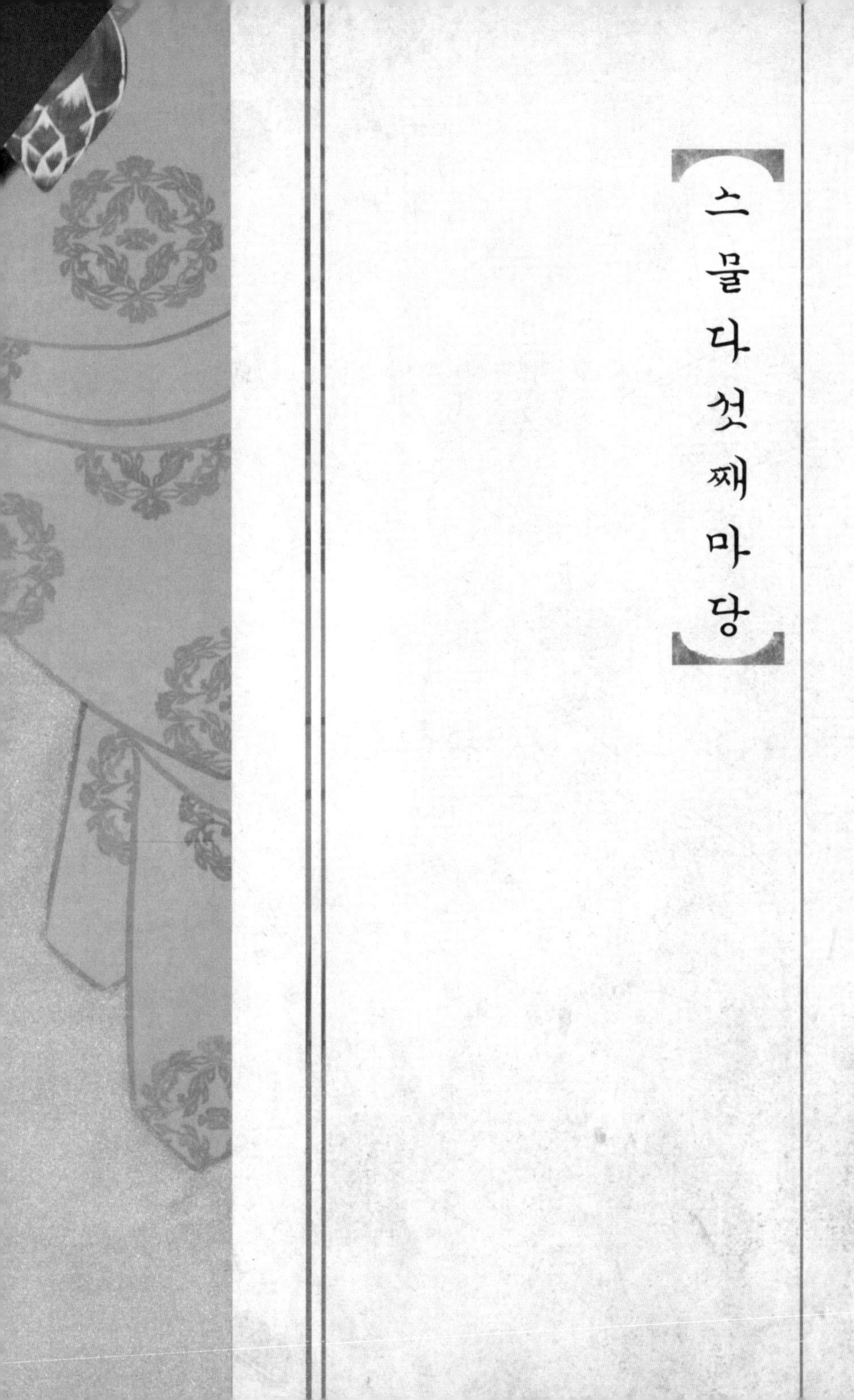

스물다섯째 마당

신병정행 神兵征行

신국의 군사가 정벌하러 가다

    장안에 도착한 인문왕자는 당나라 황제에게 군사를 청하는 대제의 표문을 올렸다. 하지만 당 황제가 즉답을 주지 않자 물러나와 좌령군위장군으로서 숙위를 하고 있었다. 고국 신라에서는 당제가 원군을 내어줄 것인가 그렇지 않을 것인가, 또 내어준다면 언제 내어줄 것인가 초조하게 기다리고 있을 것이었다.

    "장군, 누군가 찾아와서 뵙기를 청하옵니다."

    인문왕자는 찾아온 사람을 불러들였다. 놀랍게도 그는 고구려 사신의 종졸로 따라 온 철후였다. 인문왕자는 이미 들은 바가 있어 과히 놀라지 않았다. 그가 말하였다.

    "왕자마마, 신라 조정에서 저를 어떻게 생각하고 있는지부터 말씀하여 주옵소서."

"아직도 그대에 대한 완전한 믿음은 없다. 그대는 어떻게 그러한 믿음을 줄 수 있겠는가?"

"소인이 고구려의 왕도 평양성을 상세히 그린 지도를 바친다면 더 이상 의심 없이 믿으시겠사옵니까?"

"그것만으로는 부족하다. 평양성을 그린 지도가 정녕 정확한 것인가를 외변에서 확인해 보기란 어렵지 않겠는가?"

"하오면, 당나라에서 고구려 왕도로 가는 큰길과 샛길과 지름길, 또 신라에서 고구려 왕도에 이르는 길을 다 알려드린다면 소인을 확실히 믿으시겠사옵니까?"

"그건 믿을 만하지 않겠는가?"

철후는 품에서 지도 일곱 장을 꺼내 놓았다. 지금까지 보지 못한 것이었다. 길은 물론이거니와 산속에 들어있는 작은 암자며 두세 집에 불과한 소민가까지 그려져 있었다. 인문은 지도를 갈무리해 놓고 물었다.

"그대가 바라는 것은 무엇인가?"

"오직 김유신 공을 한 번 뵙는 것이옵니다."

"잘 알겠다. 신라가 장차 군사를 일으켜 고구려의 왕도 평양성을 함락하는 날, 유신공도 살아 있고 그대도 또한 목숨이 붙어 있다면 내가 두 사람의 만남을 주선해 주겠다. 이는 신국 신라 왕자의 약속이다."

철후는 두 번 절을 하고는 물러갔다. 고구려 사신이 본국으로 돌아가고 난 뒤에 당 황제는 인문왕자를 인견하였다.

"짐이 만약 신라가 백제를 칠 군사를 내어준다면, 천병은 백제의 어느 곳에 도착해야 싸우기에 가장 유리하며, 만일 싸우다가 전세가 불리해질 것을 고려한다면 퇴로는 어찌 확보해 두어야 하는가?"

인문왕자는 이때다 싶어 미리 준비해 놓은 대답을 하였다.

"천병은 배에 나누어 타고 바다를 가로질러 내려와 신라의 덕물도에 이르러야 하옵니다. 거기서 신라 군사와 합세한 뒤, 배를 타고 해안을 따라 남쪽으로 내려가 백제의 기벌포에 다다라야 하옵고, 그 다음에는 조수를 타고 강을 거슬러 올라가야 하옵는데, 그렇게 진군을 한다면 백제의 왕도 사비성을 가장 빠른 시일에 가장 짧은 길을 택하여 칠 수 있게 되옵니다."

당 황제는 고개를 끄덕이더니 불쑥 말하였다.

"신라를 도와 백제를 멸하고 나면 짐에게 금척을 주겠는가?"

인문왕자는 금척이 어디에 묻혀 있는지도 모르고, 설령 안다고 하더라도 땅을 파고 찾아서 내어줄 생각이 조금도 없었지만, 자칫하면 당 황제가 군사를 낼 마음을 철회할지도 모른다는 다급한 마음에 아뢰었다.

"황상폐하, 신라에 있어 적국이 다 소멸된다면 어디 금척뿐이겠사옵니까? 통촉하옵소서."

당 황제는 크게 흡족하여 비로소 대신들에게 칙명을 내렸다.

"좌호위대장군 형국공 소열을 신구도대총관으로 삼노라. 김인문

은 신구도부대총관을, 유백영은 좌무위장군을, 풍사귀는 우무위장군
을, 방효공은 좌효위장군을 제수하노니, 십이만 군사를 전선 이천
척에 나누어 싣고 바다를 건너가 신라와 더불어 저 방약무도한 백
제를 섬멸하라!"

당 황제는 또 하명하였다.

"또한 신라왕을 우이도행군총관으로 삼노니, 몸소 신라 군사를 거
느리고 신라 땅 덕물도에서 천병과 합세하도록 하라!"

인문왕자는 부대총관으로서 대총관 소열, 장군 유백영, 풍사귀,
방효공 등과 함께 군사를 거느리고 내주 성산에서 출발하여 싸움배
이천 척을 바다에 띄웠다. 온 서해바다가 전선으로 뒤덮여 푸른 물
색을 바라보기 어려웠다.

가슴이 더할 나위 없이 벅차오른 인문왕자는 부장 문천에게 날랜
척후선 한 척을 주어 먼저 신라에 가서 당나라에서 십이만 원군이
출병하였음을 대제에게 아뢰게 하였다. 부장 문천은 바람에 돛을 높
이 달고 잔잔한 바다를 헤치고 본진보다 빠르게 나아갔다.

"얼마나 더 기다려야 한단 말인가?"

인문왕자가 본군에 앞서 보낸 문천이 아직 도착하지 않아 당나라
에서 원군이 출병한 것을 모르는 대제는 몹시 애를 태웠다. 올해 들
어 정월부터 백제에 더 많은 괴변이 일어나고 있는 것과 삼년 전에
신궁봉사가 토함산 땅이 불이 꺼질 때가 바로 백제를 정벌할 호기
라고 한 기억을 떠올렸다. 삼년 내내 불타던 토함산의 불이 꺼진 것

이 얼마 전이었다.

"상상, 과연 당 황제가 군사를 내겠소?"

유신이 아뢰었다.

"폐하, 본디 천자는 한 입으로 두 말을 하지 않는 법이옵니다. 신이 생각하기로는 인문왕자마마께 무언가 요구를 한 뒤에 그것을 들어주겠다고 한다면 반드시 출병을 할 것이옵니다."

"당제가 무엇을 요구해 오겠소?"

"아마도 우리 신국 신라의 입장에서는 들어주기 어려운 사안일 것이옵니다."

"짐은 당제가 군사를 내어주기 전에 먼저 군사를 일으켰으면 하는데 경의 의향은 어떠하오?"

"이미 신병은 언제라도 출군을 할 태세를 갖추고 있사오니, 오직 폐하의 명을 따를 뿐이옵니다."

대제는 마침내 결단을 내렸다.

"경들에게 말하노니! 아무리 우리 신국 신라가 당에 의지한다고 하나, 결국 백제를 치는 것은 우리 손으로 해야 할 일이오. 이제 때가 되었으니 짐은 몸소 군사를 이끌고 저 악독한 무리인 백제를 정벌하고자 하오. 조정을 전시체제로 바꾸고, 정예 오만 신병으로 하여금 출병 태세를 갖추도록 하오!"

모든 대신들이 머리를 조아리며 대답하였다.

"분부 거행하겠사옵니다. 성상폐하."

유신은 신라의 강역 내에 있는 각 성읍에 은밀히 발병부를 하달하였다. 날랜 군사들 가운데 백제군에게 부모형제나 처자를 잃은 적이 있어 보원의 한을 품고 있는 군사들로만 가려 뽑아 왕경에 이르게 하였다.

그런 한편, 승부에서는 수레를 징발하였고 조전에서는 군량을 마련하였으며 공장부에서는 그간 새로 만든 궁검과 창부를 내었고 선부에서는 고깃배와 장삿배를 징발하여 군선으로 탈바꿈시켰다.

왕경에 모여든 정예 오만 신병에게는 무기를 주어 대당, 귀당과 같은 아홉 군당으로 나누고 또 각 군당의 하위 부대로 녹금당, 자금당, 백금당, 흑금당과 같은 금당을 두어 옷깃과 소매의 색깔로 구별하였다.

화랑들은 낭당에 두어 소속하게 하였고, 대한척당을 두어 말발굽 징과 각종 무기와 수레 따위를 보수하는 소임을 맡게 하였다. 법당을 두고는 나라 안 고승들을 소속시켰는데, 법당두상에는 국통 자장율사를, 군통에는 밀본최사와 명랑법사와 같은 이들을, 도유나낭에는 여승들을 두어 보좌하게 하였으며, 승려들을 귀속시켰다. 비형과 길달은 귀정원 무리를 이끌고 종군하였다.

유신은 군승을 시켜 소수레 수백 대를 두 갈래로 나누어 벽도산으로 보내었다. 산 동쪽 재매곡에서는 늙은 유화들 풍류단란이 그간 모아 놓은 주먹돌과 소가죽으로 만든 돌팔매, 그리고 습비부 독산 대장간 마을에서 만든 화살촉을 단 화살대, 베로 만든 낯가리개를 실어내었다. 또 남쪽 골짜기로 들어간 수레들은 구진천과 심심이가 만든 연사노, 다사노, 천보노를 실었고, 바퀴를 단 거포노와 발연거를 수레 행렬의 맨 뒤를 따르게 하였다.

마치 산을 다 들어내는 듯 골짜기에 든 수레마다 가득히 싣고 나와 왕경으로 향하였다. 그 장엄한 행렬을 지켜보는 군사들은 비장한 결의에 찼으며, 백성들은 가슴이 뭉클하여 저마다 탄발하였다.

유신은 군승이 실어온 주먹돌과 팔매는 석투당에, 화살대는 궁당에, 각종 쇠뇌는 노당에, 거포노와 발연거는 충당에 나누어 주었다. 풍류단란에게는 풍류당이라는 이름을 내리고, 허리에 팔매를 차고 등에는 솥을 진 그녀들에게는 군사들에게 밥을 지어먹이라는 소임을 내렸다. 병기와 군량이 모자람 없이 넉넉하고 직접 밥을 지어먹을 걱정을 던 군사들의 사기는 땅을 울리고 하늘을 찌를 듯하였다.

대제는 대장군 유신과 상장군 태자 법민과 여러 장수들을 데리고 나을신궁으로 가 일월성신과 선황들에게 제물을 바치고 백제를 징벌하러 출정하는 명분을 아뢰며 큰 제사를 지내 가호를 빌었다.

그리고는 도당산 아래에서 궁검과 창부를 차고 기치를 높이 세워 정연하게 서 있는 군사들에게 큰소리로 말하였다.

"신국 신라의 군사들이여! 그대들은 짐의 군사인 왕사가 아니라 신국의 군사인 신병이다! 때가 오늘에 이르러 신명의 뜻을 받들어 저 악랄무도한 백제를 쳐 그대들의 가슴에 맺힌 원한을 풀고 나라의 근심을 말끔히 씻어내고자 하노라! 그대들 신병이 그간 크고 작은 전쟁에 임하여 단 한 번도 패한 적이 없는 신장 김유신과 더불어 목숨을 다해 싸운다면 어찌 해묵은 원수를 갚지 못할 것이며, 저 쥐와 뱀 같은 무리를 말끔히 소탕하지 못하겠는가! 그대들은 짐과 대장군 김유신을 따라 백제를 치러 나서겠는가!”

“예, 성상폐하!”

“출정하라!”

군악대가 호드기를 불고 북을 치며 행군악을 연주하는 가운데 장수와 군사들은 드디어 백제 정벌의 길에 올랐다.

대제는 붉은 갑옷을 입고 황금투구를 썼으며 손에는 황금연꽃을 장식한 지휘봉을 들고 허리에는 보검을 찼다. 대장군 유신은 푸른 갑옷을 입고 은투구를 쓰고 붉은 연꽃을 단 지휘봉을 들고 허리에는 대제가 찬 것과 똑같은 보검을 차고 있었다. 대제가 탄 붉은 말의 머리에도 황금연꽃을 달았고, 유신이 탄 백마에는 대장군의 상징인 붉은 연꽃을 달았다.

그 뒤에는 태자 법민을 비롯한 여러 왕자들, 거득, 시득과 같은 대제의 서자들, 삼광을 비롯한 유신의 자식들, 죽지, 진주, 천존 진춘, 문충이 상장군이 되어 분홍빛 연꽃을 장군화로 말 머리에 달았으며, 천광, 춘장, 흠순, 호림, 보종, 예원, 양도, 군관, 양부, 품일, 그리고 백결선생의 증손인 마령간의 아들 용문은 하장군으로서 흰 연꽃을 달았다.

“신라왕이 대군을 이끌고 북쪽의 남천정에 이르러 군영을 설치하였고, 유신은 작원에 군진을 쳤다고 하옵니다."

"유신은 귀신같은 기책과 계교를 지닌 장수이오니, 속히 대책을 마련하여야 하옵니다."

좌평 각가와 의직이 차례로 말하자 백제왕 부여의자는 불편하고 불안한 심기를 감추지 못하였다. 병관좌평 임자가 아뢰었다.

"유신이 비록 귀장이라고는 하지만 우리 백제에도 용맹한 장수들이 많으니 그리 심려하실 것이 없사옵니다. 또 신라군이 북쪽으로 향하는 것으로 보아 고구려 성을 치려고 하는 것이 분명하옵니다."

묘원공주는 콧방귀를 뀌고 나더니 말하였다.

"늙은 몸으로 고구려로 향하고 있는 그 유신이란 자가 얼마나 대단한 장수인지 제가 가서 한번 엿보고 오겠사옵니다."

"거기가 어디라고 네가 정탐을 하고 오겠다는 말이냐? 안 될 말이다."

"심려치 마옵소서."

물러나온 묘원공주는 채비를 하여 신라 땅으로 향하였다.

밤이 되기를 기다려 검은 옷으로 갈아입고 단도 한 자루를 차고는 홀로 신라군 군영으로 숨어들었다. 한 마리 까치 차림을 하고는 작원의 지붕 위에 있다가 대장군 유신의 막사에 세워둔 큰 깃대 끝으로 몸을 날렸다. 그때 장군 막사를 지키고 있던 군사가 외쳤다.

"저게 뭐지?"

"까치가 아닌가?"

묘원공주는 자신의 정체를 드러내지 않으려고 까치의 울음소리를
내었다.

"한밤중에 대장군 깃대 위에서 까치가 울다니, 자네는 저 까치를
잘 지키고 있게. 나는 가서 대장군께 아뢰겠네."

유신은 여러 장수들과 밖으로 나왔다. 상장군 진주가 아뢰었다.

"상서롭지 못한 징조가 아니옵니까?"

유신은 활을 가져오라 이르더니 작원 지붕 위로 다시 훌쩍 몸을
날리는 큰 까치를 단발에 쏘아 떨어뜨렸다. 땅에 떨어진 것은 본 장
수와 군사들은 그제야 그것이 까치가 아니라 사람인 것을 알았다.

부상을 입은 묘원공주는 얼른 단도를 빼어들며 일어나 유신에게
덤벼들려고 하였다. 유신은 허리에 차고 있던 보검을 빼어 그녀의
허리를 베었다. 복면을 벗겨 얼굴을 보자 귀티가 나는 여인이었다.

"필시 적국 백제왕이 염탐을 하러 보낸 자객일 것이다. 시체를 수
습하여 사비성으로 보내거라."

딸 묘원공주가 싸늘히 식은 시체로 돌아온 것을 본 백제왕 부여
의자는 그지없이 끓어오르는 분노를 삭이지 못하다가 신하들에게
물었다.

"누가 우리 묘원의 복수를 하겠는가!"

신하들은 아무도 감히 나서지 못하고 저마다 흑치상지를 떠올렸
지만 그는 사비성에 있지 않았다. 백제왕 부여의자는 아무도 선뜻
나서지 않는 신하들을 보고는 혀를 차더니 소리쳤다.

"신라의 다른 장수라면 서로 나서겠다는 그대들이 김유신이라는 말만 듣고도 그리 오금이 저리는가!"

"화, 황공하옵니다."

"묘원의 복수를 할 사람은 단 한 사람뿐이다. 흑치국에 나아가 있는 흑치상지를 불러오라!"

척후선을 타고 먼저 도착한 문천은 남천정에 이르러 대제를 알현하고는 당군이 출병을 하였는데, 곧 덕물도에 이를 것이라고 아뢰었다. 대제는 크게 기뻐하면서 그 소식을 작원에 있는 유신에게도 전하였다. 그런 뒤 법민에게 하명하였다.

"태자는 군선 일백 척을 거느리고 덕물도로 가 당 총관을 맞이하라."

태자가 먼저 덕물도에 이르러 바다를 보니 온 서해를 가득 메운 듯이 당나라 병선 수천 척이 장엄히 떠 오고 있었다. 장군선이 도착하자 법민이 나아가 총관 소열에게 배례를 하였다. 소열은 신라의 태자가 마중을 나온 것을 흡족히 여겨 말하였다.

"본관은 칠월 초열흘에 신라의 본군과 만나서 백제왕 부여의자가 들어있는 사비성을 깨뜨리고자 하오."

"저희 대제께서는 천병을 애타게 기다리고 계셨사옵니다. 소 총관께서 대군을 이끌고 당도하셨다는 소식을 들으시면 필경 이부자리 속에서 급히 새벽 진지를 잡숫고 달려오실 것이옵니다."

소열이 웃는 얼굴로 말하였다.

"태자는 어서 돌아가서 우리 기병이 탈 수 있도록 신라의 병마를 징발해 오도록 하오."

법민이 남천정으로 돌아와서 대제에게 소열의 군세가 성대하다고 아뢰며 그의 요청을 전하였다. 대제는 당군이 신라군의 뒤에 있지 않고 앞에서 싸울 뜻으로 알아 크게 기뻐하여 군마를 내어주도록 하였다.

작원에 진을 치고 있던 유신이 대제에게 사람을 보내어 아뢰었다.

"그곳 남천정은 고구려와 가까워 위험하오니, 신이 당군과 호응하여 백제를 치는 동안 폐하께옵서는 금돌성에 가 계시는 것이 좋겠사옵니다."

"잘 알겠소. 경의 말대로 하리다."

유신은 드디어 백제를 치기 위하여 군사를 서쪽으로 행군시켜 나아갔다. 당 총관 소열이 만나자고 한 칠월 초열흘까지 백제의 왕도 사비성 가까이 이르자면 육로 중에서 적의 최고의 요충지 탄현이 관건이었다.

'거기서 우리 군사들이 피를 얼마나 흘려야 할꼬'

만단애걸 萬端哀乞

여러 가지 변명을 하며 애처롭게 빌다

　백제왕 부여의자는 자신이 오판하였음을 뒤늦게 깨달았다. 신라의 오만 대군이 오월 말 왕경 서라벌을 출발할 무렵, 신라에 숨어들어가 있는 첩자로부터 밀계를 받고 그 동향을 예의주시하였지만 유신은 본군을 거느린 채 작원에 남고 신라왕이 직접 오천 군사를 이끌고 북쪽 남천정으로 행군하는 것을 알고는 고구려를 공격하려는 줄 알았다.

　하지만 신라군이 고구려에 대한 공격은 하지 않고 태자 법민이 한수 상류에서 병선을 띄워 사라정을 거쳐 덕물도에 주둔하자 의아하게 여겼는데, 거기서 병선 이천 척에 나누어 타고 서해를 건너온 십이만 당군과 합세하자 비로소 백제를 치기 위하여 군사를 일으켰음을 알게 된 것이었다.

태자 법민이 이끄는 신라군과 총관 소열이 거느린 당군이 백제를 공격하기 위하여 덕물도에서 배를 타고 해안을 따라 남진할 기미를 알아차린 백제왕 부여의자는 신하들과 군장들과 더불어 황급히 대책을 논의하기 시작하였다.

"우리 백제군이 먼저 공격하는 것이 낫겠는가, 아니면 방어 태세를 갖추는 것이 낫겠는가?"

좌평 의직이 말하였다.

"당군은 멀리 바다를 건너 왔사옵니다. 그들은 배를 오래 탄 탓에 필경 몹시 지쳐 있을 것이옵니다. 그러므로 당군이 우리 백제 땅에 상륙하여 전열을 가다듬지 못했을 때 급습을 한다면 그들이 아무리 대군이라고 하나 물리칠 수 있을 것이옵니다.

또 김유신이 이끄는 신라의 육군은 당군을 믿는 마음으로 태만해져 있을 것이오니, 만약 당의 대군이 불리해진다면 반드시 우리 백제군을 두려워하여 함부로 진격해 올 엄두를 내지 못할 것이옵니다. 그러니 먼저 당 수군과 결전을 벌이는 것이 옳을 것이옵니다."

이에 달솔 상영이 반대 의견을 내었다.

"그렇지 않사옵니다. 당 수군은 멀리서 왔으므로 속전을 하려고 들 것이오니 그 대군의 군세를 우리 백제군이 당할 수 없을 것이옵니다. 그러나 신라의 육군은 이전에 이미 여러 차례나 우리 군사에게 패한 까닭에 우리 백제군의 기세를 보면 겁을 내지 않을 수 없을 것이옵니다.

소장의 생각으로는 당 수군이 진격하는 길을 막아서 그들이 더 지치기를 기다리는 한편, 육로로 쳐들어오는 신라군을 쳐서 오만한 예봉을 꺾은 후에 사세를 보아 가면서 싸우게 하면 우리 백제의 군사를 온전히 유지하면서 나라를 보전할 수 있을 것이옵니다.”

군신들의 의견이 두 갈래로 나누어지자 백제왕 부여의자는 어느 쪽의 말을 따라야 할지 몰랐다. 그는 고민 끝에 성충이 죽고 난 뒤부터 고마미지현으로 귀양을 보내 놓은 좌평 흥수에게 사람을 보내어 견해를 물었다.

“사태가 위급하게 되었으니 어떻게 하면 좋겠는가?”

흥수는 감옥에서 성충과 여러 날 주고받았던 대책을 떠올려 말하였다.

“당 수군은 수가 많을 뿐 아니라 군율이 엄하여 그 기세가 여간 높지 않사옵니다. 더구나 신라의 육군과 함께 우리 백제의 앞뒤에서 군진을 펼쳐 놓고 있사오니, 만일 넓은 들판에서 대적을 한다면 승패를 장담할 수 없사옵니다.

백강과 탄현은 우리 백제의 요충지인데, 군사 한 사람과 장창 한 자루만으로도 능히 만인을 당해낼 수 있는 곳이옵니다. 마땅히 용맹스러운 군사를 선발하여 그곳을 지키게 하여 소열이 이끄는 당군은 해로를 거쳐서 백강으로 들어오지 못하게 하옵시고, 김유신이 이끄는 신라군은 육로를 따라 탄현을 통과하지 못하게 하셔야 하옵니다.

그러면서 왕도 사비성의 성문을 굳게 닫고 지키면서 당군과 신라군의 군물과 군량이 떨어지고 군사들이 지칠 때를 기다린 뒤에 사기 분발하여 갑자기 공격을 한다면 반드시 이길 수 있을 것이옵니다.”

백제왕 부여의자는 죽은 성충의 말과도 같아 흥수의 의견을 따르려고 하였다. 하지만 신하들이 반발하였다. 병관좌평 임자가 말하였다.

“죄인 흥수는 오랫동안 옥중에 있으면서 왕실과 조정을 원망하는 마음을 키워 나라를 더욱 위태로운 지경에 빠뜨리려는 속셈을 품었을 것이오니, 그 죄인의 말을 따라서는 아니 되옵니다.”

“그러하옵니다. 어찌 그런 자의 말에 귀를 기울이시옵니까? 통촉하옵소서.”

“그러면 대체 어찌해야 한단 말이오!”

임자가 또 입을 열었다.

“차라리 당군을 백강으로 들어오게 하기는 하되 강물의 흐름에 따라 배를 나란히 오지 못하게 하옵시고, 신라군은 탄현에 올라오게 하여 좁은 길을 따라 말과 수레를 병행하지 못하게 하옵소서. 그런 뒤에 군사를 풀어 공격하게 하신다면, 당군은 마치 그물에 걸린 고기를 잡는 격이 되옵고 신라군은 닭장에 든 닭을 잡는 것과도 같을 것이옵니다.”

부여의자는 흥수의 말을 듣지 않고 임자의 말을 따라 백강과 탄현에 있는 군사들을 다 뒤로 물러나게 하여 황산의 여러 성에 주둔시켰다. 귀양지에서 그 소식을 들은 흥수는 머리를 찧고 주먹을 두드리며 통곡하였다.

"아, 백제가 이렇게 망하는구나!"

그때 당군과 신라군이 이미 백강과 탄현을 지났다는 첩보가 백제 조정에 전해졌다. 부여의자는 사색이 되었다. 십팔만 대군 앞에 사비성이 바야흐로 포위되기에 이른 것이었다. 그는 다급하게 외쳤다.

"고구려에 청병하라!"

"고구려로 가는 길은 해로는 물론이거니와 육로까지 다 막혀 있사옵니다."

"왜국, 누가 동경에 속히 가서 원군을 요청하라! 자칫하다가는 본국이 함락되고 말겠다고 말이다!"

왕자 부여풍이 나섰다.

"소자가 동경에 다녀오겠사옵니다."

당군 총관 소열과 신라군 상장군 태자 법민은 폭풍우를 헤치고 배를 타고 해안을 따라 내려와 잔뜩 경계를 하며 기벌포에 들어왔다. 백제의 군사라고는 그림자도 보이지 않았다. 총관 소열이 웃음을 터뜨렸다.

"백제군이 이런 날씨에 기벌포에 매복하고 있다가 공격을 해왔다면 우리 당군이 크게 패하였을 것이다. 피아간의 공방의 요처를 버리고 물러났으니 백제에는 그렇게도 사람이 없단 말인가?"

부총관 인문왕자가 말하였다.

"이는 백제에 사람이 없는 것이 아니라 천명이 우리 당군과 신라군에 있음이 아니겠사옵니까?"

“부총관의 말이 지극히 옳소.”

소열은 군사 좌무위장군 유백영과 친위병을 데리고 배에서 내려 지세를 살펴보다가 설림산으로 올라갔다. 유백영이 말하였다.

“총관 존하, 이곳은 바다가 한눈에 내려다보이고 사방을 두루 살필 수 있으니 천하의 요새를 지을 만 하옵니다. 산 주위에 돌탑 일천 기를 쌓아 석책으로 삼으시고, 군사들의 막사 천 동을 지어 군량과 군물을 저장해 두고 거점으로 삼는 것이 좋겠사옵니다.”

소열은 유백영의 말을 좇았다. 그리고는 다짐하였다.

“백제를 멸하지 않고는 돌아가지 않을 것이니!”

“어디 그뿐이겠사옵니까.”

“황상폐하께서는 백제를 멸한 뒤에 그 땅을 거점으로 삼아 신라까지 치라는 밀명을 내리셨으니, 유 장군은 이러한 비밀을 부총관 김인문이 조금이라도 눈치를 채게 해서는 안 되네.”

여러 날이 지나 비바람이 잦아들자 총관 소열은 군사들을 나아가게 하였다. 하지만 기벌포 해안은 불어난 강물을 따라 밀려 내려온 토사로 말미암아 온통 진흙 뻘이 되어 버려 진군하기가 쉽지 않았다.

이에 태자 법민이 한 가지 계책을 내었다. 강가에 서 있는 버드나무 가지를 잘라 엮어 자리를 만들고는 그것을 진창에 펴 군사들을 나아가게 하였다. 당군은 예상보다 빠르게 전진하였다.

금강을 거슬러 올라온 소열은 휘하 장수들과 군사들을 이끌고 산을 등진 채 강의 왼쪽 기슭에 진을 쳤고, 백제군은 곰개나루 어귀

위쪽 강가에 주둔하고 있었다.

태자 법민이 이끄는 신라군은 산 위에서 그 광경을 지켜보고 있었다. 만일 당군이 백제군에 밀려 후퇴라도 하게 된다면 추격해 오는 백제군의 허리를 끊는 별파유군의 임무를 맡은 것이었다.

당 총관 소열이 드디어 삼만 군사를 전봉으로 내세워 백제군과 싸우게 하였다. 이미 수적으로 당군의 기세에 눌려 있던 백제군은 변변히 싸워보지도 못하고 크게 패하였다. 소열은 내친 김에 군사들을 몰아 달아나는 백제군을 추격하였다.

소열은 강으로는 병선을 띄워 북을 치며 조수를 타고 나아가게 하였고, 보기군은 강기슭으로 달리며 백제군을 뒤쫓게 하였다. 뒤도 돌아보지 못하고 달아나던 백제군은 도성 안으로 들어가 성문을 굳게 닫아버렸다. 소열은 비로소 군사들을 멈추게 하고 백제의 왕도 사비성에서 삼십여 리 떨어진 강가 미자진에 새로 군영을 쳤다.

단 한 번의 싸움에서 군사를 일만여 인이나 잃은 백제는 질겁하여 더 이상 싸울 엄두를 내지 못하였다. 왕자 부여융이 아뢰었다.

"왜국의 원군이 오려면 아직 한참이나 걸리옵니다. 당 총관 소열에게 글을 보내어 군사를 철수시켜 줄 것을 요청하는 것이 어떻겠사옵니까?"

"십만이 넘는 군사를 이끌고 이역만리 우리 백제를 치러 온 터에 그리 쉽사리 군사를 물리겠느냐?"

"가만히 앉아서 나라가 망하느니 온갖 방법을 다 써 보아야 하지 않겠사옵니까?”

왕자 부여융은 직접 글을 적었다. 당나라 사람들은 미녀를 좋아한다는 것을 이미 잘 알고 있는지라 왕족과 공족과 궁녀를 비롯하여 나라 안 미녀 삼천 인을 뽑아 바치겠으니 군사를 물려달라는 애걸과 함께 앞으로는 조공을 빠뜨리지 않고 대국으로 섬기겠다는 내용이었다. 총관 소열에게 바칠 글은 마련되었으나 당 진영으로 갈 사람이 없었다. 많은 신하들 가운데 아무도 나서는 자가 없자 부여융은 조정을 향하여 크게 호통을 쳤다.

“경들이 그러고도 백제의 신하란 말이오!”

왕자 부여융이 직접 다녀오겠다고 하자 좌평 각가가 마지못해 나섰다. 부여융은 그에게 글을 주며 당부하였다.

“나라의 존망이 그대의 이번 걸음에 달려 있음을 잊지 마오.”

“예, 왕자마마.”

좌평 각가가 호위군사 일백 인을 데려가려고 하자 부여융은 한심스럽다는 듯이 말하였다.

“걸불병행이라 했소. 구걸하는 사람은 여러 사람과 같이 다니지 않는다는 말도 모르오?”

“신이 염려하는 바는…….”

“만약 당 총관 소열이 경을 죽이려 든다면 군사 일백 인을 데리고 가는 것으로써 살아날 수 있겠소?”

얼굴이 붉어진 좌평 각가는 하는 수 없이 백기를 말머리에 높이

꽂은 채 홀로 궂은 날씨를 헤치고 당군의 진영으로 향하였다.

연일 비바람이 몰아치고 크게 불어난 강물에 파도가 심하여 당 총관 소열이 괴이하게 여겨 군책사에게 그 까닭을 물었더니 그가 대답하였다.

"이는 백제의 시조 온조의 신령이 조화를 부리고 있기 때문이옵니다."

"그러면 어찌 해야 그 조화를 잠재울 수 있겠는가?"

"흰 말을 바쳐 물속에 있는 용을 낚시로 잡아 올린다면 날씨가 맑아질 것이옵니다."

그때부터 소열은 흰 말을 잡아 미끼로써 그 살점과 피를 강물에다 뿌린 뒤에 왕성이 있는 부소산성 건너 강가 바위 위에 앉아서 낚시를 하고 있었다.

며칠 지나지 않아 낚시 바늘이 물속으로 쑥 빨려 들어가는 것이었다. 소열은 얼른 낚아채어 당겼다. 여러 장수들과 합세하여 끌어 올려 놓고 보니 과연 용의 형상을 한 커다란 잉어가 낚인 것이었다. 소열은 잉어에게 말하였다.

"백제 왕가의 후손들의 자질이 악독하여 이제 더 이상 나라를 다스리지 못하게 되었으니 가련한 백성들만이라도 구제해야 하지 않겠는가?"

바위 위에 놓인 잉어는 눈물을 흘리다가 몇 번 펄떡이더니 죽어갔다. 소열은 잉어를 잘 묻어주라 이른 뒤에 낚싯대를 거두었다. 그러자 하늘이 이내 개는 것이었다. 소열은 장수들에게 말하였다.

"오늘의 일은 길이 전해야 할 것이다. 이 바위를 조룡대라고 하라. 또 이 백강은 지금부터 백마강이라 하라."

"예, 총관 존하."

백제 조정에서 사신이 도착했다는 말을 들은 소열은 막사로 돌아왔다. 좌평 각가는 말에서 내린 뒤에 백기를 뽑아들고 총관 막사 밖에서 무릎을 꿇은 뒤에 왕자 부여융이 적은 글을 바쳤다.

글을 읽고 나 소열은 가소롭다는 듯이 웃었다.

"백제의 미녀 삼천 인을 바치겠다? 아무 죄 없고 힘도 없는 백성을 바쳐 구차히 연명하려고 들다니 답서를 내릴 것도 없다. 사신은 돌아가 백제왕에게 전하거라. 이따위 자식 놈의 글을 읽고 본관이 군사를 거둘 줄 알았다면 큰 오산이라고 말이다. 백제왕이 스스로 잘못을 뉘우치고 살려달라고 빌어도 시원찮을 판국에 이제 와서 이 어인 가당찮은 수작이냐!"

"……."

좌평 각가는 고개를 떨어뜨리고는 말고삐를 잡은 채 당군의 진영을 걸어 나올 수밖에 없었다. 일언지하에 조롱을 당하고 돌아가는 그를 두고 뒤에서 당나라 장수들이 수군거렸다.

"그런 말을 듣고도 일국의 재상이 그 자리에서 자결을 하지 않고 모가지를 달고서 돌아가려 하다니."

"배알이 없기로는 왕가나 조정이나 다 똑같은 놈들이로고!"

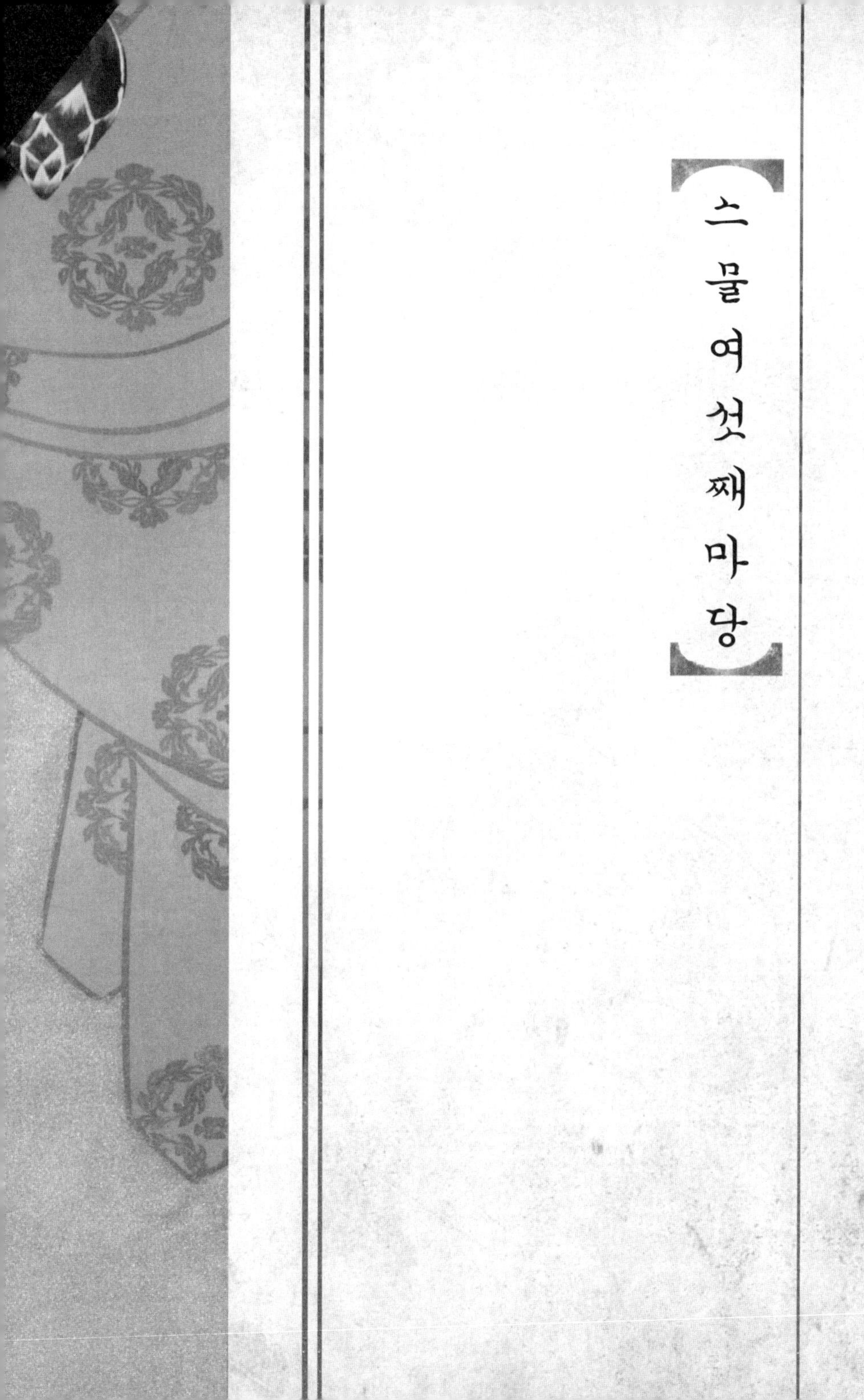

스물여섯째 마당

결사임전 決死臨戰

죽기를 각오하고 전투에 나아가다

백제왕 부여의자는 백강 대전투에서 당 총관 소열이 이끄는 군사에게 몰패를 한 뒤에 궁성 문을 굳게 걸어 잠근 채 말이 없었다.

왜국으로 떠난 왕자 부여풍이 원군과 함께 돌아오자면 아무리 빨라도 한 달은 걸릴 일이었다. 하지만 십이만 당나라 대군이 바로 코앞인 도성 밖 강 건너에서 군진을 치고 있는 까닭에 얼마나 버틸 수 있을지를 생각하자니 그지없이 절망스러웠다.

그나마 다행스러운 것은 폭우로 크게 불어난 백강의 물이 아직 빠지지 않고 물살이 거센 바람에 당군이 쉽사리 건너올 엄두를 내지 못하고 있다는 것이 유일한 위안이었다. 어쩌면 그들은 신라군과 합세를 하기 위하여 기다리고 있는 것인지도 몰랐다.

그렇다면 시시각각 육로로 진군해 오는 신라군을 막는 것이 급선

무였다. 신라군도 적은 수는 아니었다. 그 또한 사만오천이나 되는 대군이었다. 그들이 백강 건너편에서 진을 치고 있는 당군과 합세를 한다면 이미 기울어 있는 백제의 운명을 돌이킬 수 있는 방도는 아무 것도 없을성싶었다.

"신라의 대군이 이미 탄현을 넘었으니 어찌하면 좋겠는가?"

누구도 대답이 없었다. 신하들은 잘 알고 있었다. 상대는 백전불패의 신장이라는 김유신이라는 것을, 그리고 그가 이끄는 사만오천 대군을 막을 만한 마땅한 장수가 백제에는 없다는 것을.

묵묵한 가운데 좌평 충상이 입을 열었다.

"비록 위품이 높은 장수는 아니옵니다만, 사려하옵건대 젊은 시절의 김유신을 떠올리게 하는 자가 한 사람 있사옵니다."

부여의자는 사색인 가운데 한 점 반색을 띠며 물었다.

"오? 그자가 누구인가?"

"예전에 마천성을 중수한 뒤부터 성주로 있어온 자이옵니다. 앞서 대군을 이끌고 온 김유신에 맞서 싸우다가 크게 부상을 당한 성주 모인생을 옆구리에 낀 채 홀로 적진을 뚫고 돌아왔는데, 그것으로 보아 그 충정과 기백이 남다른 자임을 알 수 있사옵니다."

"그래? 그 용맹한 장수를 속히 불러오라."

급히 조당으로 불려온 장수는 갑옷을 입고 칼을 찬 차림이었다. 투구를 벗어들고 백제왕 부여의자 앞에 꿇어앉았다.

"네 성명이 무엇이냐?"

"소장 계백승이라고 하옵니다."

"지금 적들이 쳐들어와 나라가 백척간두의 위험에 처해 있다. 너에게 이 크나큰 환란을 극복할 장책이 있느냐?"

"아뢰옵기 황공하오나, 해로를 건너온 적의 대군은 이미 왕도의 목전에 침노해 있사옵니다. 만약 당의 대군이 병선에 나누어 타고 백강을 건너려고 한다면 마땅히 기름을 묻힌 불화살을 쏘아 성 아래로 상륙하는 것을 저지해야 하옵니다. 마침 시후가 맹추지절이라 서풍이 부는 때이오니 적절한 방책이 될 것이옵니다. 왜국에서 원군이 배를 타고 올 때까지만 죽을힘을 다해 막아낸다면, 백강에 든 당나라 대군은 마치 독에 갇힌 물고기 신세가 될 것이옵니다."

조금도 머뭇거리지 않고 거침없이 쏟아내는 계백승의 말을 들은 백제왕 부여의자의 낯빛이 좀 더 밝아졌다.

"그렇다면 육로로써 탄현을 넘은 저 신라군은 어떻게 해야 하겠느냐?"

"탄현에서 군진을 치고 싸웠어야 옳았으나 이제는 이미 늦은 일이옵니다. 하오나 방도가 전혀 없는 것은 아니옵니다. 탄현에서 이곳 도성으로 이르는 길에는 적을 방어하기에 알맞은 곳이 또 한곳이 있사오니 바로 황산평이옵니다. 탄현에서 물러난 군사들이 이미 그곳에 있사오니 황산의 세 산성을 굳건히 지킨다면 가증스럽기 짝이 없는 김유신이 감히 군사를 이끌고 지나가지 못할 것이옵니다."

백제왕 부여의자와 신하들이 다 감탄하였다. 그간 있는 듯 없는 듯 하였던 한 장수의 입에서 나라를 보전할 수 있는 실낱같은 희망을 본 까닭이었다. 부여의자는 지체 없이 명을 내렸다.

"마천성주 덕솔 계백승을 달솔로 삼노라. 그대는 지금 곧 군사 삼천을 이끌고 황산으로 가 그곳을 지키고 있는 군사 이천과 더불어 그대의 군략과 지모를 다하여 적 신라군을 한 사람도 남기지 말고 모조리 무찌르라. 그리하여 우리 백제에도 저 신라의 김유신과 같은 불패지장이 있음을 만천하에 알게 하라!"

이어 부여의자는 좌평 충상을 군책사로 삼고, 달솔 상영을 방좌로 삼았다. 상영은 사품관에 불과하였던 계백승이 두 위품이나 올라 자신과 같은 이품관 달솔이 된 데다가 그의 휘하에까지 들게 되어 불만이 가득한 얼굴이 되어 아뢰었다.

"소장은 궁성에 남아 백강 건너에 있는 당군을 저지하겠사옵니다."

그 속내를 짐작한 왕자 부여융이 나무라듯이 말하였다.

"어전에서 군략조차 한 마디 내지 못하는 자를 어찌 장수라 하랴! 그대는 계백승을 좇아 황산으로 나아가 목숨을 다해 싸우라. 알겠는가!"

방좌 상영은 확 붉어진 얼굴을 들지 못하였다. 백제왕 부여의자는 계백승에게 명광검과 명광개를 내렸다. 명광검은 검신에 황칠을 한 칼이었고 명광개는 갑옷과 투구에 황칠을 한 것으로 일품관 좌평으로서 대장군이 된 신하에게만 하사하는 귀한 검과 갑주였다.

계백승이 좌평 충상에게 물었다.

"궁성에 비장하고 있는 황칠이 얼마나 되옵니까?"

"오백 근 정도 될 것이오."

"그것을 소장에게 다 내어주옵소서."

왕자 부여융이 궁금히 여겨 물었다.

"황칠은 우리 백제에서 보물과도 같이 여기는 것인데 장군은 이 위난을 당하여 대체 어디에 쓰려고 하오?"

"왕자마마. 황공하오나 나라가 망하려는 이때에 국보가 다 어인 소용이겠사옵니까. 하옵고, 소장은 황산펄의 싸움에서 쓸 지략을 감히 아뢰지 못하겠사옵니다."

"뭣이라?"

"우리 대백제국이 오늘과 같이 참극을 맞이한 것은 조야에 적국의 밀정이 널려 있었기 때문이옵니다. 그들이 작은 쥐새끼와 같이 조당에 쓰며들어 국정을 갉아 흐리게 하고, 또한 묵은 때처럼 항간에 검게 끼여서 민심을 농락하는 바람에 큰 적이 국경을 넘어오는 데에도 전혀 손을 쓰지 못한 채 속수무책으로 당하고 만 것이옵니다."

"으음. 장군의 말을 듣고 보니, 일리가 있구려. 지금도 이 조당에 신라나 당의 첩자가 없다고는 못하리라."

집으로 돌아온 계백승은 처를 불러 아이들과 함께 옷을 갖추어 입고 마당에서 기다리라 이르고는 왕이 내린 갑옷을 입고 칼을 찼다. 군화를 신고 뜰에 내려선 계백승은 결연한 음성을 내었다.

"대백제인으로서 이제 내가 신라의 대군에 맞서 결전에 임하게 되었으니 실로 나라의 존망을 알 수 없게 되었다. 만약 내가 싸움에 진다면 곧 우리 대백제는 망국으로 치달을 것이고 그렇게 되면 너희는 반드시 그들의 종이 되고 말 것이다. 살아서 치욕을 당하느니 오늘 이 아비의 손에 흔쾌히 죽는 편이 나을 것이다."

큰아들이 말하였다.

"불초자도 전장에 나아가 싸우겠사옵니다."

"네가 그 가는 팔뚝으로 활을 당길 수 있겠느냐, 창을 휘두를 수 있겠느냐?"

큰아들이 아무 말도 하지 못하자 작은아들은 고개를 들어 대꾸하였다.

"지난날 신라에 패한 망국 남가야와 북가야 백성들이 다 신라의 종이 되었사옵니까?"

"뭣이?"

"그들이 그 뒤로 신라 사람이 되어 살면서 아직도 망국의 한을 품은 채 신라를 못마땅하게 여기며 살고 있사옵니까? 나라는 임금과 신하들의 것이고, 또 그들이 정사를 그르쳐 망하게 하였는데 어찌 하여 억울하게 죽는 것은 백성이어야 하옵니까?"

"네 이놈!"

계백승은 허리에 차고 있던 칼자루에 손을 대었다. 그러자 처가 무릎걸음으로 다가들어 애원하였다.

"저는 죽이더라도 제발 아이들만은 살려주옵소서. 멀리 깊은 산속에 들어가 살게 하면 되지 않겠사옵니까?"

계백승은 칼을 빼어들며 소리쳤다.

"이제 보니 너희가 다 백제 장수의 처자식이 아니었구나!"

그리고는 두말할 것도 없이 날쌔게 휘둘러 그들의 목을 베어 모두 죽였다. 황금색으로 빛나는 명광검의 검신에서 핏물이 뚝뚝 떨어졌다. 계백승은 잠시 감고 있던 눈을 떴다. 그리고는 뒤도 돌아보지 않고 나섰다.

대문 밖에서 그를 기다리고 있던 장수들이 숙연한 얼굴로 고개를 숙이고 있었다. 계백승은 훌쩍 말에 올랐다. 그리고는 말없는 행군을 시작하였다. 주장 계백승이 가족을 다 베어 죽였다는 말이 군사들의 입에서 입으로 전해졌다. 그들 역시 계백승과 똑같이 저승사람과 같은 낯빛이 되어 갔다.

삼천 군사를 이끌고 황산평에 이른 계백승은 벌판을 감싸고 있는 세 산성 가운데 장골산성과 황령산성에 덕솔 국신과 연보동에게 군사를 일천씩 나누어 주어 탄현에서 물러나 들어있던 군사들과 합세하여 지키게 하고, 자신도 군사 일천을 이끌고 곰치산성에 장군영을 설치하였다.

계백승이 군사들에게 아무런 영도 내리지 않고 쉬게 하자 군책사 충상과 방좌 상영이 차례로 말하였다.

“장군, 성 밖 저 황산벌에 목책이라도 쳐야 하지 않겠소?”

“그러하오이다. 적은 군사로써 대군을 맞이하여 싸우고자 할 때에는 반드시 함정을 파고 방어기물을 설치하는 것이 군략의 기본이외다.”

계백승이 다른 두 성을 지키고 있는 장수들까지 불러 놓고 말하였다.

“우리는 고작 저 손바닥만한 벌판 한 장을 지키고자 세 산성에 나누어 든 것이 아니다. 김유신이 이끄는 신라의 사만오천 대군을 남김없이 무찔러 우리 대백제의 사직을 보전하고자 여기에 와 있는 것이다. 적이 쳐들어오면 우리는 성문을 열고 벌판으로 나아가 싸울 것이다. 방어를 하고자 산성에 들어앉아 있고자 한다면 반드시 몰살되고 만다. 그러니 목책 따위를 설치하는 데 군사들의 힘을 뺄 이유도 여유도 없다. 다들 알겠는가? 우리는 살아남고자 여기에 모여 있는 것이 아니란 말이다!”

군책사 충상도 방좌 상영도 더 입을 열지 않았다. 계백승은 하령하였다.

“모든 병기와 방패에 황칠을 하라. 군사들의 갑옷과 투구는 물론이거니와 말머리에 씌운 철면에도 아낌없이 황칠을 하라. 그런 뒤 언제든 죽을 각오로 싸울 태세로써 대기하라. 알겠는가?”

덕솔 국신과 연보동을 비롯한 장수들이 일제히 한 목소리로 대답하였다.

"예, 장군!"

계백승은 여러 해 앞선 을묘년에 도비천성에서 장덕의 벼슬에 있었는데, 그때의 전투에서 신라군을 겪어보아 그들의 전력이 얼마나 강한지 잘 알고 있었다. 가히 그들이 스스로를 신병이라 일컬을 만하다고 여겼다.

쉴 새 없이 잇달아 쏘는 쇠뇌, 한꺼번에 화살을 다섯 대나 날리는 쇠뇌, 더구나 천보나 쏘는 쇠뇌에 이르러서는 입을 다물지 못할 지경이었다. 어디 그뿐이랴. 수레 위에 설치한 거포노의 위력과 매운 연기를 뿜어대는 발연거의 위력 앞에서 백제군의 창검과 부월 그리고 궁마는 초라하기 짝이 없어 아예 상대가 되지 못하였다.

백제 최고의 군물, 명광개! 그것을 군사들에게 다 입히지는 못하더라도 입은 흉내일망정 제대로 내게 하여 사기를 북돋워주고 싶었다. 또 병장기에도 황칠을 하여 백제의 마지막 정예군이 어떻게 싸우다가 죽어갔는지 반드시 후세에 전하고 싶었다.

싸움은 반드시 낮에만 할 작정이었다. 그래야 갑옷과 병장기에 칠한 황칠이 햇빛을 반사하여 적을 눈부시게 할 수 있을 것이었다. 바람의 방향으로 보아 발연거는 쓰지 못할 것이라고 판단하였다. 넓은 벌판에서 유격전과 같이 발 빠르게 치고 빠지는 수법을 쓴다면 신라군의 쇠뇌도 거포노도 그 위력을 제대로 발휘하지 못할 것만 같았다.

"김유신! 그 노장과 원 없이 맞붙어 보리라!"

탄현을 넘어 남서쪽 기슭에 군진을 치고 있던 유신은 비로소 안도를 하며 군사들을 쉬게 하였다. 그리고는 황산평에서 일전을 치를 전계를 구상하며 돌이켰다. 백제군이 반드시 탄현을 결사적으로 방어할 것으로 예견하여 마땅한 작전이 떠오르지 않아 고심하고 있던 차에 뜻밖의 소식을 들은 일이었다.

앞서 조미갑이 칙목을 보내와 탄현에는 백제군이 지키고 있지 않을 것이라는 말을 전하였다. 유신이 그럴 리가 있나 하여 척후를 보내었는데 과연 그의 말이 맞았다. 백제왕 부여의자가 충신들의 간언을 듣지 않은 것이 신라로서는 신명의 가피나 다름없었다.

탄현을 피 한 방울 흘리지 않고 넘은 유신은 백제군이 황산평으로 진격해 오고 있다는 첩정을 받고서야 행군을 멈추었다. 요충 중의 요충인 탄현을 지키지 않았던 백제군이 황산평에서 일전을 벌이고자 한다는 것이 자못 의아스러웠다.

그러나 곧 그 까닭을 알 만하였다. 백제왕 부여의자가 뒤늦게 깨닫고 탄현을 지키지 못한 차선책으로 황산평 일대에서 신라의 군사를 막으려 한다는 것을. 유신은 양부를 당마감으로 삼고 당보군을 딸려 정탐을 보내었다.

다녀온 양부가 말하였다.

"계백승이라고 하는 장수가 결사대 오천과 더불어 세 산성을 지키고 있사옵니다."

"계백승? 백제에 그런 장수가 다 있었던가?"

유신은 또 한 번 고개를 꺄우뚱하였다. 이름이 높은 장수도 아니었고, 더군다나 고작 오천 보기군으로 황산평을 지키겠다는 것은 무모하기 짝이 없는 일이라 여겨져서였다. 그렇다면 백강에서 당군에게 일만여 군사를 잃은 것이 백제로서는 큰 손실일 듯하였다. 어쩌면 도성 밖에서의 마지막 싸움이 될지도 모를 전장을 고작 오천 군사로만 지킬 수밖에 없다면 백제의 왕도 사비성을 지키는 군사도 얼마 되지 않을 것이 뻔하였다.

"사세를 깨닫고 항복하면 될 것을 백제왕이 애꿎은 군사들만 희생시키려고 하는구나."

"모르긴 해도 왜국의 원군을 믿고 있기 때문이 아니겠사옵니까?"

"왜군이 새와 같이 날아온다고 하여도 이미 늦은 일이네."

"백제군 진영에 숨어들어 살펴보았는데 괴이쩍은 바가 한 가지 있었사옵니다. 장수고 군사고 말이고 하나같이 누런 칠을 하고 있었사옵니다."

"누런 칠이라면, 백제 왕가에서 보물처럼 귀하게 여긴다는 황칠을 말하는 것인가?"

군통 명랑법사가 말하였다.

"그러하오. 백제의 남쪽 섬 세 군데에서 황칠이 나는데, 유월에 나무에 구멍을 뚫고 진액을 뽑아 모으면 그 빛깔이 황금색과 같다는, 오직 백제의 특산이라오."

"모든 장졸이 황칠을 하였다? 명광개라는 갑옷이 햇빛에 번쩍번쩍 빛을 반사하여 보는 사람의 눈을 부시게 한다는 말을 들은 적이 있었는데 적장이 그로써 우리 신병들의 눈을 바로 뜨지 못하게 하려는 술책 같군. 딱한 사람 같으니.”

유신은 자칫 후세에 웃음거리가 될 것을 염려하였다. 아무리 적국 백제를 치고자 출병을 하였으나 사만오천 대군으로서 고작 오천 군사를 쳐야 한다는 것이 못내 내키지 않았다. 결국 유신은 백제군과 똑같이 보기군으로서 정병 오천을 뽑아 백제가 군진을 치고 있는 세 산성으로 나누어 보내어 대적하게 하였다.

신라군이 쳐들어온다는 척후가 도착하자 계백승은 장수들을 불러 모아 놓고 피를 토하듯이 말하였다.

“옛적 월나라 구천은 오천 군사로써 오나라 합려의 칠십만 대군을 격파하였다. 하물며 우리 용맹스러운 대백제군이 고작 몇 만 숫자만 믿고 달려드는 저 교활한 신라군을 감당하지 못하겠는가! 오늘은 마땅히 일당백의 기백으로써 힘써 싸워 우리 대백제군의 진면목을 보여주자!”

“와아!”

백제군은 세 산성에서 달려 나오고 신라군도 세 갈래로 넓은 벌판을 쇄도하였다. 마침내 서로 어우러진 두 나라의 군사들은 격렬히 싸우기 시작하였다. 신라의 군사들이 신국의 신병이라면 백제의 군사들은 지옥의 옥졸과도 같았다.

백제군으로서 일당백 일당천의 기세를 가지지 않은 자가 없고, 입은 것과 쓴 것과 휘두르는 것, 그 모든 것이 번쩍번쩍 눈부시게 하는지라 신라 군사들은 두 눈을 똑바로 뜨고 적을 바라볼 수 없어 병장기를 제대로 쓰지 못하였다. 전세는 이내 기울고 말았다. 백제의 군사들이 불같은 사기를 드높여 패주하는 신라군을 추격하려고 하자 계백승은 징을 쳐 군사들을 거두어 들였다.

"이런!"

유신은 크게 노하여 군사들을 다시 뽑아 보냈다. 그러나 그들도 백제군을 감당하지 못하고 찢기고 깨지고 상하여 돌아오고 마는 것이었다.

"다시 보내라!"

하지만 이번에도 헛일이었다.

"다시……."

군사들이 한나절 만에 네 번을 싸워 네 번 다 패퇴하자 유신은 대장군 막사를 나와 칼을 빼어들었다.

"내 몸소 출전하리라!"

부장 품일이 가까스로 말려 유신의 화를 가라앉혔다. 당 총관 소열과 백제의 왕도 사비성 근처에서 만나기로 한 날이 임박하여 한날한시가 급한 때였다. 그렇다고 해도 전군을 다 휘몰아가 백제군을 무찌를 마음은 조금도 일지 않았다.

백제군을 저승사자와 같다며 군사들이 혀를 내두른다는 말을 들은 유신은 고심하였다. 떨어질 대로 떨어져 있는 전의를 발화하듯

끌어올릴 방도를 찾아야 하였다. 백제군과 똑같은 숫자로 싸우려면 신라의 군사들이 증오심과 적개심이 극도로 끓어올라 영을 내리지 않는데도 적진으로 서로 돌진하고픈 마음이 들도록 할 방법, 오직 그것을 찾아야 하였다.

"명불허전이라더니, 과연!"

계백승은 입술을 깨물었다. 하루 동안 네 차례 싸워서 네 차례 다 이겼다고 온 군영이 떠들썩하였지만 그가 생각하기로는 그건 이긴 싸움이 아니었다. 자신과 마찬가지로 유신도 뒷날의 평판을 염려하고 있는 것이 분명하였다. 그렇기에 백제군과 똑같은 수만큼 정예 군사들을 가려 창검만 쥐어주고는 싸우러 보낸 것이었다.

계백승은 힘껏 싸우다가 장렬히 전사하여 백제의 마지막 오천 결사대의 안타까운 이름을 청사에 길이 남기고자 한 자신의 의도를 한 눈에 꿰뚫어보고는 번번이 그에 대응하여 군사를 내보낸 유신을 문득 대면하고 싶었다. 천하에 이름 높은 신장은 어떤 용모와 기질을 가졌는지 몹시 궁금해서였다.

장계취계 將計就計

상대편의 계책을 역이용하다

유신이 고민하고 있는 바를 맨 먼저 알아차린 사람은 다름 아닌 그의 아우 흠순이었다. 화랑으로서 아비 흠순의 부장으로 종군한 반굴은 아비가 줄곧 시름에 겨워하며 중얼거리는 소리를 들었다.

"무엇을 주저하랴, 무엇을 주저하랴!"

"어인 말씀이옵니까?"

흠순은 정색을 하고 아들 반굴에게 말하였다.

"지금 우리 신국 신라의 신병이 불과 몇 안 되는 적국 백제군 앞에서 다 싸울 뜻을 잃고 있는 까닭으로 대장군께서 참담한 심경을 가누지 못하고 계시니라. 신하가 된 도리로서는 충성만한 것이 없고 자식이 된 도리로서는 효성만한 것이 없다. 그것이 곧 사군이충이요 사친이효가 아니더냐? 이 어려운 때에 네가 스스로 목숨을 바치면

충과 효 두 덕목을 다 갖추게 되느니라.”

반굴이 아비의 말뜻을 알아듣고 결연히 대답하였다.

“그러잖아도 불초자가 마땅히 할 일을 찾고 있던 참이었사옵니다. 삼가 분부를 받들겠사옵니다.”

“장하다. 과연 나의 아들이로다. 네 이름은 길이 남아 후세에 귀감이 될 것이다.”

반굴은 조금도 망설이지 않고 한 필의 말에 오르더니, 칼을 빼어 들고 곧장 적국 백제의 주장 계백승이 들어있는 곰치산성으로 달려갔다. 이윽고 산성에서는 기병 한 떼가 나오더니 반굴을 에워쌌다. 반굴은 홀로 힘껏 싸우다가 끝내 백제군의 창을 맞아 죽고 말았다. 그것을 본 신라 군사들은 하나같이 굳은 낯빛이었다.

그때 흠순이 젖은 목소리로 크게 소리쳤다.

“내가 오늘 이름 없는 아들을 잃은 뒤에 길이 이름을 남길 아들을 얻었도다! 이 어찌 기쁜 일이 아니랴!”

그것을 본 유신의 부장 품일이 아들 관창을 부른 뒤, 말 앞에 세워 놓고 여러 장수들과 군사들이 듣는 가운데 큰 목소리로 말하였다.

“너는 비록 어린 나이지만 성상께 종군을 청할 때부터 남다른 기개가 있었으니, 오늘이 바로 네가 한 사람의 남아임을 증명할 때이다. 앞서 김흠순 장군의 아들 반굴이 본보기를 보였으니 네가 어찌 생각하는 것이 없을 것인가?”

관창은 아비 품일에게 절을 하자마자 갑주를 두른 말에 올랐다.

허리에는 칼을 차고 있었으나, 긴 창 한 자루를 청하였다. 그때 군사 몇 사람이 따라 갈 뜻을 밝히며 나섰다. 품일은 그들을 다 허락하였다. 관창은 그들과 함께 창을 비껴들고 곧바로 반굴이 달려 나갔던 길을 따라 질풍처럼 말을 몰았다.

곰치산성에서는 또다시 기병 한 떼가 달려 나왔다. 두 진영의 군사들이 지켜보는 가운데 관창과 신라 군사들은 그들과 어울려 싸웠다. 하지만 불과 십 기에도 못 미치는 신라의 기마군은 수십 기나 되는 백제의 기병에 맞서 싸우다가 하나둘 목숨을 잃어갔다.

드디어 말에서 떨어져 사로잡힌 관창은 신라 기마군 두 사람과 백제의 주장 계백승 앞으로 끌려갔다. 그들을 내려다보던 계백승은 몸집이 작은 관창에게 투구를 벗게 하였다.

"너는 아직 어린아이가 아니냐?"

"적장은 말을 함부로 하지 마시오! 잠시도 사로잡혀 있고 싶지 않으니 어서 목을 베어주시오."

계백승은 관창이 어리면서도 담력이 큰 것에 속으로 탄복하였다. 다른 기마군 두 사람은 목을 쳤지만 관창만은 차마 죽일 수 없어 신라군 진영으로 돌려보내기로 결정하였다.

"다시는 싸우러 나오지 말거라."

"나를 돌려보낸 것을 후회할 것이오."

관창이 돌아가고 나자 방좌 상영이 반발하였다.

"아무리 아이라고는 하나 엄연히 적군이 아니오?"

“김유신이 바라는 바는 저 아이를 죽여서 보내 달라는 것이오. 그러면 포로가 된 어린아이까지 죽였다고 신라군이 크게 분개하여 사기가 달아오를 것이니, 오히려 살려서 돌려보내는 것이 장계취계의 계책이오.”

“그 계책으로 얼마나 더 버틸 수 있겠소?”

계백승은 고개를 끄덕였다.

“과연 신병들이라 할 만하지 않소? 어린아이조차 저와 같이 용맹하거늘 하물며 제대로 사기를 갖춘 장정 군사들이겠소?”

계백승은 저도 따라가 싸우겠다는 큰아들을 죽인 일을 떠올렸다. 신라의 어린 장수와 비슷한 나이였다. 하지만 서로 비할 바가 못 되었다. 자신의 큰아들은 칼자루 한 번 똑바로 잡고 검술을 익힌 적이 없지만, 신라의 어린 장수는 이미 어른 군사들에 맞서 싸울 만한 무력을 갖추고 있었던 까닭이었다.

“죽기를 두려워하지 않고 앞다투어 나서는 어린 장수들을 보니 신라의 앞날을 알겠도다. 어찌 땅이 작다고 함부로 작은 나라라고 할 수 있으리.”

관창이 말을 타고 들판을 가로질러 홀로 돌아오는 것을 본 유신은 오천 결사대를 이끌고 있는 백제의 주장 계백승이 어떤 인물인지 궁금하였다.

“욕곡봉타를 해달라고 보낸 놈을 죽이지 않고 돌려보내다니.”

유신은 계백승이 마치 자신의 속을 훤히 들여다보고 있는 것만 같아 미묘한 감흥이 일었다. 백제에도 장수다운 장수가 있음이 증명이 되는 순간이었다.

관창이 돌아오는 것을 본 품일이 칼을 빼어들고 기다렸다. 유신이 기다려 보라고 만류하였다. 돌아온 관창은 아비 앞에 꿇어 앉아 말하였다.

"불초자가 적지에 나아가 적장의 목을 베고 깃대를 부러뜨리지 못하고서도 살아서 돌아온 것은 결코 죽음을 두려워해서가 아니옵니다. 깊이 한스럽게 여기는 바인지라 이제 다시 들어가면 반드시 성공할 자신이 있사옵니다."

관창은 큰 독에 떠 놓은 우물물을 손으로 움켜 마시고는 다시 말에 올라 황산의 벌판으로 달려 나갔다. 백제의 기병들과 맞서 용감히 싸우다가 다시 포로가 된 관창은 또 계백승 앞으로 끌려갔다.

"네가 철이 없는 것이냐, 정녕 죽음을 두려워하지 않는 것이냐?"

"철이 없기로는 백제왕 부여의자가 삼한의 으뜸이라고 소문이 자자하외다."

계백승은 하는 수 없이 관창의 머리를 베고는 그의 말안장에 매달아서 신라 진영으로 보내고 말았다. 그리고는 군사들에게 곧 마지막 결전이 시작될 것이니 마음가짐을 굳건히 하라고 하령하였다.

관창의 말안장을 내린 품일은 묶어놓은 머리채를 풀어 아들의 머리를 끌어안고는 소매로 얼굴에 묻은 피를 닦으며 말하였다.

"아, 이렇듯 우리 신국 신라의 아들의 얼굴과 눈이 살아 있는 것

같을 수가! 내 아들이 스스로 용맹스럽게도 나라의 일로 죽었으니,
아비인 내가 어찌 티끌만큼인들 후회를 할쏜가!"

흠순은 품일에게 다가갔다. 그리고는 어린 자식을 잃은 슬픔을 서
로 극진히 위로하였다. 장군들의 그러한 모습을 본 신라군은 저마다
전의의 불씨에 불을 지폈다. 백제군과 네 번 싸워 네 번 다 패주하
여 돌아왔던 군사들이 스스로 유신의 막사 앞으로 몰려와 아뢰었다.

"대장군 존하, 소졸을 전봉으로 뽑아 주소서."

"창검도 필요 없사옵니다. 소졸은 돌이 든 망태와 팔매만 들고 나
가겠사옵니다. 팔매질을 다한 뒤에는 맨손으로 적군을 붙잡아 물고
늘어지겠사옵니다."

"그러하옵니다. 우리 한 사람 한 사람이 적군 하나하나하고만 같
이 죽으면 되는 것 아니겠사옵니까?"

유신은 마침내 때가 무르익었음을 알고 용감히 전봉에 서겠다고
자청한 군사들을 다 거두어 당을 짓고 대오를 새로 짰다. 사천이 조
금 넘는 군사들이었다. 세 갈래로 나누어 한 갈래는 하장군 품일이,
또 한 갈래는 하장군 흠순이 마지막 한 갈래는 하장군 천광이 맡았다.

"둥, 둥, 둥……."

대장군 막영 앞에 설치해 놓은 팔척대고가 온 천지를 울리는 가
운데 군사들은 황산평으로 나아갔다. 백제군도 가만히 있지 않았다.
그들도 세 산성에서 나와 벌판으로 진군하였다.

잠시 거리를 두고 대치하는 듯하던 군사들은 북소리가 갑자기 빨

라지고 돌격을 알리는 번신이 발령되자 함성을 지르며 달려 나갔다. 신라군 궁당의 궁사들과 백제의 궁사들이 쏘아대는 화살이 하늘 가득 날았고, 이윽고 화살이 떨어지자 신라군 석투당 군사들이 돌팔매를 날려대었다. 백제의 군사들이 날아와 떨어진 돌을 주워 손으로 힘껏 던지곤 하였지만 신라군에 미치지는 못하였다. 백제군에서 부상자가 속출하기 시작하였다.

대오를 흩뜨리지 않고 점점 다가간 신라군 장창당 군사들은 백제 기병의 기동력을 떨어뜨려 놓았고, 그 틈을 타 환두요도와 도끼와 방패를 든 신라의 군사들이 달려들어 백제의 군사들과 단병전을 벌였다. 양국 구천여 군사들이 어우러져 접전을 벌이는 황산평은 점차 아비규환이 되어 갔다.

백제 군사들은 어제와는 다른 신라군의 용맹 앞에서 당황하였다. 한쪽 팔이 떨어져 나가면 남은 팔로 병장기를 휘둘렀으며, 한쪽 다리가 베어지면 그 자리에 앉아서도 백제 군사들의 바짓가랑이를 잡고 놓지 않았다. 마치 저마다 신이 들린 듯한 낯빛이었다. 시간이 지날수록 저승귀의 얼굴을 한 백제군의 패색이 짙어지고 있었다.

드디어 품일은 장골산성의 장수 덕솔 국신을, 흠순은 황령산성의 장수 연보동을 죽인 뒤, 신라 군사에 둘러 싸여 고군분투하고 있는 계백승을 발견하고 말을 몰아갔다. 두 사람은 적장 계백승을 사로잡기로 뜻을 모은 뒤 함께 달려들어 싸웠다. 큰 칼을 휘두르다가 지친 계백이 흠순의 칼등을 맞고 말에서 떨어졌다.

“적장 계백승이 쓰러졌다!”

그 한 마디 외침에 가뜩이나 전세가 불리하던 백제군은 지리멸렬되어갔다. 천광이 끝까지 추격하여 달아나던 좌평 충상과 달솔 상영 등 이십여 인을 황산평 끝자락에서 사로잡아 끌고 돌아왔다.

신라군은 승전의 호드기를 한껏 소리 높여 불며 본진으로 돌아왔다. 남아 있던 군사들이 그들을 맞이하며 일일이 등을 치고 위무하였으며, 부상을 당한 군사들은 정성껏 구료를 해주었다.

계백승을 비롯한 포로들이 유신 앞에 끌려나왔다. 유신은 황급히 다가가 계백승의 손을 잡고 일으켰다. 그리고는 대장군 막사 안으로 인도하여 들어갔다. 휘하 장수들이 의아히 여겨 저마다 허리에 차고 있던 칼자루에 손을 대고는 따라 들었다.

유신이 계백을 군탁 앞에 앉기를 권하였다. 계백승은 꼿꼿이 선 채 앉지 않았다. 그러자 유신이 다가가 억지로 앉히다시피 손을 끌었다. 그리고는 따라 들어온 장수들에게 엄령을 내려 모두 칼을 끌러 놓게 하였다. 장수들은 하는 수 없이 칼을 끌러 놓기는 하였지만 긴장을 풀지는 않았다.

“차를 가져오라!”

유신은 차가 놓이자 계백승에게 따라 주었다. 하지만 그는 찻잔에 손도 대지 않았다. 유신이 먼저 마셔보였다. 그리고는 계백승에게 거듭 권하였다. 그제야 그는 마지못하여 찻잔의 아구리만 입에 대는 듯할 뿐이었다. 유신이 말하였다.

“보기 드문 명장을 이렇게 마주 하게 되어 얼마나 영광인지 모르겠소”

“허허. 아니 들을 찬사를 다 듣는구려. 패장을 이리도 놀리다니.”

“놀리는 것이 아니오. 귀장은 턱없이 적은 군사로써 그 누구도 하지 못할 일을 할 만큼 다 하였으니 찬사를 들어 마땅하오.”

“지금 나를 회유하는 것이오이까?”

“나와 함께 신라로 돌아갑시다. 가여낙성이라, 같은 하늘을 이고 사는 좁은 땅에서 언제까지 신라니 백제니 하며 싸워야 하겠소?”

유신의 제의에 계백승은 단호히 말하였다.

“본장은 결코 신라에 귀부하지 않을 것이오.”

“이제 머잖아 백제가 망하게 된 것은 백제왕이 눈이 멀어 귀장과 같은 용장을 제 때 높이 알아보지 않은 탓이오. 신라는 그렇지 않소 그러니 포악한 주군을 버리고 순구한 백성을 택하는 것이 어떻겠소?”

“그럴 순 없소이다. 나는 백성의 사람이 아니라 주군의 사람이외다. 내 비록 망해가는 나라의 장수로서 대장군에게 패하긴 하였으나, 멀리 중원 대국에까지 신장이라고 이름 높은 대장군과 겨뤄보았기에 여한은 없소이다.”

“귀장은 패장이 아니오. 단지 불리한 장수였을 따름이오.”

“허허. 불언단처라 했소 승장과 패장 사이에 인사는 이쯤 나누었으면 되지 않소이까? 어서 죽여주기를 바라오이다.”

유신은 어떤 말로도 계백승의 마음을 돌리지 못할 것을 알고 물었다.

"소원을 말해 보오. 무엇이든 들어주리다."

"내 소원이 있다면 오직 한 가지, 망국의 백성들도 신라의 백성들과 똑같이 대해주기를 바랄 뿐이오."

"이 김유신이 이름을 걸고 약속하리다."

밖으로 나온 계백승은 꿇어앉아 있는 군사 충상과 방좌 상영을 비롯한 포로들에게 말하였다.

"그대들은 목숨을 헛되이 버리지 마오. 나 한 사람의 죽음이면 이곳 황산평에서 보인 대백제의 기상은 길이 전해질 것이오. 내가 결사대를 이끌고 황산으로 오기 전에 처자식이 신라의 노비가 되어 살아갈 것을 생각하여 내 손으로 죽였는데, 작은놈이 죽기 전에 한 말이 있었소. 남가야와 북가야 백성들이 다 신라의 종이 되어 살고 있느냐고 말이오. 이제 신라의 대장군 김유신 공을 잠깐 겪어보고 나니, 내 자식의 말이 옳다는 것을 알게 되었소.

이제 그대들은 신라에 귀부하여 장차 당나라를 삼한 땅에서 몰아내는 데 힘을 써주시오. 알고 보면 우리 백제와 신라와 고구려는 삼한일족이 아니오? 신라가 삼한을 통합하는 것은 이미 필연이 되었소. 그러나 삼한이 통합된 뒤에 당나라에 먹히고 만다면 그건 백제의 백성들에게 두 번씩이나 망국의 치욕을 안기는 바가 되오. 내 말 뜻을 잘 알겠소?"

군사 충상과 방좌 상영을 비롯한 장수들은 꿇어앉은 채 크게 흐느꼈다.

"장군!"

유신이 말하였다.

"계백승 장군의 목을 베는 것은 그를 죽이는 것이 아니라, 그의 이름과 뜻을 욕되지 않게 하기 위함이다."

그리고는 군승에게 하령하여 계백승의 목을 베게 하였다. 유신은 그의 시신을 수습하여 황산평 서북쪽 양지바른 곳에 잘 묻값고는 원혼제를 지내주었다. 유신이 적장의 무덤을 만들어주고는 정성껏 장사까지 지내는 모습을 본 백제의 포로들이 하나같이 그 아량에 크게 감복하여 계백승의 유훈대로 신라에로의 귀부를 맹세하였다.

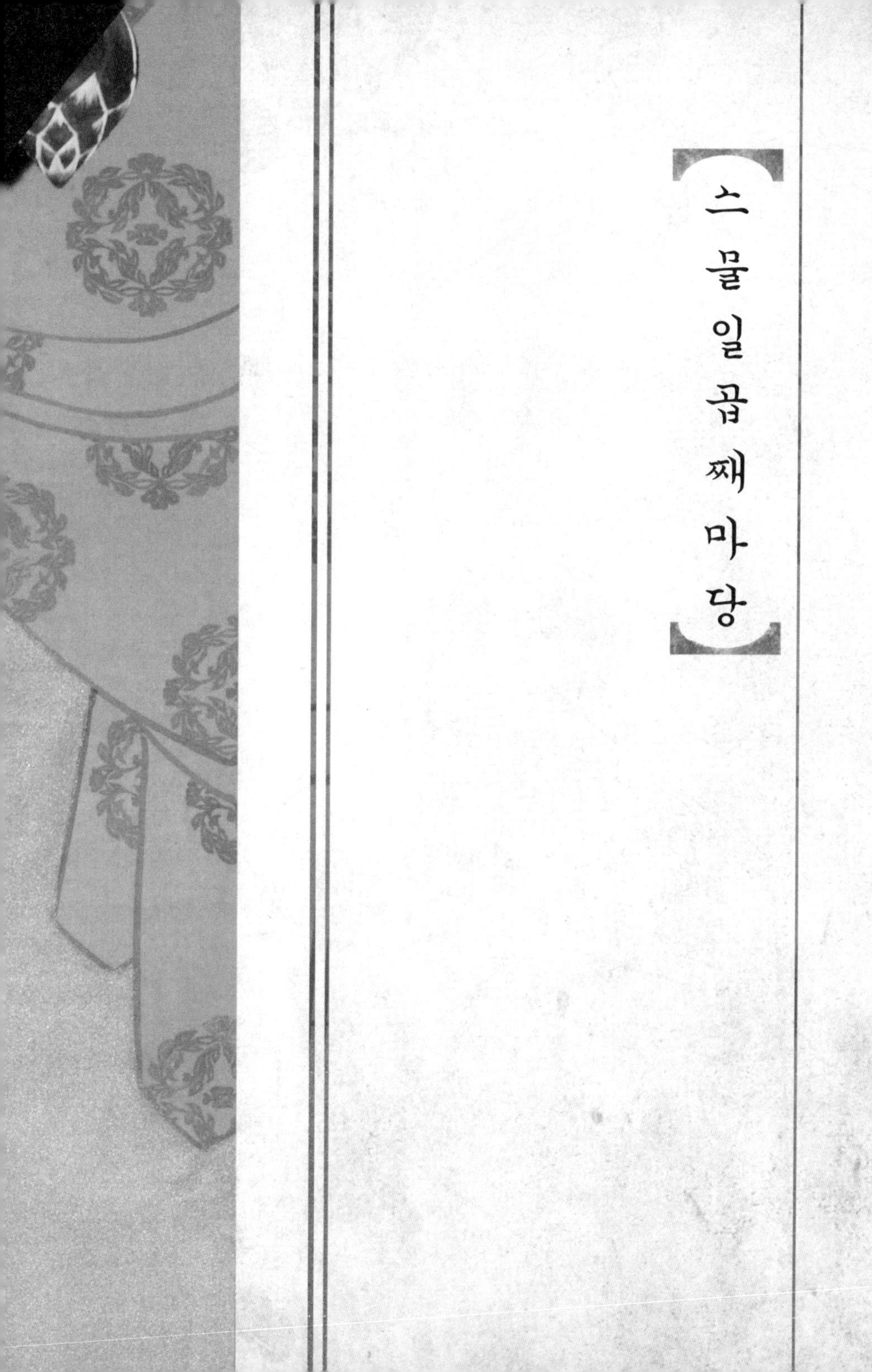

스물일곱째 마당

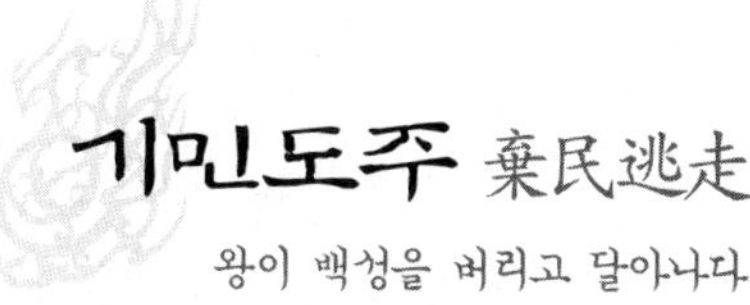

기민도주 棄民逃走
왕이 백성을 버리고 달아나다

유신은 군진을 거두어 사비성 근처 미자진에 있는 당군의 진영으로 향하였다. 황산에서 백제 장수 계백승이 이끈 오천 결사대에 막혀 이틀이나 더 지체하는 바람에 당 총관 소열과 만나기로 한 날을 넘긴 것이 걱정되었다.

무릇 장수는 관용과 기세로써 상대방을 대하는 법이었다. 대국에서 십이만 대군을 이끌고 온 소열이 어떻게 나올 것인가. 유신은 그와의 첫 만남에 대하여 두 가지 구상을 하였다. 그가 관용을 보인다면 높이 보아줄 것이고, 만약 그렇지 않고 신라군의 기세를 꺾어 놓으려는 태도를 보인다면 마땅히 더 큰 기세로써 대해 줄 작정이었다.

멀리서 보아도 당군의 진영은 마치 큰 성읍을 이루고 있는 듯하였다. 기벌포 입구에서 대기하고 있는 오만 후군을 뺀 칠만 군세의 위용은 가히 하늘과 땅을 뒤덮고도 남음이 있을 만하였다.

유신은 당군의 진영에 이르러 말에서 내렸다. 당 총관 소열의 우위장군 동보량이 유신을 맞이하였다. 총관의 막영에 이르자 몸집이 크고 얼굴이 붉은 소열이 밖으로 나왔다. 유신은 배례를 하였다. 소열은 유신에게 대뜸 말하였다.

"장수가 어찌 철석같이 호응하기로 한 약속을 어기고도 그에 대하여 한 마디 말이 없는가! 신라의 독군이 누구인가?"

김문영이 앞으로 나와 말하였다.

"소장이옵니다."

소열은 우위장군 동보량에게 소리쳤다.

"군령은 엄한 법, 이자를 끌어내어 목을 쳐라!"

유신은 소열이 기선을 제압하려는 속셈을 읽고 한 걸음 앞으로 나서며 모두를 둘러보며 말하였다.

"나 또한 신라의 대장군이거늘, 총관께서 먼 길을 온 사람을 군막 안으로 들이지도 않고 한데에 세워 놓고 꾸짖으니 나 또한 할 말을 해야겠다. 황산평에서의 싸움에 관하여 들은 것이 있다면 나를 이렇게 홀대하지는 못할 것이다. 그런데 아무 사려 없이 만나기로 한 날짜에 늦은 것만을 나무라며 죄를 주려고 하는데 이러한 큰 모욕이 어디 있겠는가!"

유신은 부장 품일이 가지고 있는 큰 도끼를 빼앗듯이 잡아 땅바닥에 쿵 소리가 나도록 찍어 세우고는 다리를 벌린 채 섰다.

"시시비비를 가릴 것도 없이 차라리 오만한 당군과 먼저 결전을 한 후에 사비성을 깨뜨리겠다!"

큰 도끼를 세운 유신의 눈에서는 불꽃이 이글거렸고 성난 수염이 펄펄 날렸다. 유신은 한 손으로는 허리에 차고 있던 칼자루를 잡고 금세라도 빼어들 듯한 태세를 보였다. 또한 유신을 시위하고 선 신라 장군 이십여 인도 다 칼자루에 손을 대고는 그의 명령만 기다리고 있었다.

그러자 당 총관 소열의 장수들 팔십여 인도 다 맞서 싸울 태세로써 칼을 빼어들려고 하였다. 갑옷을 입고 마주 선 당군과 신라군의 장수들 일백여 인이 그 자리에서 한판 맞붙을 듯이 분위기가 험악하게 흐르자 당 총관 소열이 당황하여 아무 말도 못하고 있었다. 우위장군 동보량이 가만히 그의 발을 살짝 밟고는 그에 대하여 사죄를 하는 것처럼 태도를 꾸며 나지막이 말하였다.

"과연 듣던 대로이옵니다. 이만 고정하옵소서."

그 말을 들은 소열이 크게 웃어젖혔다. 그리고는 유신에게 다가들어 오히려 사과를 하고는 말하였다.

"전쟁을 하는 장수에게 어찌 피치 못할 여러 가지 일들이 없겠소? 독군에겐 아무 죄를 묻지 않을 것이오. 자, 안으로 들어가십시다."

유신도 낯빛을 풀고 짚고 있던 큰 도끼를 품일에게 건네주었다. 그제야 양국의 장수들도 칼자루에 대고 있던 손을 떼고 허리를 폈다.

신라군도 당군과 나란히 군진을 쳐 놓고 하루를 쉬었다. 그동안 양국의 장수들은 서로 어울려 친분을 다졌다. 당 총관 소열은 유신을 극진히 대접하였다. 또한 부장 품일이 황상평에서의 싸움을 상세히 말하자 태자 법민과 함께 크게 감탄하였다.

날이 밝아 신라군과 당군이 사비성을 포위하기 위하여 군사를 네 갈래로 나누었다. 백강의 물도 어지간히 빠진 터라 에둘러 강을 건넌 뒤 소부리 벌판으로 나아갔다.

사비성을 공격하기 위하여 군진을 치고 있는데 홀연히 새 한 마리가 당 총관 소열의 막영 위를 울며 날았다. 소열이 군사에게 점을 치게 하였다.

"이는 반드시 총관 존하가 상하실 조짐이옵니다."

그 말을 들은 소열은 꺼림칙하여 군사들을 더 진군시키지 않았다. 유신이 소열의 군영을 찾아가 말하였다.

"총관께서는 어찌 한낱 날아다니는 새를 보고 천시를 놓치려 하시오?"

"천시를 놓치려는 것이 아니라, 본관이 갑자기 몸이 좀 안 좋아서……."

"총관 존하! 이제 막 하늘과 민심에 순응하여 지극히 어질지 못한 저 악독한 백제왕을 정벌하고자 터에 어찌 상서롭지 못한 일이 있겠소?"

유신은 소열을 밖으로 데리고 나왔다. 그때까지도 새는 하늘을 빙빙 날아다니고 있었다. 유신은 허리에 찬 보검을 빼어들고는 칼끝을

허공에 겨누었다. 한 줄기 흰빛이 화살처럼 쏟아지는 것만 같았다. 그러자 높이 날던 새의 날개가 갑자기 꺾이더니 땅으로 곤두박질쳤다.

그것을 본 사람들은 다 놀랐다. 군영에 떨어진 새의 몸뚱어리가 마치 갈기갈기 찢어놓은 것만 같은 까닭이었다. 보검을 칼집에 꽂아넣은 유신이 주위를 둘러보며 하령하였다.

"앞으로 아무 것도 아닌 일로 군영에서 소란을 피운다면 그 누구를 막론하고 엄히 다스리겠다."

소열이 들으라고 하는 소리나 다름없었다. 소열은 유신의 비범함이 들은 것보다 더함을 알고 입을 떼지 못하였다. 유신은 상장군 태자 법민과 그의 휘하에 있는 장수들에게 다시 소리쳤다.

"지금 곧 당 총관의 막사에서 백제를 칠 군략을 의논할 것이니, 당군의 장수들과 신라군의 장수들은 한 사람도 빠짐없이 다 모이도록 하라!"

"예, 대장군!"

대답을 한 사람들은 신라군의 장수들뿐이었다. 유신은 당 총관 소열을 바라보았다. 소열은 유신의 서슬에 눌려 떠듬거리며 그와 똑같은 영을 내리고 말았다. 두 나라의 장수들이 모여 군략을 짠 결과 당군이 먼저 공격하기로 결정되었다. 다소 긴장을 푼 당 총관 소열은 신라 대장군 유신에게 웃으며 말하였다.

"이제 우리 당군과 신라군이 백제를 치는 것은 마치 신을 신은 어른이 누워 곤히 잠든 어린아이를 발로 걷어차는 것과 무엇이 다르겠소?"

"옳은 말씀이오. 허나, 아무리 쉬운 상대라도 저들도 또한 일국의 군사들임을 잊지 말아야 할 것이오."

"허허, 여부가 있겠소."

당군의 부총관으로 있는 인문왕자가 때를 보아 유신에게 은밀히 귀띔해주었다. 당군이 백제를 치고 난 뒤에는 곧바로 신라까지 멸할 속셈을 품고 있으니 그에 대비를 해야 한다는 말이었다. 유신은 입술을 깨물었다.

"적국 백제에 이어 우리 신국 신라까지 넘보다니, 그건 아니 될 말이지."

이윽고 두 나라의 군사가 네 갈래 길로 동시에 사비성으로 진격하여 성의 외곽에서 멈추었다. 신라의 대장군 유신과 당 총관 소열은 당보군을 보내어 성벽의 형태와 성 아래의 형편을 두루 살펴보게 하였다.

사비성은 외곽에 흙과 돌을 섞어 쌓은 방책을 또 하나의 성벽을 둘렀고, 그 안에 내성벽이 있었으며 외성벽과 내성벽 사이에는 여러 가지 덫을 매설해 두었고 그 사이사이에는 철정을 촘촘히 박아놓아 보기군이 쉽게 넘나들지 못할 바였다.

"잠시 군사를 멈추어 저들의 동태를 살피는 것이 좋겠소이다."

"본관도 대장군의 말씀에 동감이오."

성 밖에는 새까맣게 몰려든 당군과 신라군으로 말미암아 개미새끼 한 마리 빠져나갈 길도 없는 듯하였다. 성안에 있는 일만 군사로써 십만이 훨씬 넘는 당군과 신라군을 당해내지 못하리라는 것은 어느 누구도 부인하지 못할 터였다.

"어떻게 해야 저들이 군사를 물리겠는가! 정녕 이대로 나라가 망해야 하겠는가!"

백제왕 부여의자는 안절부절못하여 연신 소리쳤지만 무어라 아뢰는 신하는 아무도 없었다.

"먹고 마시고 놀 때에는 입이 있는 신하들인 줄 알았으나, 나라가 위급한 지경에 이르고 보니 다 벙어리가 될 줄 어찌 몰랐던고!"

여러 왕자들 중에서 둘째아들 부여태가 보다 못하여 말하였다.

"지금 할 수 있는 일은 당 총관을 달래어 돌려보내는 것뿐이옵니다."

부여의자는 그 말을 좇아 여러 왕자들과 여섯 좌평을 모두 당 군영으로 보내었다. 군사들이 먹을 많은 고기와 음식을 궁녀들을 시켜 바치며 죄를 빌고 군사를 물려주기를 청하였다. 당 총관 소열은 우쭐해져 유신을 불렀으나, 유신은 적과 나눌 말이 없다는 말만 전하고는 소열의 막영으로 가지 않았다.

"그 사람 참."

소열은 입맛만 다시고는 말하였다.

"다들 돌아가라. 돌아가서 백제왕은 속히 성 밖으로 나와서 항복하라고 전하라!"

"……."

왕자들과 신하들, 그리고 음식을 머리에 인 궁녀들은 힘없는 발길을 돌려 사비성 안으로 돌아올 수밖에 없었다. 왕자 부여태는 돌아오는 길에 궁녀들이 흐느끼는 소리를 듣고는 가슴이 미어지는 듯하였다.

"나라가 오늘에 이른 죄는 과연 어느 뉘에게 있으랴!"

달이 점점 차고 있었다. 백제왕 부여의자는 성 위에 올라 하늘을 바라보았다. 어쩌면 앞으로 며칠밖에는 더 올려다 볼 수 없는 백제의 밤하늘인지도 몰랐다. 그때 성벽 아래로 숨어들어 성벽을 타고 오르는 사람이 있었다. 재빨리 성벽을 넘은 그는 부여의자에게 배례를 하였다.

"너는 흑치상지가 아니냐?"

"적들이 침입하여 얼마나 고초가 크시옵니까?"

부여의자는 힘없는 목소리를 내뱉었다.

"사세가 여의치 않아 나라가 망할 위기에 처하였노라."

"이제 소장이 돌아왔사오니, 적들을 물리칠 방법을 찾아보겠사옵니다."

"가상한 생각이나, 동조에서 원군을 보내 오기 전에는 도리 없는 일일 것이다."

사비성을 유심히 살펴보고 있던 군사가 유신에게 아뢰었다.

"백제왕이 성의 수루에 올라 있사옵니다."

유신은 막사에서 나와 하늘을 바라보았다. 곧 보름이 될 것이었다. 어디선가 초가을 밤벌레가 울어대었다. 유신은 부장 품일에게 은밀히 영을 내렸다. 그리고 태자 법민과 당 총관 소열에게도 사람을 보내어 앞으로 일어날 일에 대하여 귀띔을 해 두었다.

신라군은 성 밖 벌판에 횃불을 크고 둥글게 밝히고 한가운데에는 모닥불을 지폈다. 악공들이 삼현삼죽을 갖추고 나와 박판에 맞춰 기물악을 연주하는 가운데 무척 두 사람이 춤을 추어 나갔다.

고요한 밤하늘에 심금을 울리는 음률과 애처로운 춤사위를 바라본 백제왕 부여의자는 소매로 눈물을 훔쳤다.

"아, 김유신이 나에게 항복하기를 강요하는구나. 지난날 성충의 말을 듣지 않다가 이 지경에 이르고 만 것이 후회스럽기만 하도다."

왕자 부여태가 흑치상지와 더불어 왕성을 버리고 나가 웅진성으로 갈 것을 청하였다. 웅진성은 옛 왕성이었고, 난공불락의 임존성이 가까이에 있어 서로 호응을 한다면 왜국에서 원군이 올 때까지 당군과 신라군을 방어할 수 있을 것이라며 설득하였다.

신하들도 한 입으로 그렇게 하기를 아뢰자 백제왕 부여의자는 궁성을 벗어날 방법을 물었다. 흑치상지가 아뢰었다.

"동쪽 은밀한 성벽 아래에 암혈이 하나 있사옵니다. 궁성에서 사람이 죽으면 송장을 내어가는 곳이옵니다."

부여의자는 입 마른 웃음소리를 내었다.

"허허, 송장을 내어가는 곳이라?"

백제왕 부여의자는 백성들이 입는 옷으로 갈아입고 흑치상지의 호위를 받으며 왕후 은고와 태자 부여효를 비롯한 왕가 사람들과 함께 암혈을 통하여 사비성을 빠져나갔다.

당군과 신라군의 눈을 피하여 나룻배를 타고 백강을 건넌 뒤 무사히 웅진성에 이르렀다. 웅진성주 예식진이 백제왕 부여의자를 맞이하였다. 부여의자는 그곳에서 다시 왕의 옷으로 갈아입고 왕성이 사비성에서 웅진성으로 바뀌었음을 선포하였다.

사비성에 남아있던 왕자 부여태는 부왕 부여의자가 남기고 간 왕의 옷을 입고 스스로 대좌에 올랐다. 그러자 태자 부여효의 아들 문사가 함께 남은 왕자 부여융에게 불안스러운 얼굴로 말하였다.

"조왕께서 태자이신 아버지와 함께 궁성을 나가버린 뒤, 태 숙부가 자기 마음대로 왕을 칭하고 있사옵니다. 만약 왜국에서 원군이 와서 신라군과 당군을 물리친다면 본의 아니게 태 숙부를 왕으로 떠받들게 된 우리가 어찌 웅진성에 가 계신 조왕으로부터 죄를 얻지 않겠사옵니까?"

"그러면 어찌하면 좋겠느냐?"

"차라리 투항하여 목숨을 건지는 것만 못할 것이옵니다."

왕자 부여융이 조카 문사의 말을 옳게 여겼다. 그리하여 자신들을 따르는 무리를 데리고 밤에 밧줄을 타고 궁성을 빠져 나갔다. 그러한 소문을 들은 백성들도 줄줄이 성을 빠져나가기 시작하자 대좌에 앉아있던 부여태가 말리지 못하고, 자신도 검은 비단으로 지은 왕관과 왕복을 벗어던지고 말았다.

백성들이 항복하고자 스스로 성문을 열고 나온다는 말을 들은 당 총관 소열은 재빨리 영을 내렸다.

"신라군보다 먼저 성으로 들어가 우리의 깃발을 세우라."

당군이 물밀듯이 몰려들어오자 백제왕 부여의자의 후궁들과 궁녀들은 왕성 북쪽으로 몰려갔다. 절벽에 이르러 걸음을 멈추고 어찌할 바를 몰라 하고 있던 중에 누군가 울며 말하였다.

"차라리 스스로 목숨을 끊을지언정 적에게 몸을 더럽히지는 않으리!"

그런 뒤 그녀는 절벽 아래로 흐르는 백강에 몸을 던졌다. 그러자 후궁과 궁녀들이 하나둘 그녀의 뒤를 따랐다. 마지막 남은 어린 궁녀가 손가락을 깨물고 피를 내어 '타사암'이라는 세 글자를 써 놓고는 훌쩍 뛰어내렸다.

뒤늦게 그 자리에 도착한 당 총관 소열은 아래로 멀리 강물 위로 점점이 떠올라 흘러가는 여인들의 주검을 보았다. 그 광경을 몹시 안타깝게 여긴 소열은 우위장군 동보량에게 하령하여 못난 왕을 원망하지도 않고 스스로 죽어간 그녀들의 넋을 기려 제사를 올려주었다.

부여융과 부여태, 그리고 태자 부여효의 아들 문사를 비롯하여 남아있던 왕가 사람들과 신하들과 장수들이 다 꿇어앉혀 있었다. 백제왕 부여의자가 태자 부여효와 함께 몰래 달아나 웅진성으로 갔다는 말을 들은 당 총관 소열이 탄식하였다.

"자식들과 손자는 물론이거니와 백성들까지 다 버리고 도주하였다니, 그런 자를 어찌 일국의 왕이라고 할 수 있으랴!"

신라의 태자 법민이 말을 탄 채 백제의 왕자 부여융 앞으로 갔다. 그리고는 그의 낯에 침을 뱉고는 꾸짖었다.

"예전에 네 아비가 나의 누님과 자형을 죽인 뒤로 내가 복수를 할 날만 손꼽아 기다렸더니, 오늘에 이르러서야 너희 놈들의 목숨이 이 말발굽 아래에 놓여 있구나!"

부여융을 비롯한 왕자들은 땅에 엎드린 채 신라의 태자 법민에게 모진 채찍질을 당하기만 할 뿐 작은 신음조차 내지 못하였다.

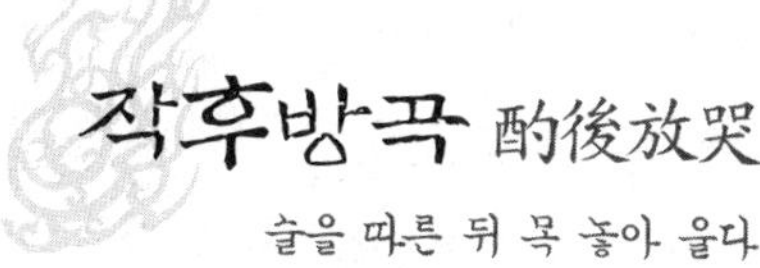

웅진성을 새 궁성으로 삼아 들어앉은 백제왕 부여의자는 사비성이 함락되어 왕자들과 태손이 다 포로가 되었다는 말을 듣고 눈물을 뚝뚝 흘렸다. 태자 부여효가 말하였다.

"남은 군사들을 정비하고 기다리고 있다가 왜국에서 원군이 오면 사비성을 되찾아 그들을 구할 수 있을 것이니 너무 심려치 마옵소서."

"과연 그때까지 버틸 수 있겠느냐?"

"지금으로서는 달리 도리가 없지 않사옵니까?"

사비성을 점령한 신라군과 당군은 군사를 두 갈래로 나누어 웅진성과 임존성을 향하여 진격하였다.

웅진성주 예식진은 망루에 올라 성 밖을 바라보았다. 신라군과 당

군이 수많은 전차를 앞세운 채 몰려드는 것을 보고는 너무 놀라 입
을 다물지 못하였다. 말로만 듣던 십이만 대군의 위용을 직접 바라
보고 있노라니 감히 맞서 싸울 엄두가 나지 않았다.

좌평 임자가 가만히 다가서서 말하였다.

"장군, 장군도 왜국의 원군이 당도할 때까지 버틸 수 있을 것이라
생각하시오?"

"견디는 데까지는 견뎌봐야지 어찌하겠소."

임자가 말을 지어 내었다.

"왜국에서 원군이 온다면, 당에서 또 새로이 삼십만 대군을 보내
올 것이라고 하오."

"뭐, 뭐요? 삼, 삼십만?"

"이제는 나라의 운명이 다했음을 받아들일 도리밖에는 없을 듯하
오."

고개를 저으며 절망 어린 목소리를 내는 좌평 임자를 바라본 성
주 예식진은 휘하 장수들을 불러 모아 놓고 물었다.

"그대들의 의향은 어떠한가?"

장수들은 아무도 말을 하지 않았다. 좌평 임자가 넌지시 항복하라
는 암시를 주었다.

"신라의 대장군 김유신은 사람을 함부로 죽이지 않는다고 들었소."

"그걸 어찌 믿을 수 있다는 말씀이오?"

"황산에서의 일도 못 들었소? 계백승 장군에게 예를 갖추어 끝까

지 극진히 대하였다고 하지 않소?"

"그거야……. 과연 항복하는 장수에게도 그런 관용을 베풀겠소?"

"말이 나왔으니 말이지만, 김유신은 이 전쟁을 더 길게 끌고 싶어하지 않소. 하루라도 빨리 끝내고는 우리 백제의 백성들과 신라의 백성들이 하나가 되어 살아가기를 바랄 뿐이라고 하오. 그러니 만약 항복한다면 목숨을 구하는 것은 물론 벼슬과 상까지 내릴 것이외다."

"벼슬과 상?"

"그렇소."

"백제를 배신하고 신라인이 된다면 후세 사람들이 과연 뭐라고 하겠소?"

"옛 남가야와 북가야를 생각해 보시오. 많은 가야인들이 신라에 귀부하여 벼슬을 받고 산 것을 두고 지금까지 어느 누구도 왈가왈부하지 않소. 오히려 전쟁이 그치고 평안이 찾아든 것을 다행으로 여길 따름이오."

"으음."

"우리 백제와 신라와 고구려가 다 일족으로 살아가게 될 날이 멀지 않았소."

"고구려까지?"

"두고 보시오. 지금의 고구려가 어디 예전의 고구려만 하오? 연개소문만 없으면 그저 종이호랑이에 지나지 않소. 또 연개소문이 가장 두려워하는 장수가 바로 저기 저 불패지장 김유신이 아니오?"

웅진성주 예식진이 좌평 임자의 꾐에 넘어가 신라군과 당군에 항복하기로 하였다는 말이 백제왕 부여의자의 귀에 들어갔다. 대노한 부여의자는 태자 부여효에게 명을 내려 예식진의 목을 치게 하였다. 부여효는 흑치상지와 함께 예식진을 급습할 채비를 하였다.

하지만 예식진도 왕실에 심어둔 귀가 있어 사전에 태자 부여효의 동정을 감지하였다. 급기야 태자 부여효가 이끄는 군사들과 웅진성주 예식진을 따르는 군사들이 일전을 벌이기에 이르렀다.

신라의 태자 법민과 대장군 유신, 그리고 당 총관 소열에게 웅진성 앞에서 백제의 군사들이 수성하자는 편과 항복하자는 편으로 나누어 서로 싸움을 벌이고 있다는 소식이 전해졌다. 당 총관 소열은 크게 웃어젖혔다.

"허허허. 그렇다면 우리는 그저 두고 보기만 하면 되는 일이 아니오?"

유신이 말하였다.

"수성하자는 쪽의 사기가 흔들리도록 항복하는 신하와 장수에게는 상을 내릴 것이라는 소문이 웅진성 안에 떠돌게 해야 하옵니다."

태자 법민이 그 말을 옳게 여겨 명을 내렸다.

장수와 군사의 수가 턱없이 적은데다가 항복하는 사람들에게는 아무 죄를 묻지 않고 상을 내릴 것이라는 말까지 나돌게 되자 승세는 예식진의 편으로 기울었다. 백제의 태자 부여효의 군사들을 꺾은 웅진성주 예식진은 백제왕 부여의자에게 성문을 열고 항복할 것을 종용하였다.

부여의자는 예식진에게 크게 호통을 쳤다.

"네가 그러고도 백제의 장수라고 할 것이냐?"

"무릇 장수는 자신을 알아주는 주군에게 목숨을 다하는 법이오. 그대가 언제 나를 알아주기나 하였소? 사비성에서 이 웅진성으로 내쫓은 뒤로 왕실의 연회에 단 한 번이라도 불러주기나 했느냐는 말이외다."

백제왕 부여의자는 예식진의 말투에서 견딜 수 없는 모멸감을 느끼고는 자신의 손목을 물어뜯으며 동맥을 끊어 자진을 하려고 하였다. 예식진은 그와 태자 부여효와 흑치상지의 손을 뒤로 돌려 묶어 놓고 휘하에게 하령하였다.

"부여 씨가 다스리던 백제는 이제부터 천하에 없는 나라가 되었다. 다들 병장기를 내려놓고 망루에 백기를 높이 올린 뒤, 성문을 열거라!"

신라의 태자 법민, 대장군 김유신, 당 총관 소열이 피 한 방울 흘리지 않고 웅진성으로 들어갔다. 태자 법민은 백제왕 부여의자를 감옥에 가두어 놓고 금돌성에 있는 대제에게 그 소식을 아뢰었다. 당 총관 소열도 황제에게 사람을 보내어 백제를 멸하였음을 알렸다.

대제는 크게 기뻐하였다. 오천 군사와 더불어 금돌성에서 소부리성으로 향하였다. 그때 고구려 평양성 앞을 흐르는 패강의 강물이 사흘이나 핏빛이 되었다는 풍문이 들려왔다.

"고구려와 백제는 한 뿌리에서 나왔으니, 오늘 백제에 이어 장차 고구려도 망할 징조가 아니고 무엇이랴."

소부리성에 이른 대제는 먼저 당 총관 소열을 비롯한 당군의 노고를 치하한 뒤, 태자 법민과 대장군 유신의 공을 위로하였다. 그런 뒤에 당 총관 소열, 부총관 인문왕자, 태자 법민, 대장군 유신을 비롯한 양국의 장수들을 대청마루에 앉히고 성대히 주연을 베풀었다.

"패주를 끌어내라!"

감옥에 있던 부여의자가 끌려나왔다. 머리에는 황금으로 만든 꽃으로 장식한 오라관을 썼으며, 소매가 넓은 자주색 도포에 푸른 비단 바지를 입고, 허리에는 흰 가죽 띠를 둘렀고 검은 가죽신을 신은 차림이었다.

대제는 마루 밑에 꿇어앉은 부여의자를 바라보고는 소리쳤다.

"저 자가 아직도 옛 백제왕의 차림새를 하고 있으니 어찌된 일이냐?"

군사들이 달려들어 발로 오라관을 차 벗기고 입고 있던 옷을 찢어 놓았으며 신을 벗겼다. 부여효와 부여융을 비롯한 자식들도 똑같은 꼴이 되었다.

대제는 부여의자에게 술을 치게 하였고, 부여효에게는 당 총관에게, 그리고 부여융과 같은 자식들에게는 태자 법민과 대장군 유신 등에게 술을 따르게 하였다.

부여의자가 차마 보지 못할 몰골로 무릎을 꿇은 채 대제에게 술을 치는 모습을 본 백제의 신하들이 뒤에 앉아서 통곡을 하였다. 신하들 뒤에 꿇어 앉아 있던 백성들도 목이 메어 땅을 치며 울지 않는 자가 없었다.

"대백제국의 왕이 되어 어찌하여 저 지경이 되었단 말인가!"

"정녕 우리 백제가 오늘로써 끝이러뇨!"

대제가 모든 사람들이 들을 수 있도록 큰소리를 외쳤다.

"듣거라!"

그리고는 부여의자에게 오래전부터 백제가 신라를 침범하여 괴롭혀 온 일, 사치와 환락에 빠져 나라의 정사를 돌보지 않아 백성의 살림이 피폐해진 일, 나라가 망할 때에 이르러 저 혼자만 살겠다고 자식들과 성민을 버리고 도주한 일, 그리하여 후궁과 궁녀들이 모두 백강에 뛰어들어 자결을 하게 한 일 등 모든 잘못을 하나하나 들먹이며 꾸짖었다.

그런 뒤 은고를 향해서도 남편을 제대로 보필하지 않고 오히려 더 망국의 지름길로 이끈 죄를 물었다. 은고는 대제의 말에 한마디도 지지 않고 대꾸를 하곤 하였다. 기가 막힌 대제는 그녀의 옷을 벗기고 볼기를 쳤다. 그러자 백제인들이 차마 보지 못하고 다 고개를 돌렸다. 매를 맞으면서도 은고는 이를 악물며 앙칼진 소리를 내었다.

"아무리 패망하였다지만 어찌 일국의 왕후를 이렇게 대할 수 있다는 말이오!"

"다 네년이 자초한 일이 아니더냐? 저년의 입에서 아무 소리도 나오지 않을 때까지 매우 쳐라!"

은고는 몇 대 더 맞지 않아 실신하고 말았다. 부여의자가 땅을 치며 울었다. 대제는 마지막으로 한 번 더 나무랐다.

"멀쩡하였던 나라가 망한 것보다 악독한 네 계집이 매 맞는 것이 더 슬프단 말이냐?"

대제는 더 말할 가치도 느끼지 못하여 다른 죄인들을 끌어내게 하였다. 모척과 검일도 여러 죄인들 속에 들어있었다. 대제는 두 사람의 죄목을 아뢰는 소리를 들었다.

"모척과 검일은 본디 우리 신국 신라 사람으로서 지난날 대야성의 군향고를 불 지르고 우물에 독을 탄 뒤 백제의 군사들을 성안으로 끌어들여 함락되도록 하였사옵니다. 그로 말미암아 도독 품일과 고타소 부부를 죽게 한 대역죄인이옵니다."

"저 두 놈의 사지를 찢어 죽여서 강물에 던지거라!"

검일은 자신이 백제에 있으면서 신라의 밀정 노릇을 해온 사실을 밝히지 않고 순순히 죽음을 받아들였다. 그렇게 하는 것만이 한 사람의 사내로서 마지막 가야할 길이라고 여겨서였다.

죄인들에게 벌을 다 내린 대제는 공을 세운 사람들에게는 상을 내렸다. 병관좌평 임자에게는 구수를, 첩자 조미갑에게는 탑등을, 그리고 웅진성주 예식진에게는 당담요를 내려 치하하였고, 칙목을 비롯한 그 밖의 여러 사람들에게는 신라의 비단을 내려주었다.

유신이 좌평 임자에게 다가갔다. 임자는 자리에서 일어나 공손히 절을 하였다. 유신이 말하였다.

"내 지난날 조미갑의 입을 빌어 공께 약속한 말을 잊지 않고 있소."

"저는 그저 김유신공의 처분만 바랄 뿐이옵니다."

스물 여덟째 마당

소열표욕 蘇烈表慾

소정방이 야욕을 드러내다

신라군과 당군이 함께 어울려 연일 잔치판을 벌여 떠들고 마시는 틈을 타 흑치상지는 허술한 옥문의 아래 땅을 파 문짝을 내려 앉힌 뒤 밀어서 무너뜨리고 탈주를 하였다. 부여의자와 그의 아들들이 갇혀 있는 옥문을 부수고 함께 달아나려고 하였지만 신라군이 뒤늦게 알고 몰려드는 바람에 같은 옥사에 있던 장수 십여 인하고만 도망칠 수밖에 없었다.

흑치상지는 성 밖 야지와 산중에 흩어져 있던 백성들과 군사들을 끌어 모은 뒤, 웅진성에 비하여 신라군과 당군이 적은 수로 지키고 있던 임존성을 공격하여 탈취하였다. 그 소문을 들은 옛 백제의 백성들이 하나둘 임존성으로 도망쳐 와 열흘도 지나지 않아 삼만을 헤아리기에 이르렀다.

당 총관 소열과 신라의 대장군 유신은 그들의 형세가 더 커지기 전에 토벌하고자 양군을 동원하여 공격하였지만 흑치상지의 군사가 많고 지형이 워낙 험하여 겨우 임존성 밖에 쳐 놓은 목책만 깨뜨렸을 뿐이었다.

당 총관 소열이 유신에게 물었다.

"흑치상지는 어떠한 장수이오?"

"기골이 장대하고 도량이 넓어 성내에서 중망이 드높다고 알고 있소."

과연 그러하였다. 그의 휘하에 있던 군졸이 한번은 흑치상지의 말을 때리며 심하게 다룬 적이 있었다. 부장이 그 군졸을 치죄하기를 말하자 흑치상지는 웃으며 말하였다.

"비록 내 말이 소중하기는 하나, 지금 소중하기로 말한다면 한 사람의 군사가 더 소중하지 않은가? 또한 군졸이 사사로운 실수를 했기로서니 어찌 벌을 주어 다스리겠는가?"

그리하여 성민들 사이에 흑치상지의 명망이 드높았고 합심하여 그의 영을 따르고자 하였다. 성민들은 용맹하고 충성스러운 장수 흑치상지가 당군과 신라군을 쳐부수어 옛 왕을 구출해 내리라고 믿었다.

흑치상지 말고도 잔적은 또 있었다. 여러 장수들이 남잠성과 정현성을 비롯한 산성을 차지한 채 버티고 있었고, 좌평 정무도 남은 무리를 모아서 두시원악에 진을 치고는 당군과 신라군을 상대로 유격전을 벌이며 무기와 군량을 빼앗아 성안으로 달아나곤 하였다. 더구나 주류성에는 부여의자의 숙부인 좌평 귀실복신이 성주로서 지키고 있었다.

당 총관 소열과 신라의 대장군 유신이 백제를 정벌하였다고는 하지만 실상으로는 백제의 왕성을 함락시키고 왕과 그의 자식들을 사로잡았을 뿐, 옛 백제 땅을 다 복속한 것은 아니었다. 흑치상지를 비롯한 장수와 신하들이 백성들의 호응을 얻어 승승장구하더니 순식간에 옛 백제의 북쪽 땅에 흩어져 있는 여러 성을 수복한 것이었다.

북쪽에 할거하고 있는 잔적을 소탕하는 것도 시급한 일이었지만, 그보다 먼저 해야 할 일은 이미 점령하고 있는 궁성 사비성을 비롯한 남쪽의 민심을 안정시키는 일이었다.

당 총관 소열은 황제의 명을 받들어 옛 백제 땅을 당나라의 관제와 같이 나누었다. 원래 오부 삼십칠군 이백성인 것을 고쳐 각 부에는 도독부를 설치한 뒤, 웅진도독에 왕문도를 임명하는 등 당나라의 장수들을 뽑아 도독으로 삼고 그에 딸린 각각의 주에는 자사를, 현에는 현령을 두어 다스리게 하였다. 사비성에는 특별히 낭장 유백영에게 명령을 내려 군사 일만으로써 지키게 하였다.

유신은 백제 땅이 그대로 당나라 관할이 되는 것만 같아 속이 끓었지만 아무 반발을 하지 않았다. 백제의 잔적을 치려면 아직 당군이 필요하였고, 머잖아 왜국에서 옛 백제를 수복하고자 원군을 보내올지도 모르는 일인지라 더더욱 그들이 있어야 하였다. 또 장차 고구려를 치는 데에도 당군이 없어서는 안 될 까닭이었다.

하지만 아무리 그런 이유들이 있다고 해서 옛 백제 땅을 당나라 장수들로만 지키도록 내버려 둘 수는 없었다. 유신은 당 총관 소열에게 건의하여 인태왕자가 사찬 일원, 급찬 길나를 부장으로 삼아 군사 칠천으로써 사비성주 유백영을 보좌하게 하였다. 소열은 성안에서 민란이라도 일어난다면 신라군을 먼저 투입할 속셈으로 유신의 뜻을 흔쾌히 받아들였다.

대제는 사비성으로 떠나는 인태왕자에게 신신당부하였다.

"사비성으로 가거든 당군보다 우리 신국 신라군이 더 크게 민심을 얻어야 하느니라. 당군이 여염을 노략질하기를 예사로 즐기는 바이니, 우리 신병들은 절대 그러한 짓을 벌이지 않도록 해야 할 것이다."

"예, 부황폐하."

당 총관 소열이 신라의 노당에 깊은 관심을 나타내었다. 유신은 연사노와 다사노, 그리고 천보노의 제작비법을 알려주지 않고 얼버무렸다.

"노는 나무로 만드는데 시위를 당기는 방법으로는 손으로 하는 것과 발로 하는 두 가지가 있지요."

소열은 더 묻지 못하고 말을 돌렸다.

"본관이 듣자니, 신라에 금척이라는 보물이 있다고 하더이다. 좀 보여줄 수 없겠소?"

"허허. 어찌 보여주지 않고 싶겠소만 아쉽게도 나도 그 신물이 어디에 있는지 알지 못하니 어쩌겠소?"

"어디에 있는지 모른다니 거 어인 말씀이오?"

"예전에 언젠가 금척이 스스로 하도 울어서 점을 쳐보지 않았겠
소? 신관이 말하기를, 선대왕들의 무덤에 가져가 제사를 지내야 한
다길래 그렇게 하려고 가져갔더니 갑자기 땅이 흔들리고 갈라져 사
람들이 혼비백산하는 겨를에 땅 속으로 떨어지고 말았소 큰 요동이
가라앉은 뒤 정신을 되찾고 찾으려고 하였더니 어디에 묻혔는지 아
무도 본 사람이 없어 전혀 알 길이 없었소

그로 말미암아 우리 성상께서도 비탄에 빠지시어 몇 달 동안이나
식음을 전폐하다시피 하였소 지금도 그때의 일로 나라가 망하지 않
을까 몹시 애석하게 여길 따름이오."

"허어, 어쩌다 그런 일이 다……."

당 총관 소열은 입맛만 다셨다. 출병을 하기 전에 황제로부터 백
제와 고구려를 멸한 뒤에 신라까지 아우르기 위하여 금척을 당으로
가져오든지, 만약 그것이 여의치 않으면 없애버리라는 밀명을 받은
터였다.

소열은 비록 금척을 수중에 넣지 못하고 또 직접 없애지도 못하
게 되었지만, 그것이 신라에서 사라지게 하는 것이 애초의 목적이었
기에 더 이상 미련을 둘 일이 아니라고 여겼다. 유신의 말이 미심쩍
지 않은 것은 아니었지만 지금의 신라왕도 물려받지 못하였다는 데
도 더 관심을 보인다면 당이 탐을 내고 있다는 속셈을 드러내어 보

이는 일밖에는 되지 않을 것이었다.

당 총관 소열은 옛 백제의 땅을 당의 강역으로 확고히 삼고, 장차 신라까지 무너뜨리기 위한 수순에 착수하였다. 맨 먼저 신라의 대장군 유신의 마음을 얻지 않으면 안 된다고 판단한 소열은 황제에게 유신의 공을 크게 치하하고 상을 내릴 것을 주청하였다. 황제는 사신을 보내어 당에서도 진기하게 여기는 많은 재물을 유신에게 내렸다.

소열은 크게 상을 차려놓고 은밀히 당군의 부총관 인문왕자, 신라의 대장군 유신, 장군 양도를 청한 자리에서 넌지시 말하였다.

"사실 본관은 황상으로부터 편의에 따라 일을 처리하라는 명을 받았소. 공들의 도움으로 백제를 멸하고 그 땅을 얻었으니, 이제 공들에게 백제의 땅을 나누어 주어 식읍으로 삼도록 하고자 하오. 공들의 의향은 어떻소?"

신라를 버리고 당의 신하가 되라는 말이나 다름없었다. 옛 백제 땅은 물론이거니와 더 나아가 신라까지 먹어치우려는 소열의 의도를 간파한 유신은 그 자리에서 벌떡 일어나 일갈하였다.

"옛 백제는 우리 신국 신라와 저 북쪽의 고구려와 더불어 삼한일족의 한 갈래라, 우리 성상이 다스리는 바가 되어야 하거늘, 어찌 신하 된 자가 우리 임금이 아닌 다른 사람의 말을 듣고 사사로이 식읍으로 삼을 수 있다는 말이오! 그런 되지도 않는 소리일랑 두 번 다시 입 밖에도 내지 마시오!"

그리고는 휘장을 확 젖히고 막사를 나가버렸다. 남아 있던 인문왕자와 양도는 어색하기만 한 헛기침만 내뱉을 뿐이었다.

유신을 회유하는 데에 실패한 당 총관 소열은 옛 백제 땅을 거점으로 삼아 내친 김에 신라까지 칠 생각을 하였다. 당군은 십이만이요, 신라군은 오만밖에 되지 않는 것을 생각하면 전혀 불가한 일도 아닐 것으로 여겼다.

소열은 부총관 인문왕자를 제외한 휘하 장수들을 총관의 막사로 불러 모아 유신의 신라군을 깨뜨릴 군략회의를 열었다.

당 장수들이 총관 소열의 막사에 모여 있다는 말을 들은 유신은 그 속셈을 짐작하고는 휘하 장수들에게 당군이 가장 두려워하는 신라군의 노당을 전봉으로 하여 여차하면 일전을 불사할 대비를 갖추게 하였다. 그리고는 그러한 신라군의 은밀한 동태를 소열의 귀에 흘러들어가도록 하였다.

당 총관 소열은 유신의 지휘 아래 신라군과 옛 백제 백성들이 호응하여 당군의 움직임에 면밀히 대비하고 있다는 말을 듣고는 옛 백제의 민심을 고려하지 못한 자신의 불찰을 후회하였다. 소열은 우물쭈물하다가 유신에게 사로잡혀 크게 욕을 볼까 두려워하여 얼른 당나라로 돌아가기로 결단을 내렸다.

유신은 소열이 포로들을 데리고 당으로 돌아가기로 하였다는 말을 듣고 내심 안도하였다. 백제의 잔적이 발호하고 있는 가운데 당군과 전투가 벌어지기라도 한다면 그 틈을 타 옛 백제가 다시 일어나 나라의 면모를 갖추게 될지도 모를 일이었다.

당 총관 소열은 부여의자, 은고, 부여효, 부여태, 부여융, 부여연 등 옛 왕가 사람들과 신하와 장수, 그리고 옛 백제의 백성들까지 일만여 인을 데리고 사비성 앞 백강에서 배를 타고 당나라로 향하였다. 유신은 휘하 장졸들과 더불어 나루터에 나가 돌아가는 소열을 영송하였다.

당나라 황성 장안에 도착한 소열은 황제에게 포로들을 바쳤다. 황제는 부여의자를 꾸짖은 뒤에 그의 허물을 다 용서하여 주었다. 그러자 은고가 스스로 황은에 보답하기 위하여 황제의 곁에서 시중을 들겠다고 하였다. 젊은 황제는 늙은 은고의 말을 측은하게 여겨 웃었다.

"늙은 암여우도 교태를 부리는 일에는 젊은 여우 못지않다더니, 저 군대부인이 과연 그러하도다."

"저는 그저 황상폐하의 은혜에……."

황제 옆에 앉아 있던 황후 명공이 은고의 말을 막고 크게 호통을 쳤다.

"네 이년, 앞서 작은 나라를 망하게 한 요괴와도 같은 년이 이제 또 천자의 나라까지 망하게 할 작정이더냐? 여봐라, 저년만은 천민으로 삼아 멀리 낙양의 홍등가에 집어넣어 뭇 기녀들의 시중을 들게 하거라!"

한 차례 큰 기침을 하고난 뒤에 포로들을 다 물린 황제는 소열에게 물었다.

"총관은 어찌하여 신라는 정벌하지 않고 그냥 돌아왔는가?"

소열이 잠시 허둥지둥하며 아뢰었다.

"신, 신라는 그 임금이 어질어 백성을 자식처럼 사랑하고 있었고, 신하들은 충성으로써 나라를 섬기고 있었사옵니다. 또 백성들에 있어서는 윗사람이 아랫사람 돌보기를 형과 같이 하고 있었으며, 아랫사람은 윗사람 섬기기를 마치 아우와 같이 하고 있었사옵니다. 그리하여 비록 작은 나라이오나 온 국인의 화합과 단결이 굳건하여 쉽게 도모할 수 없었사옵니다."

"짐이 황후에게 생일선물로 주려고 한다는 것을 경도 잘 알 것이다. 그래 그 신라의 보물은 가지고 왔는가?"

소열은 유신에게 들은 대로 아뢰었다. 황제는 거짓말이 아닌가 하였다. 소열이 죄를 얻을까 두려워하여 다시 말하였다.

"아뢰옵기 황공하오나, 그렇다고 해서 천병으로 하여금 신라의 왕궁을 뒤질 수도 없는 노릇이 아니겠사옵니까? 장차 고구려를 치고 난 뒤에 신라까지 무너뜨린다면 자연히 황상의 수중에 떨어질 것이옵니다."

황제는 고개를 끄덕였다.

"총관의 말이 옳다. 무릇 어린아이의 손에 든 떡도 억지로 빼앗으려 들면 할퀴기 마련이다. 때가 되면 다 절로 얻게 될 것이니 짐은 더 이상 조급해 하지 않겠다."

얼마 지나지 않아 옛 백제왕 부여의자가 병으로 죽었다고 하는데 병명이 무엇인지 알지 못한다고 하였다. 황제는 아마도 나라를 잃은 화병일 것이라고 안타깝게 여겼다. 그를 금자광록대부 위위경으로 추증하고 옛 백제의 신하들에게 문상과 부곡을 윤허하였다.

조서를 내려 북망산에 있는 진왕 숙보의 무덤 곁에 장사를 지내게 하고, 그 무덤 앞에는 옛 백제의 마지막 왕이라는 비석을 세울 수 있도록 하였다. 그리고 그의 아들 부여융에게 사가경 벼슬을 내리고 다른 사람들에게도 차등 있게 벼슬을 하사하였다.

"어찌하여 망국의 신하들에게 후히 벼슬을 내리시옵니까?"

"옛 백제의 백성들이 이러한 소식을 듣고 짐의 은혜와 도량에 감복하도록 해야 하지 않겠는가? 그들이 짐에게 귀부하기보다 신라의 왕에게 내부하려 든다면 군사를 내어 백제를 친 보람이 없지 않겠는가?"

"과연 혜안이시옵니다."

"지금 옛 백제 땅의 형편은 어떠한가?"

"북쪽 작은 성 몇 곳에 아직 잔적이 항거를 하고 있사옵니다만, 나라를 다시 일으켜 세울 세력은 못 되오니 과히 성려하지 마옵소서."

"왜국에서 옛 백제로 원군을 보내온다면 그때는 어찌 해야 하겠는가?"

"그들이 배로써 험한 바닷길을 헤치고 오는 탓에 많이 지쳐 있게 될 것이옵니다. 그런 까닭에 하루 바삐 육지에 상륙하여 전열을 가다듬으려 할 것이오니 그 전에 바다에서 격파를 해야 할 것이옵니다.”

“그리 대비하라. 아직은 옛 백제 땅이 온전치 않으니 유신이 이끄는 신라군과 긴밀하게 힘을 합쳐야 할 것이다. 신라를 도모하는 일은 그 다음의 일이니 우리 천병이 망국의 백성들로부터 민심을 잃지 않도록 각별히 단속하라.”

집요항쟁 執拗抗爭

끈질기게 맞서 싸우다

임존성주 흑치상지와 호응하며 주류성을 점거하고 있던 좌평 귀실복신은 사비성이 함락된 지 두 달이 지나도록 조카손자 부여풍으로부터 아무 소식이 없자 왜국으로 사신을 보냈다.

동경 동조에 도착한 달솔 정진이 왜 여왕 다카라에게 말하였다.

"지난 칠월에 신라가 우리 대백제국을 친하게 여기지 않고 오히려 당군을 삼한 땅으로 끌어들여 서경 사비성을 무너뜨리며 나라를 멸망시켰사옵니다. 이에 임금과 신하가 모두 포로가 되고 백성들도 거의 없어지게 되었사옵니다."

"본국 백제가 망하였다니? 자세히 말해보라."

달솔 정진은 눈물을 훔치고 있는 가운데 사미 각종이 아뢰었다.

"금년 칠월 초열흘에 당 총관 소열이 전선 수천 척에 십이만 수군을 거느리고 기벌포로 들어와 백강의 나루터인 미자진에 주둔하였사옵니다. 또 신라의 대장군 김유신은 사만오천 병마를 이끌고 탄현을 넘어 황산에서 우리 백제군 오천 결사대를 깨뜨린 뒤 소열과 서로 협공하여 그로부터 사흘 뒤에 왕성을 함락시켰사옵니다.

이에 임금과 왕자들과 신하들은 다 포로가 되었는데, 달솔 흑치상지와 좌평 귀실복신 등이 각각 임존성과 주류성에 웅거하여 흩어진 군졸과 백성을 불러 모았사옵니다. 처음에는 병장기가 없어 막대기를 들고 싸웠사온데, 사력을 다하여 신라군과 당군을 물리친 뒤 그들의 창검과 방패를 빼앗아 무장을 하였기에 우리 백제의 군사들이 다시 용감하고 날쌔져 두 나라의 군사들이 감히 다시 쳐들어오지 못하였사옵니다.

이에 백성들이 달솔 흑치상지와 좌평 귀실복신을 높이 받들며 이미 빼앗긴 땅을 되찾고 망한 나라를 부흥시키고자 한마음으로 굳게 뭉치기에 이르렀사옵니다."

"아, 결국 나라가 망하였다는 말인가!"

듣고 있던 부여풍이 땅을 치며 눈물을 흘렀다. 지난 칠월에 부왕의 명을 받아 왜국으로 온 뒤에 원군과 함께 시급히 백제로 돌아가고자 하였지만, 왜왕이 백제가 쉽게 망할 리 없다며 출병을 차일피일 미루는 바람에 그때까지 홀로 애태우고 있던 차에 들은 비보였다.

왜 여왕 다카라가 부여풍을 위로한 뒤에 비로소 신하들에게 명을 내렸다.

"적을 무찌를 군기를 갖추어 조련을 개시하라! 또 바다를 건널 병선을 만들라!"

왜국에서 출병 채비가 한창인 시월이 되어 주류성주 귀실복신이 또 왜국으로 사신을 보내었다. 좌평 귀지는 끌고 온 당군의 포로 일백여 인을 왜 여왕 다카라에게 바친 뒤에 말하였다.

"당 총관 소열이 저 벌레와 같은 신라군을 거느린 채 우리 대백제국의 영토를 침노하여 사직을 전복시키고 임금을 비롯한 왕실 사람들과 신하들과 수많은 백성들을 포로로 사로잡았사옵니다."

"슬프디 슬픈 그러한 소식은 이미 들어서 알고 있다. 당의 포로가 된 본국의 왕은 지금 어찌 되었는가?"

"왕께서는 왕비 은고, 왕자 융 등과, 또 대좌평 천복, 좌평 손등, 좌평 국변성을 비롯한 신하와 일만 이천여 백성들과 함께 당의 장안으로 끌려가셨사옵니다. 하온데, 그로부터 얼마 지나지 않아 왕께서는 치욕을 참지 못하시고 밤낮으로 전전긍긍하시다가 끝내 붕어하셨사옵니다."

"아, 어찌 그럴 수가!"

"아뢰옵건대, 지금 본국에서는 달솔 흑치상지와 좌평 귀실복신 등이 갖은 고초 끝에 임존성과 주류성을 차지하여 다시 백성을 모아 나라를 이루려 하고 있사옵니다. 이에 우리 대백제국이 부여풍 왕자님을 맞이하여 새로 나라의 주인으로 삼고자 하옵니다."

"장하도다. 본국과 우리가 서로 힘써 도와 위험으로부터 구하고

끊어진 것을 다시 이어온 일은 예로부터 있어온 바이다. 이제 본국
에 개국 이래 가장 큰 화란이 생겼으니 어찌 두고 볼 수만 있겠는가?

곧 장군들에게 명을 내려 바닷길로 함께 나아가게 할 것이다. 제
장은 마땅히 구름처럼 모이고 번개처럼 움직여서 저 악한 당군과
신라군을 베고 위급한 지경에 빠져 있는 본국을 구원해야 할 것이
다. 또 왕자 풍과 처자와 풍의 숙부 충승도 떠날 채비를 하라.”

부여풍은 왜국의 군사를 이끌고 하루라도 빨리 백제로 돌아가고
파 온종일 서쪽 바닷가에 나가 절치부심하는 것을 일과로 삼았다.
넓고 거친 바다를 건널 병선이 빨리 마련되기를 빌고 또 빌었다. 그
러면서 그는 고군분투하고 있을 백제의 군사들을 떠올렸다.

“흑치상지! 귀실복신! 그대들이 있기에 절망하지 않겠소. 내가 갈
때까지 조금만 더, 조금만 더 버텨주구려.”

왜국의 원군이 반드시 오리라 믿고 있던 임존성주 흑치상지는 군
사들을 민복으로 갈아입게 한 뒤에 사비성으로 가 거짓으로 항복하
게 하였다. 그런 뒤 성민들과 함께 반란을 일으켜 성을 점령토록 영
을 내렸다.

사비성주 유백영과 인태왕자는 항복하러 온 사람들이 다 장정인
것을 알고 수상한 낌새를 느꼈다. 그리하여 그들이 성민들과 합세하
여 들고 일어나기 전에 양국의 군사를 동원하여 다 붙잡아 묶어놓
고자 기습을 하였다.

계책이 탄로 난 백제군은 성 밖으로 쫓겨 달아났다. 사비성의 남

쪽 산마루에 모여서 나무 울타리를 세우고는 진을 형성하였는데, 밤을 틈타 산 아래로 내려와서는 민가를 헤집고 다니며 노략질을 하곤 하였다. 그러자 옛 백제 백성들 중에 적지 않은 수가 집을 버리고 그들에 부응하였다.

"잔적의 편으로 돌아선 성이 스무 곳이 넘는다고 하옵니다."

진노한 대제는 태자 법민과 더불어 몸소 군사를 이끌고 가 잔적이 할거하고 있는 요충 가운데 하나인 이례성을 쳐 깨뜨린 뒤에 성 안에 남아있던 군사들과 백성들의 목을 다 베어버렸다.

"아무리 은덕을 베풀고자 하나, 틈만 나면 헌신짝처럼 저버리고 도리어 달려들기를 예사로 하니 더는 관용으로써 감싸지 못할 바이다! 이러한 본보기를 잔적들에게 널리 알리도록 하라!"

그러자 그 서슬에 놀라고 두려움에 휩싸인 나머지 옛 백제의 백성들이 곳곳에서 재반란을 일으켜 군사들을 묶어놓은 뒤에 성문을 열고 항복하기 시작하였다. 얼마 지나지 않아 당군과 신라군으로 돌아온 성이 이십여 곳을 헤아렸다.

"괴이한 일이군."

그즈음 유신은 고구려에서 아무런 움직임이 없는 것이 이상하였다. 백제가 망하고 패주 부여의자가 당나라로 끌려간 뒤에 죽은 지도 여러 날이 흘렀다. 왜국에서는 원군이 오는 데 시일이 많이 걸려 그들이 전쟁에 뛰어들지 어떨지 아직 알 수 없는 일이라고 하지만 고구려는 왜국과 다르지 않은가.

마치 그러한 유신의 의문에 화답이라도 하듯이 고구려가 군사를 일으켰다. 신라가 당군을 끌어들여 백제를 멸망시킨 것에 분개하고 있던 고구려 태대대로 연개소문이 장수 뇌음신에게 군사를 주어 신라의 칠중성을 포위하였다.

칠중성주 필부가 군사들을 독려하여 고구려군에 맞서 용감하게 싸운 지 이십여 일이 흘렀지만 승패가 나지 않았다. 칠중성은 신라와 고구려의 국경을 이루는 요충이라 성안에 비밀병기 발연거를 비롯하여 여러 가지 쇠궁을 쓰는 노당까지 두고 있었지만, 풍향이 맞지 않아 발연거는 무용지물이었고, 화살과 주먹돌 따위도 거의 다 떨어져 가고 있었다.

하지만 그러한 신라군의 형편을 알지 못한 채 오직 완강한 저항에 넌덜머리가 난 고구려군은 군량이 바닥나고 사기마저 떨어져 그만 군사를 물려 돌아가려고 하였다. 그때 원래는 고구려인으로 신라에 붙잡힌 뒤 작은 공을 세워 대나마 벼슬에 있던 비삽이 몰래 고구려 장수 뇌음신에게 사람을 보내어 성내의 사정을 알렸다.

"성안에서도 식량이 다하고 화살과 같은 무기가 몇 대 남지 않았으니, 만약 총공세를 펼치면 반드시 함락시킬 수 있을 것이오."

그에 힘을 얻은 뇌음신은 군사들의 전열을 가다듬어 크게 공격을 감행하였다. 칠중성주 필부는 물려가려던 고구려군이 군사를 돌려 세찬 공격을 해오자 성내에 배신자가 있음을 깨닫고는 부하들의 행적을 일일이 탐문한 끝에 대나마 비삽으로부터 자백을 받아내었다.

필부는 직접 칼을 빼어들고 비삽의 머리를 베어 성 밖으로 던지고는 휘하 장졸들에게 소리쳤다.

"무릇 충신과 의인은 죽을지언정 굽히지는 않는다고 하였다! 마지막으로 사력을 다하라! 우리 칠중성의 존망이 오직 이 한 번의 싸움에 있다!"

그런 뒤 당당히 성루에 서니, 부상당한 군사들과 병든 백성들까지 분연히 떨치고 일어나 앞다투어 성벽으로 다가들었다. 때마침 거센 바람이 성 쪽으로 불자 고구려군은 불화살을 쏘며 공격해 왔다. 신라군은 뜨거운 화염 속에서도 물러나지 않고 노를 쏘고 팔매질을 해대었다.

그러나 시간이 지나도 고구려군의 공세는 수그러들지 않았고, 수성하고자 하는 신라군은 피로하여 힘이 떨어진 채 죽고 큰 부상을 당하여 온전히 사지를 놀릴 수 있는 자가 절반도 되지 않았다.

마침내 고구려군이 성벽을 넘어 들어오기 시작하였다. 필부는 상간 본숙, 부장 모지, 군책사 미제 등과 함께 적을 향하여 쉬지 않고 활을 쏘았다. 허공을 날며 오가는 화살이 비 오듯 하는 중에 필부는 적의 화살 수십 대를 맞았다. 몸통과 팔다리가 찢어지고 잘리어 나가 흘러내리는 피가 뒤꿈치까지 가득 고여 적시는 데도 필부는 두 눈을 부릅뜬 채 환두장검을 휘두르기를 멈추지 않았다.

드디어 필부가 힘이 다하고 정신을 잃어 앞으로 엎어져 죽었다. 피칠갑이 되어 온통 붉어진 손은 죽어서도 칼자루를 굳게 쥐고 있을 뿐 놓지 않았다. 필부를 따르던 장졸들도 용맹하기가 다 마찬가지였다.

성을 함락시킨 고구려 군사들은 여느 때처럼 큰 구덩이를 파 신라군의 시체를 아무렇게나 던져 넣지 않고, 누가 시키지도 않았는데도 한 구 한 구 거두어 바르게 묻어주었다. 그것을 본 뇌음신은 칠중성주 필부의 시체는 말에 실어 신라로 보냈다.

"아, 필부! 용맹한 장수 필부여!"

대제는 그 자리에서 슬피 통곡하였다.

"이제 왕경으로 돌아가 다음의 일을 구상하여야 할 때이옵니다."

대제는 유신의 말을 좇아 옛 백제의 땅에서 신라의 왕경 서라벌로 돌아왔다. 장렬히 전사한 칠중성주 필부에게는 급찬의 관등을 추증하였고, 계금졸 선복에게는 급찬을, 군책사 두질에게는 고간을, 유사지, 미지활, 보홍이, 설유 등 필부의 부장들에게도 관작을 내렸다.

또 앞서 공을 세웠거나 신라에 내부한 백제인들에게도 모두 그 재능을 헤아려서 관직에 임용하였다. 좌평 충상과 달솔 상영, 달솔 자간에게는 일길찬의 관등을 주어 총관의 관직을 맡겼고, 은솔 무수와 은솔 인수에게는 똑같이 대나마의 관등을 주어 각각 대관대감의 관직과 대관제감의 관직을 하사하였다.

"성상폐하, 이제 바야흐로 고구려가 군사를 일으키기 시작하였으니 그에 대처하지 않을 수 없사옵니다."

"그러하옵니다, 폐하. 옛 백제를 도모한 것만으로 만족하여 여기서 그만둔다면 장차 고구려가 큰 후환이 될 것이옵니다.”

“옛 백제 땅은 당분간 모른 척 당군에게 맡기시고 고구려에 총력을 다 해야 할 줄 아옵니다.”

“짐의 생각도 경들과 같소. 당군과 남북으로 협공을 한다면 저 평양성이 불가능하지만은 않을 것이오. 대장군 김유신 공은 여러 신하들과 더불어 고구려를 정벌할 군략의 대계를 짜도록 하오.”

유신은 대제에게 아뢰어 당 황제에게 사신을 보낼 것을 주청하였다. 당나라가 대군을 내어 육로로는 요동을 향하여, 또 해로로는 패강을 향하여 출병을 해준다면 자신은 신라군을 이끌고 당항성 등에서부터 치고 올라갈 작정이었다.

그렇게 한다면 고구려군은 남북과 서쪽, 세 갈래로 병력을 나눌 수밖에 없어 전세가 크게 약화될 것이었다.

당 황제도 그러한 점을 모르지 않았다. 선황제가 실패하였던 고구려 정벌, 이제야 복수를 할 때가 무르익었다고 판단하여 하남, 하북, 회남을 비롯한 예순일곱 주에서 군사를 모집하였다. 또 토번, 고창, 계단, 돌궐과 같은 번국들에 명을 내려 군사를 동원하게 하였다.

“좌효위대장군 계필하력을 패강도 행군대총관으로, 임아상을 행군총관으로 삼노니 수만의 군사를 배에 나누어 태워 해로로 나아가라. 좌무위대장군 소열은 요동도 행군대총관으로 임명하노니 또한 수만의 군사로써 육로로 진군하라.”

“황상폐하, 삼가 봉명하겠사옵니다.”

"또 좌효위장군 유백영을 평양도 행군대총관에, 포주자사 정명진을 누방도총관에, 홍려경 소사업을 부여도 행군총관에 제수하노니, 돌궐 등의 번국에서 합세한 군사를 거느리고 고구려의 왕도 평양성으로 나아가라."

그리하여 모두 삼십오 군단이나 되는 당의 대군이 바다와 육지의 여러 갈래로 길을 나누어 동시에 나란히 전진하였다.

당 황제는 그것으로도 안심이 되지 않아 몸소 대군을 거느리고 나아가려 하였다. 울주자사 이군구가 아뢰었다.

"폐하, 고구려는 작은 나라인데 어찌 천자께서 직접 깨뜨릴 것이 있겠사옵니까? 이미 천병이 길을 나누어 떠난 까닭에 대국의 위엄이 만방에 빛났사온데, 이제 또 그 뒤를 이어 군사를 내어 천자의 수레가 옮겨 다닌다면 천하가 다 피로하게 되옵고 사해가 다 불안에 떨 것이옵니다."

황제는 신하들에게 물었다.

"다들 그리 생각하는가?"

신하들이 모두 이군구의 말에 찬동하는데도 황제는 친병을 거느리고 출전하고자 하는 뜻을 굽히지 않았다. 군신이 다 난감해하고 있는 바로 그때 황후 명공이 나타나 고개를 뻣뻣이 든 채 황제에게 핀잔을 주듯 말하였다.

"이미 많은 군사가 고구려를 치러 떠났는데, 천하의 주인이 그 꽁무니를 따르는 것은 모양새가 나지 않사옵니다."

황제는 그제야 웃으며 말하였다.

"허허, 듣고 보니 황후의 그 말 한마디에 짐이 정신이 번쩍 드는
구려."

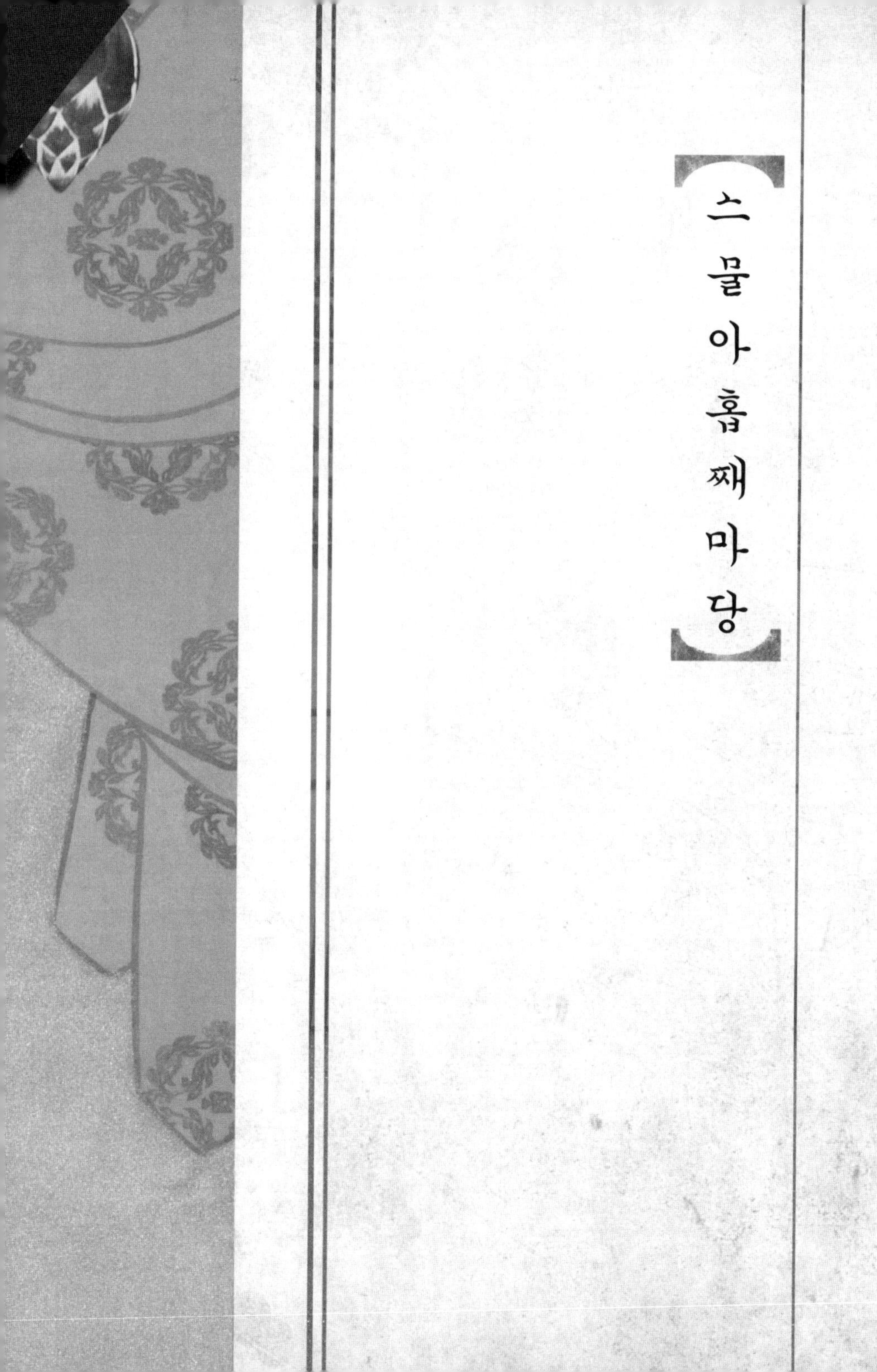

스물아홉째 마당

경적몰패 輕敵沒敗

적을 업신여겨 아주 패배를 당하다

동조 왜 여왕 다카라가 난파궁에 행차하여 신하들에게 물었다.

"내가 앞서 좌평 귀실복신이 청한 뜻에 따라 서조 백제를 위해 신라를 정벌하려고 준하국에서 병선을 만들도록 명령하였다. 그 일은 어찌 되어 가고 있는가?"

"다 만든 배를 지금 속마교로 끌어오고 있는 중이옵니다."

왜왕이 병선을 직접 보려고 기다렸다. 밤이 되자 난데없이 바람이 크게 불어와 바다에 떠 있던 병선들의 이물과 고물이 크게 요동을 쳤다. 그중 수십 척은 서로 부딪히는 바람에 뱃전이 부서져 가라앉고 말았다. 구경하러 나온 사람들이 수군거렸다.

"저 따위 배로는 바다를 무사히 건너가더라도 패할 징조가 아니겠는가?"

“말조심하게. 목이 몇 개나 되는 줄 아는가보군.”

“사실 말이지 이미 망한 본국을 구원하러 가는 것을 내켜하는 사람은 아무도 없지 않은가?”

“하긴, 멀고 험한 바닷길을 헤치고 가서 백제군으로부터 큰 도움도 없이 당군과 신라군에 맞서 싸워야 한다니 승산이 적어도 너무적은 싸움이 될 것이야.”

“출전을 거부하고 나선 장군들도 있다고 하더군.”

“그래? 그러고도 무사할까?”

“벌써 몇몇은 잡혀서 목이 달아났다는 말도 있다네.”

며칠 뒤인 임술년 정월 초엿샛날, 왜 여왕 다카라는 드디어 명을 내려 병선에 장졸들을 나누어 타게 한 뒤에 서쪽 바닷길로 출범시켰다. 부여풍이 백제로 돌아가고자 간청을 하였지만 다카라는 혹시라도 돌아가서 잘못될까봐 그를 보내주지 않았다.

“본국을 수복하고 안정되기를 기다려 그대를 보내주겠노라.”

왜군이 탄 큰 병선들은 그로부터 이틀 후에는 대백해에 이르렀고, 열나흗날에는 숙전진에 정박하였다. 그리 서두를 것도 없이 파도가 사나워지면 잠잠해질 때까지 가까운 포구에 피신하였다가 전진하기를 반복하면서 바닷길을 헤치고 나아갔다.

“이거 도대체 왜국에서 원군은 언제 오는 거야?”

“설마 원군이 오지 않는 것은 아닐까?”

“그럴 리가 있나. 본국이 망하려는 터에 왜왕이 나 몰라라 하지는 않을 걸세."

"암 그렇고말고. 그의 조상들도 다 이곳에 묻혀 있으니 말일세."

옛 백제의 잔적들은 간절한 심정으로 왜국의 원군을 기다리며 곳곳에서 유격전을 벌이고 있었다. 그들은 옛 백제의 왕성인 사비성에 대한 집착이 유난히 커 틈만 나면 공격을 해 왔다.

대제는 이찬 품일을 대당장군으로 삼고, 잡찬 문왕왕자, 대아찬 양도, 옛 백제인으로 아찬 충상 등으로 품일을 보좌하게 하였다. 또 잡찬 문충을 상주장군으로 삼고, 아찬 진왕왕자로 그를 보필하도록 하였다. 아찬 의복은 하주장군으로, 무훌과 욱천은 남천대감으로, 문품은 서당장군으로, 의광은 낭당장군으로 삼아 품일의 뒤를 받치게 하였다.

군사를 정돈한 품일은 먼저 당보군 한 무리를 보내어 옛 백제의 잔적들이 점거하고 있는 두량윤성 남쪽에 군영을 설치할 땅을 살펴보게 하였다. 그것을 본 백제군이 몰래 성 밖으로 나와 신라의 당보군을 쳤다. 예상치 못한 봉변을 당한 신라군은 놀라서 흩어져 달아나 돌아왔다.

품일은 두량윤성 남쪽에는 군진을 치기에 마땅하지 않음을 알고 군사를 고사비성 밖에 주둔시켰다. 그런 뒤 두량윤성을 공격하였지만 사십여 일이 지나도록 깨뜨리지 못하였다.

그 소식을 들은 대제는 다시 이찬 흠순, 이찬 진흠, 이찬 천존, 소판 죽지 등 신라의 내로라하는 장수들을 거의 다 동원하다시피 하여 품일을 돕게 하려고 하였다. 하지만 유신이 병력이 한곳으로 쏠리는 것은 위험하다고 하여 새로 명을 내려 군사를 거두었다.

그리하여 두량윤성을 공격하였던 대당과 서당이 먼저 행군하고 하주의 군사들은 후군이 되어 맨 뒤에서 가게 되었는데, 빈골양에 이르러 느닷없이 백제의 군사를 만나는 바람에 서로 다급하게 싸우게 되었다.

행군의 군진을 교란하며 신출귀몰하게 치고 빠지는 백제군의 전술에 휘말려 신라군은 패하여 후퇴하지 않을 수 없었다. 비록 사상자는 적었지만 병기를 아주 많이 빼앗기고 군량을 실은 수레들이 파손되어 타격이 매우 컸다.

대제는 대당과 서당 그리고 하주의 군사가 패퇴하였음을 듣고 여러 왕자들의 안위가 염려되어 장군 흠순, 진흠, 천존, 죽지를 보내어 구원하게 하였다. 원군이 날래게 달려가 가시혜진에 이르자 품일의 대당 군사 등이 안전하게 물러나 가소천에 이르렀다는 척후의 말이 들려 군사를 돌렸다.

한편, 상주와 낭당의 군사들도 각산에서 잔적들을 만났지만, 그들은 당황하지 않고 일사불란하게 진격하여 백제의 군진으로 쳐들어가서 이천 인의 목을 베었다. 그리고는 각산 일대에 불을 질러 다시는 백제의 잔적들이 할거하지 못하도록 하였다.

대제는 왕경으로 돌아온 장수들을 가려 패배한 대당, 서당, 하주의 장군들에게는 벌을, 승리한 상주와 낭당의 장수들에게는 상을 내렸다.

"정녕 망국의 잔적들을 일거에 소탕할 계책이 없단 말인가? 벌써 해가 바뀌지 않았는가?"

군신들은 머리만 조아릴 뿐이었다. 태자 법민이 말하였다.

"우리 신국 신라의 신병들이 그간 크고 작은 전투에 늘 전봉이 되어 용감하게 싸웠사오니, 이제 잠시 쉬도록 하는 것이 좋겠사옵니다. 머잖아 당에서 고구려를 정벌하고자 대군이 출병할 것이옵니다. 그에 대비하여 힘을 비축하여야 하지 않겠사옵니까?"

"태자의 말에 일리가 있도다. 군사를 쉬게 하는 것은 좋으나, 망국의 잔적들과 당군의 동태를 살피는 일을 게을리 하지 말아야 할 것이다."

그즈음 주류성을 점거하고 있던 귀실복신은 패주 부여의자의 숙부임을 내세워 스스로를 상잠장군이라 일컬었는데, 중 도침도 그에 지지 않고 영군장군으로 자칭하며, 두 사람이 함께 같은 성안에서 서로 대등한 군세를 이루고 있었다.

"동조에 사신을 두 번이나 보내어 풍 왕자와 원군을 청하였는데, 아직까지 아무런 소식이 없으니 어찌된 일이겠소?"

중 도침은 왜국의 원군은 몰라도 부여풍이 돌아오는 것은 마땅치 않아 하였다. 은근히 새 왕의 자리를 탐내고 있던 터인데, 부여풍이 돌아와 종조부가 되는 귀실복신과 합세하게 된다면 민심이 다 그를 따르게 될 것이 뻔한 일이었다.

"풍 왕자님은 우리가 대백제국을 온전히 부활시킨 다음에 모셔 와도 되지 않겠소?"

"그렇지 않소. 나라를 되찾기는 글렀다고 여겨 점차 민심이 당과 신라에 붙고 있지 않소? 이러한 때에 풍 왕자를 시급히 모셔와 지체 없이 왕으로 추대하여야만 이반하고 있는 민심을 되돌릴 수 있소."

"정 그렇게 생각하신다면 동조에 한 번 더 사람을 보내보시구려."

귀실복신은 중 도침이 감추고 있는 야망을 모르는 바 아니었다. 그지없이 괘씸하여 당장 요절을 내고 싶었지만 아직은 때가 아니었다. 그를 따르는 승군과 승군은 부처님의 가호를 받고 있을 것이라고 여겨 그들을 따르는 군사가 적지 않아 두 패로 갈라져 큰 싸움이 일어난다면 성 밖에서 쳐들어올 기회만 엿보고 있는 당군에게 어부지리를 안길 것이 뻔하였다.

귀실복신은 왜국으로 사신을 보낸 뒤에 임존성주 흑치상지를 비롯하여 옛 백제의 서북쪽에 할거하고 있는 각 성주에게 통문을 돌렸다. 근거지로 삼고 있는 각 성이 위험하지 않게 서로 군사를 조금씩 내어 옛 왕성 사비성을 포위하여 탈환하자는 취지였다.

성주들은 다 호응하였다. 귀실복신은 각지에서 모여든 군사를 직접 지휘하여 사비성을 포위하였다. 그리고는 사비성주 유백영에게 사람을 보내어 말하였다.

"이제 성이 고립되었으니 장군은 구원을 받을 수 없게 되었소. 만약 장군이 성을 버리고 당으로 돌아가겠다면 우리가 안전하게 배에 태워 전송하여 주겠소.”

유백영은 노발대발하였다. 당 황제는 조서를 내려 장수 유인궤를 검교 대방주자사로 임명하여 군사를 거느리고 사비성으로 진격하게 하는 한편, 신라군으로 하여금 지름길로 달려가 유백영을 구원하도록 명을 내렸다.

조서를 받아든 유인궤가 기뻐하며 말하였다.

“하늘이 장차 이 늙은이를 높은 자리에 앉히려 하는구나.”

그는 당 황제에게 책력과 묘휘를 주청하여 받아가지고는 부장들에게 떠들었다.

“이제 내가 동이를 평정하고 대당의 정삭을 반포할 것이다.”

귀실복신과 도침은 유인궤가 자신들을 평정한 뒤에 당으로 돌아가지 않고 그대로 머물면서 신라까지 쳐 당의 번왕으로서 백제와 신라 땅을 다 다스리려는 야욕을 품은 것을 알고는 달솔 집득을 보내어 말하였다.

“내가 알기로, 당이 신라와 약속하기를 백제인이라면 남녀노소를 막론하고 모두 죽인 후에 옛 백제의 땅을 신라에 넘겨주기로 하였다고 하니, 가만히 앉아서 헛된 죽음을 기다리기보다는 차라리 싸우다가 죽는 편이 낫다고 생각하여 조그만 진지를 구축하고 있을 뿐이오.”

이에 유인궤는 편지를 써 사자에게 주어 귀실복신에게 보내었다.

“천하의 화복은 천자의 인자함에 달려 있느니 하물며 삼한에 있

어서이겠소 백제인이든 신라인이든 당인이든 인명은 어느 나라 사
람 가릴 것 없이 귀중하고 막중한 것인데 어찌 함부로 해할 것이라
여긴단 말이오. 내 장담하고 맹약하건대, 그런 일은 추호도 없을 것
이니 어서 군사를 풀고 병기를 내려놓기를 바라오. 그런 뒤에 한자
리에 머리를 맞대고 앉아 모든 사람들이 다 상하지 않고 잘 살 수
있는 화평의 길을 도모하였으면 하오."

귀실복신은 왜국으로부터 원군이 올 때까지 시일을 벌 요량으로
곰곰이 생각해 보겠다는 답서를 주어 유인궤의 사자를 돌려보내려
고 하였다.

그런데 도침은 군사의 수로나 형세로나 백제군이 우세하다고 믿
고 교만하여져서 돌아가려는 유인궤의 사자를 붙들어 한데에 세워
두고 비웃으며 조롱하였다.

"그대는 벼슬이 낮은데, 어찌하여 일국의 대장인 나에게 예를 갖
추지 않는가?"

"사자는 오직 주장의 영을 받들어 양 진영을 오가며 심부름만 할
뿐, 그 밖의 일은 아무 것도 알지 못하오."

"뭣이라?"

도침은 그를 위협하여 품속을 뒤지고는 귀실복신이 준 답서를 빼
앗았다. 그리고 그 글을 읽어보고는 귀실복신의 숨은 의도는 알아차
리지 못한 채 오해하며 웃었다.

"상잠이 당군에 빌붙어먹으려는 수작이구나."

유인궤는 사자가 빈손으로 돌아와 백제 진영에서 겪었던 바를 아뢰자 중 도침이 어리석게도 일을 그르친 것을 매우 애석하게 여겼다.

군사의 수가 적어 섣불리 공격할 엄두를 내지 못하였다. 유인궤는 백제군의 포위가 허술한 지역으로 유군을 통과시켜 사비성 안에 있는 유백영과 서로 은밀히 연락을 주고받으며 군사들을 쉬게 하는 한편 왕경 서라벌로 사자를 보내어 대제에게 신라군을 요청하였다.

대제는 장군 김흠에게 군사를 내어주어 당 장수 유인궤와 유백영을 돕게 하였다. 김흠이 군사를 거느리고 행군하여 고사 땅에 이르렀다. 귀실복신이 신라군도 출병할 것을 짐작하여 그곳에 군사를 매복해 두고 있다가 급습을 하여 패퇴시켰다. 그리고는 갈령도까지 신라군을 쫓아내었다.

김흠은 서라벌로 돌아온 뒤 대죄를 청하였으나, 대제는 그에게 잘못을 묻지 않고 오히려 위로하였다. 유인궤와 유백영은 신라군이 출병하였다가 매복하고 있던 백제군에게 당하였다는 말을 듣고는 빠른 시일 안에 다시 출동하지 못할 것으로 여겨 몹시 안타까워하였다.

"이제 더 이상 늦출 수 없다. 천병은 황상폐하의 위엄에 걸맞게 목숨을 다하여 힘써 싸워야 할 것이다!"

유인궤는 군령을 엄히 세워 군사들이 조금도 흐트러지지 않도록 통솔하였다. 대오를 정연하게 갖추어 진군하니 도침이 웅진강 어귀에 목책을 두 겹으로 세워 그들을 방어하고자 하였다.

"신라군이다!"

군사들이 소리치며 손으로 가리킨 쪽을 바라보니 과연 노장군 죽지가 신라군을 이끌고 당군과 합세하려고 진격해 오고 있었다. 유인궤는 사기가 드높아진 당군을 거느리고 백제군을 공격하였다. 신라군도 함성을 지르며 당군의 뒤를 따랐다. 기세가 꺾인 백제의 잔적들이 슬금슬금 달아나기 시작하였다.

양국의 군사들이 앞다투어 백제군을 맹추격하였다. 목책 안으로 들어온 뒤에도 멈추지 않고 백제군을 웅진강으로 거침없이 내몰았다. 전의를 잃은 백제군은 당황하여 나무다리로 한꺼번에 몰려들었으나, 모든 다리의 폭이 좁고 기둥이 약하여 하나같이 무너져 내리고 말았다. 그 바람에 물에 빠져 죽고 창검에 찔려 죽은 백제군이 무려 일만이 넘었다.

"도침이 군사를 그토록 많이 잃다니!"

귀실복신이 그 비보를 듣고는 입술을 깨물며 비분강개하였다. 웅진강을 건넌 당군과 신라군이 곧 당도할 것만 같아 귀실복신은 얼른 사비성의 포위를 풀고 물러나서 임존성으로 가서 흑치상지에게 의지하였다.

사비성에 입성한 유인궤는 유백영과 얼싸 안고 백제군을 물리치고 사비성을 구원한 기쁨을 함께 나누었다. 신라의 장군 죽지는 더 이상 그곳에 머물 까닭이 없어 성주 유백영과 인태왕자에게 군량이 떨어졌다는 핑계를 대고는 왕경 서라벌로 돌아갔다.

임존성에 든 귀실복신은 제대로 싸우지도 않고 순식간에 많은 군

사를 잃은 중 도침을 꾸짖을 생각도 잃은 채 끙끙 앓는 소리만 내었
다.

"원군! 왜국에서는 어찌하여 아직도 원군을 보내주지 않는단 말
인가!"

또다시 귀실복신이 보낸 사신이 동조에 도착하여 왜 여왕 다카라
에게 아뢰었다.

"원군과 함께 풍 왕자마마를 모셔가기를 청하옵니다."

"원군이라니? 지난 정월에 보낸 병선이 아직도 본국에 도착하지
않았다는 말인가?"

사신이 거 어인 영문 모를 소리인가 하여 눈을 크게 뜨자 다카라
도 놀라면서 사정을 알아보게 하였다. 그랬더니 놀라운 사실이 전해
졌다.

"그때 출병하였던 장군들이 바다 위에서 다 함께 모의를 하였다
고 하옵니다."

"모의라니?"

"바다를 건너 옛 본국 땅에 이르더라도 당군과 신라군에 대적하
여 이기지 못할 것을 두려워하여 병선의 머리를 다 먼 남쪽바다로
돌려 어디론가 사라져버렸다고 하옵니다."

"뭣이?"

여왕 다카라는 크게 화가 나 이제라도 그들을 모조리 추살하고
싶은 마음이 굴뚝같았지만 이미 늦은 일이라는 것을 깨달았다. 그녀

는 심기를 가라앉히려는 일환으로 왕실과 조정을 조창궁으로 옮겼
다. 그리고는 명을 내렸다.

"본국 서조의 후인들이 원군이 오기만을 기다리며 강한 적들에
맞서 아직까지 고군분투하고 있다고 하니 그 어찌 안타까운 일이
아니라 하라! 제 군신은 하루 바삐 힘을 모아 다시 원군을 보낼 채
비를 하라!"

비천화옹 飛天火甕

불타는 항아리가 하늘을 날다

　고구려 연개소문은 신라군이 옛 백제 땅에서 대거 철수한 것을 알지 못한 채 그 정예가 아직도 백제 땅에 머물고 있어 나라 안이 텅 비어 있어 공격을 한다면 충분히 승산이 있다고 판단하였다.

　조만간 당과 신라가 나라의 남북 국경과 서쪽바다를 건너서 쳐들어올 것이라 짐작하고 있던 그는 미리 신라군의 요충을 빼앗아 고구려를 공격할 전초기지를 없애 놓을 필요가 있다고 생각하였던 것이다.

　그리하여 고구려의 장수 뇌음신과 말갈의 장수 생해를 보내어 고구려와 말갈의 연합군으로 하여금 술천성을 공격하였지만 신라군이 거세게 저항하자 함락시키지 못하였다. 연개소문은 두 장수에게 군사를 돌려 북한산성을 공격할 것을 명령하였다.

뇌음신은 해로로 나아가 당항포로 진격하였고, 생해는 육로로 강을 건너 양군이 동시에 북한산성을 포위하였다. 고구려군은 서쪽에 진영을 두었고 말갈은 동쪽에 주둔하면서 열흘 동안 공세를 퍼부어대니, 신라의 성안 군사와 백성들이 힘을 합쳐 막아내면서도 함락의 위기감을 느끼고는 큰 두려움에 휩싸였다.

잠시 공격이 뜸한 것 같더니, 고구려군과 말갈군은 성 밖에 포차를 벌려 놓고 성안으로 큰 돌을 날리기 시작하였다. 성 위 망루며 성가퀴는 물론 성문 위 누각까지 날아온 돌에 맞아 기둥과 지붕이 부서졌다.

그러한 중에도 북한산성주 사대사 동타천은 노당을 독려하여 거포노로써 적의 포차에 맞서 돌을 날리는 한편, 군사들을 시켜서 수많은 마름쇠를 성 밖으로 던지게 하였다. 땅에 깔린 그것으로 말미암아 적의 병마가 성벽 바로 밑까지 다가올 수 없었다.

그럼에도 불구하고 성질이 잔인하고 사납기 그지없으며, 죽는 것을 전혀 두려워하지 않는 말갈의 군사들이 말을 타고 성벽 가까이로 달려들곤 하였다. 그들 중 많은 수가 마름쇠를 밟아 넘어져 찔려 죽었지만, 일부는 무사히 넘어 와서는 땋아 늘어뜨린 머리채 끝에 매달아 놓은 멧돼지의 어금니를 흔들며 성벽을 기어오르려고 하였다.

부녀들이 항아리에 퍼 온 분뇨를 뿌려대었지만 말갈군사들은 고개를 쳐들고 히죽 웃으며 갖가지 짐승의 가죽으로 지어 입은 옷과 온 얼굴에 떨어지는 그 더러운 것을 아무렇지도 않다는 듯이 손으

로 쓸고 혀로 핥는 것이었다. 그것을 본 부녀들은 개나 다를 바 없
는 그들의 야만성에 기겁을 하였다.

"안양사의 창고를 헐거라!"

성주 동타천의 외침에 군사들은 성안에 있는 절을 헐어서 그 재
목을 가져다가 성의 부서지고 무너진 곳마다 임시로 망루를 만들고
밧줄을 그물처럼 얽었다. 그리고는 말갈군의 화살을 막고자 마소의
가죽을 덮어쓴 채 연사노와 다사노, 천보노를 날리며 거세게 몰아쳐
오는 적을 막아내는 데에 안간힘을 썼다.

군사들이 그러할진대 성안 백성들도 가만히 숨어있지 않았다. 어
린아이들은 석투당이 팔매에 쓸 돌멩이를 주워 날랐으며, 노인과 부
녀는 부상을 당한 군사들의 상처를 처매고 더운 물을 떠먹였다.

그리하여 불과 며칠이나 견딜까 하였던 북한산성을 고구려와 말
갈의 연합대군이 쳐들어온 지 이십여 일이 지나도록 당당히 막아내
고 있었다. 하지만 성주 동타천은 얼마 더 버티지 못할 것을 예견하
였다.

그리하여 사람을 왕경으로 급파하여 성이 처한 절체절명의 위급
한 형편을 알리고, 한마음이 되어 성을 지키고 있는 군사와 백성 이
천팔백 인의 구원을 청하는 장계를 올렸다. 진달을 받은 대제가 군
신들에게 물었다.

"고구려와 동맹을 맺고 쳐들어온 말갈은 대체 어떠한 족속인가?"

"풍토가 척박한 고구려의 북쪽 땅 드넓은 곳에 여러 부족으로 나

뉘어 흩어져 살고 있는 무리들이옵니다. 그중에서 세력이 큰 것으로는 백산말갈, 골돌말갈, 안거골말갈, 호실말갈, 흑수말갈 따위가 있사온데, 흑수말갈이 가장 번성하옵니다."

"그렇다면 고구려와 연합한 것이 그 흑수말갈이라는 말인가?"

"그러하옵니다. 흑수말갈이 주축이 되어 예전부터 고구려에 부용되어 온 백산말갈 등의 부족과 함께 고구려에 군세를 더한 듯하옵니다."

"말갈의 군사들은 어떠한가?"

"대막불만돌이라고 하는 번추가 거느리옵는데, 족인들이 하나같이 행동이 날쌔고 성질이 분방하여 말을 타고 종횡무진 다니며, 두 마디 길이 돌촉으로 된 화살을 주된 무기로 삼사옵니다. 비록 짧은 돌살촉이라고는 하나 예리하기가 쇠로 만든 것 못지않아 이웃과의 전쟁 때나 사냥에 적지 않은 위력을 발휘하옵니다."

"백제는 오랫동안 왜에 붙어먹더니 고구려는 말갈에 붙어먹었구나. 우리 신국 신라가 당과 협력을 하지 않았다면 어찌 오늘에까지 나라를 온전히 보전할 수 있었으리."

"그러하옵니다. 고구려와 말갈의 군사들로 인하여 북한산성이 매우 위태롭다 하오니, 속히 군사를 내어 구원을 해야 할 줄 아옵니다."

"군사를 내는 것은 어렵지 않은 일이니, 어디에 있는 군사를 내어 어떻게 써야 할지 그 계책을 일러보라."

신하들이 다 머뭇거리며 묘책을 내놓지 못하였다. 그때 유신이 집에서 쉬고 있다가 달려와 아뢰었다.

"신이 듣건대, 북한산성이 처한 상황이 심히 급박하오나, 한산주에 가장 가까이에 있는 술천성이나 남천정에 있는 군사로써 구원하고자 한다면 또 그 국경이 다 위험에 처하게 되옵니다."

"그렇다면 어찌해야 하오?"

"어쩔 수 없이 남쪽의 군사를 출병시켜야 할 것이옵니다. 하오나, 당장 병력을 파송하더라도 길이 멀어서 쉽게 구원하기는 불가능할 것이옵니다."

"결국 북한산성은 함락되고 말 것이라는 말이오?"

"그렇지 않사옵니다."

"경에게는 북한산성을 구할 묘책이라도 있소?"

"오직 신술을 쓰고자 할 따름이옵니다."

"신술이라?"

"신에게 맡겨 주신다면 힘써 성려를 덜어드리도록 하겠사옵니다."

대제는 북한산성을 구원하는 일을 유신에게 일임하였다. 유신은 한산주로 군사를 발병할 생각은 하지 않고 밀본최사와 명랑법사, 그리고 구진천과 심심이, 양부와 군승, 또 비형과 길달이 이끄는 별파유군 귀정원 사람들만 데리고 몰래 왕경 남쪽에 있는 소두방산으로 향하였다.

"이제 어쩔 도리가 없구나!"

북한산성주 사대사 동타천은 절망감에 빠져들었다. 군사들은 다

지치고 부상을 당하여 두 발로 제대로 걸어 다닐 수 있는 자조차 몇 되지 않았고, 무기가 다 하고, 식량은 바닥났으며, 마실 물조차 몇 바가지 남지 않은 상황이었다.

성 밖에서는 고구려와 말갈 양군이 마지막으로 대대적인 공격을 펼칠 채비를 하고 있었다. 이제 곧 성이 함락되는 것은 정해진 일이나 다름없었다. 늙은 백성들은 구원군을 보내주지 않는 왕경을 향하여 임금을 원망하다가 서로를 끌어안고 울면서 죽을 때만을 기다릴 따름이었다.

부녀들이 어린아이들을 데리고 달랑 본전만 남은 성안 절간에 모여 지극정성으로 빌기 시작하였다. 신국 신라의 여인들로서 마지막으로 할 수 있는 일이란 오직 그것뿐이었다.

"비옵나이다, 비옵나이다. 천지신명과 부처님과 조상님들께 간절히 비옵나이다……."

산봉우리가 특이하게 우뚝우뚝 솟아올라 있는 소두방산에 오른 유신은 그 가운데 가장 높이 솟은 봉우리로 사람들을 데리고 갔다. 그리고는 비형과 길달에게 말하였다.

"두 분 공께서는 귀정원 무리들을 시켜 석단을 쌓아주십시오. 촌각이 급하니 서두르셔야 할 것입니다."

"알겠소이다."

비형과 길달은 무리들을 시켜 마치 귀신들의 솜씨인 양 산 여기저기에 흩어져 있는 돌덩이를 날라다가 순식간에 높은 단을 쌓았다.

유신이 크게 흡족하여 이번에는 구진천과 심심이에게 말하였다.

"자, 그대들 차례일세."

"예, 상상 존하."

구진천과 심심이, 양부와 군승이 등에 잔뜩 지고 온 것을 내려놓고 풀었다. 구진천이 그중 하나를 집어 들고는 펼쳤다. 얇은 신라 비단에 돌가루와 기름을 수백 번이나 펴 발라 항아리 모양으로 기워 놓은 것이었다. 꼰 명주실로 아구리를 얼마간 쥔 뒤에 아래에는 기름주머니를 달고 또 숯 토막을 매어 단 위에서 들고는 불을 붙였다.

더운 기운이 가득 차자 항아리를 엎어놓은 듯한 비단 폭이 팽팽해지더니 이윽고 밤하늘로 날아올랐다. 의아한 눈으로 바라보고 있던 귀정원 무리가 다 신기하게 여겼다. 구진천과 심심이는 그와 똑같은 것을 수백 개나 띄워 날렸다.

"이제 끝으로 두 대사님께서 도와주셔야겠습니다."

밀본죄사와 명랑법사가 나서서 주문을 외었다. 그러자 비화옹은 날아가던 중에 홀연히 하나둘 불이 붙어 흡사 별똥별이 나는 것만 같았다. 그것들은 이내 하늘 높이 흐르는 바람을 타고 북쪽으로 날아갔다.

얼마 지나지 않아 나라 사람들이 곳곳에서 문득문득 밤하늘을 올려다보고는 소리쳤다.

"저것 좀 봐!"

"괴이한 별들이 날아간다!"

“불붙은 항아리들이 하늘을 날고 있다!”

“저게 도대체 어찌된 조화이지?”

“하나같이 다 북쪽으로 날아가고 있지 않는가?”

북한산성 안 안양사 마당에서 비손을 하고 있던 어린아이 하나가 하늘을 올려다보더니 소리쳤다.

“하늘에서 별들이 떨어져요!”

사람들이 놀라 다 쳐다보았다. 과연 커다란 별빛과 같은 광채들이 남쪽 하늘에서부터 몰려오더니 갑자기 터져 벼락처럼 떨어져 내렸다. 하늘 가득 쏟아지는 불벼락은 괴이쩍게도 산성 안으로는 하나도 떨어지지 않고 성 밖 고구려군과 말갈군의 진영에 퍼부어졌다.

“으악!”

“불이다, 불!”

“저게 뭐야? 난데없이 하늘에서 불벼락이 쏟아지다니!”

땅에 떨어진 불길은 적의 포차 삼십여 대를 불태우고, 군영 수백 동에도 옮겨 붙어 세차게 타올랐다. 그 바람에 말은 놀라 사방으로 날뛰었고, 고구려군과 말갈군은 신벌이 내렸다고만 여겨 다 혼비백산하여 병장기를 내던지고는 달아나기 시작하였다.

북한산성주 사대사 동타천은 영문을 몰랐지만 어쨌든 다시없는 호기라고 여겨 지쳐 있는 군사들을 일깨워 성문을 열고 나가 적들을 쫓았다. 고구려와 말갈 양군은 달아나다가 엎어져서 밟혀 죽기도 하였고, 칼과 창과 도끼를 맞아 죽기도 하였다.

"추격을 멈추거라!"

동타천은 군사를 거두었다. 신라군이 성안으로 다 돌아오자 이번에는 하늘에서 천둥이 치며 세찬 비가 내리기 시작하였다. 공포감에 휩싸인 것은 달아난 적군만이 아니었다. 신라군도 성문을 굳게 걸어 닫고 괴이쩍기 짝이 없는 천문의 조화에 몸을 덜덜 떨었다.

그로부터 며칠이 지나 왕경으로부터 말을 탄 전령이 도착하였다. 그때서야 비로소 불타며 날아 떨어졌던 항아리의 실체를 알게 된 동타천은 유신의 신술에 감탄하였고, 성안 군사와 백성들과 함께 왕경을 향하여 대제에게 사은배례를 하였다.

"신장이라더니, 과연!"

"하늘이 낸 장수이니 어찌 천문을 좌지우지하지 못할꼬!"

유신이 쓴 신술은 신라뿐만 아니라 옛 백제 땅과 고구려와 말갈에 이어 당나라 장안으로까지 흘러들어갔다. 당 황제는 도대체 이해를 할 수 없다는 표정을 지었다.

"옛 사람 제갈량은 동남풍을 불게 하였다는데, 오늘의 김유신은 하늘에서 별이 쏟아지게 하였다고?"

"나도는 말을 한 마디 한 마디 다 믿을 바는 못 되오나, 온 천하가 그 일로 떠들썩한 것은 사실이옵니다."

"전혀 터무니없는 소문은 나지 않는 법! 그자는 과연 사람인가, 신령인가?"

대제는 유신이 북한산성으로 발병을 하지 않고 왕경에서 신술을

써 막강한 적을 물리친 것에 크게 감탄하고 기뻐하여 연신 대좌의
팔걸이를 두드렸다. 더 이상 내릴 상도 마땅치 않아 유신에게 물었
다.

"경이 말해 보오. 어떤 상을 받고 싶소?"

"신은 이미 벼슬이 가장 높은 데까지 찼고, 또한 집 곳간에는 곡
식과 옷감과 땔감이 넘쳐나니 바라는 것이 아무 것도 없사옵니다."

대제는 웃었다. 그리고는 신술을 쓰는 데 공을 세운 모든 사람들
에게 후한 상을 내렸다. 또 사력을 다해 싸워 성을 지켜낸 북한산성
주 사대사 동타천의 관등을 올려 대나마에 제수하였고, 이천팔백 성
민에게는 다 의약을 내리고 의식주에 관계된 상을 주어 표창하였다.

"이후부터는 왕경 남쪽에 있는 소두방산의 이름을 고쳐 성부산으
로 부르기를 명하노라."

산 위로 별이 떠 날았다는 뜻의 명칭이었다. 군신이 다 허리를 굽
히며 입을 모아 대제의 광덕을 칭송하였다.

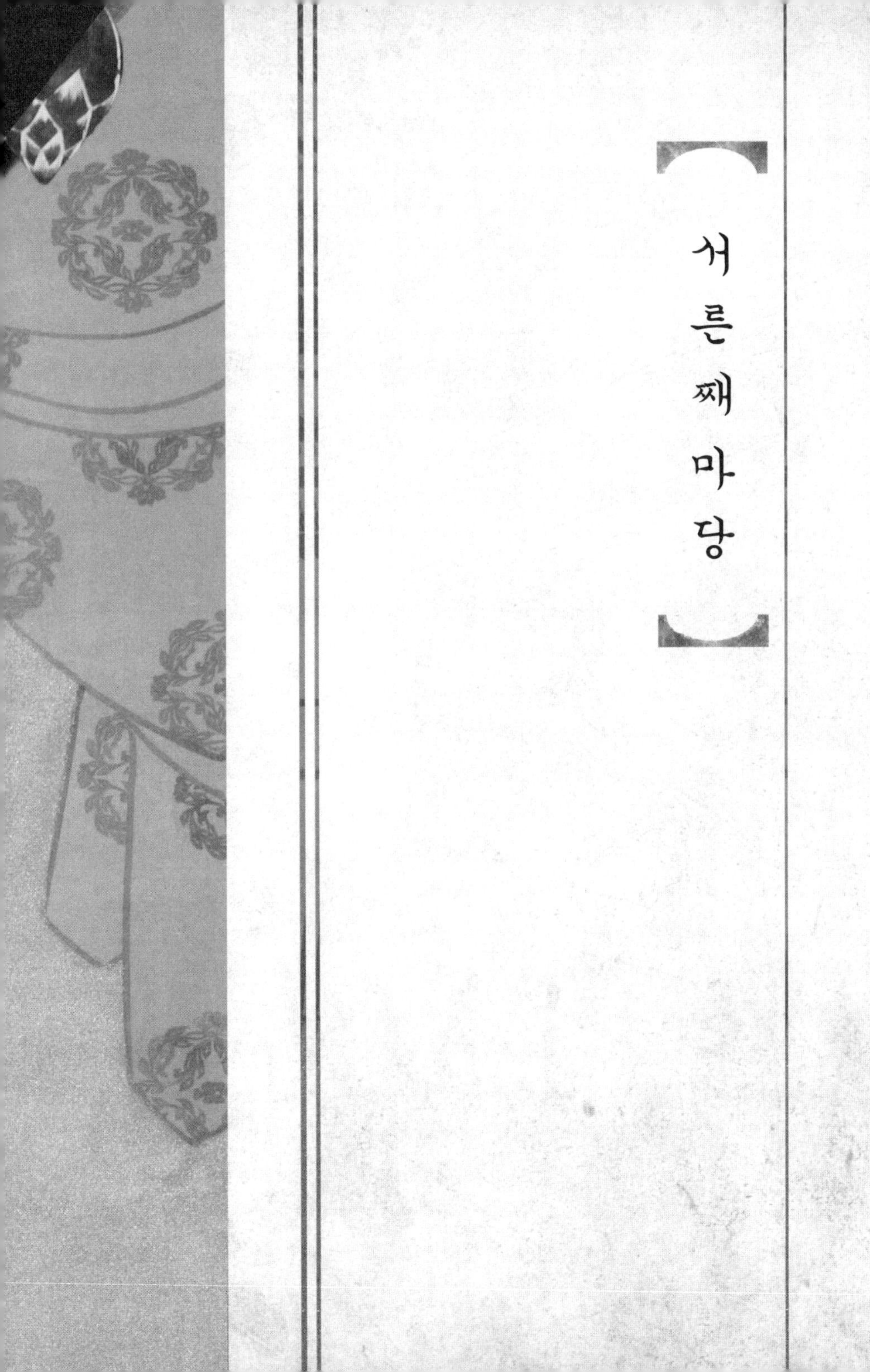

서른째 마당

지존불멸 至尊不滅

임금으로서 길이 이름을 남기다

조원전에서 신하들과 조회를 열고 있던 중에 대제가 갑자기 코피를 쏟으며 정신을 잃고 쓰러졌다.

"성상폐하!"

흑개대 군장들이 둘러싼 가운데 유신이 대제를 일으켜 안았다. 부리나케 달려온 약전 태의사가 진맥을 하고는 서둘러 우황청심원을 미지근한 물에 개어 입속으로 흘려 넣었다. 이윽고 대제는 가까스로 정신을 차렸다.

유신은 흑개대 군장들에게 하령하여 대제를 내전으로 옮겨 눕혔다. 태의사가 유신에게 말하였다.

"폐하께서 평소에 어혈을 앓으셨는데 증상이 급격히 악화되었사옵니다."

"구료하여 완치할 수 있겠는가?"

태의사는 머리만 조아릴 뿐 말이 없었다. 유신은 절망하여 한동안 넋 나간 표정으로 앉아 있었다.

금마군에 있는 절 대관사 우물이 물의 핏빛으로 변하더니, 절 마당으로 흘러 넘쳐서 중들이 다 놀라 절 밖으로 피신하였다는 장계가 올라왔다. 군통 밀본최사가 유신에게 곧 나라에 큰 변고가 있을 것이니 대비하라고 일러주었다.

유신은 흑개대 군장들에게 대제가 누워 있는 내전을 호위하게 하고, 사자대와 용호대의 전 장졸로 하여금 대궁을 지키게 하였으며 신칠성우를 불러 태자궁을 각별히 경호하도록 지시하였다. 또 군신들을 다 대궁 밖으로 나가지 못하게 하여 어느 누구도 감히 역란을 일으킬 모의를 할 수 없도록 하였다.

대제는 며칠이 지나도록 자리에서 일어나지 못하였다. 유신은 순금으로 네 눈을 박고 볼에는 붉은 칠을 하였으며 바탕에는 옻칠을 하여 귀신 꼴로 만든 나무가면을 쓰고, 검은 윗도리에 붉은 치마를 입었으며, 손에는 커다란 창을 들고 궁정에 나타났다.

그리고는 대제의 몸에 붙어있는 역신을 쫓아내고자 노구임에도 불구하고 대궁의 뜰에서 홀로 대면무를 추어 나갔다. 모든 군신들이 유신의 춤을 바라보며 대제의 환후가 하루 바삐 낫기를 빌었다.

대제는 유신을 불러 머리맡에 앉혔다. 황후와 태자, 왕자들을 다 내보낸 뒤 유신과 독대를 하였다. 유신은 대제의 손을 잡고 눈물을 흘렸다. 대제가 입을 열어 힘없는 목소리를 내었다.

"유신 형공."

"폐하, 어찌 신을 그렇게 부르시옵니까?"

"허허. 우리가 만난 지도 어언 오십여 년이 흘렀구려."

"그러하옵니다. 성상폐하."

"폐하가 아니오. 예전처럼 정답게 제공이라고 불러주오."

"망극하옵니다, 성상폐하!"

"어서 제공이라고 불러달라는데도."

유신은 고개를 떨구고 눈물을 쏟으며 말하였다.

"제공폐하!"

"옛적에 우리가 처음 대면하였던 남천 가가 떠오르는구려."

"신도 그때의 일이 어제처럼만 여겨지옵니다."

"또 우리가 유신 형공의 집 앞에서 축국을 하곤 하였던 일도 생각나오? 축국만큼은 유신 형공보다 내가 더 잘하지 않았소?"

"그랬사옵니다."

대제는 어릴 적부터 양부 용춘에게서 제왕이 될 가르침을 받았던 일, 백석의 꾐에 빠져 고구려로 가고자 길을 나섰던 일, 유신이 칠성우를 이끌며 조정을 자신의 편으로 이끌었던 일, 시중에서 어색을 하러 다닐 때 호되게 나무라며 일깨워 주었던 일들을 하나하나 떠올리며 유신에게 말하였다. 유신은 흐느끼며 듣고만 있었다.

대제는 또 고구려에 갔다 올 때 유신이 약속을 잊지 않고 군사를 이끌고 와 국경에서 기다려 주었던 일, 왜국에 가고자 하였을 때 신상이 위험하다며 가짜 사신을 보내었던 일 등을 되새겼다. 그리고 만약 직접 갔으면 돌아오지 못하였을 것이라는 말까지 하였다.

"유신 형공!"

"예, 제공폐하."

"내가 죽으면 나의 보검을 내 시신과 함께 묻지 말고 태자에게 물려주오. 그동안 유신 형공과 내가 한 몸이었듯이, 앞으로는 태자와 한 몸이 되어주오. 그리하여 태자를 지켜주오. 태자 법민은 나의 아들이기도 하지만 또한 유신 형공의 조카가 아니오?"

"삼가 명을 받들겠사옵니다."

"그리하여 태자와 더불어 반드시 고구려를 치고, 그 이후에는 당이 넘볼 수 없는 나라를 만들어주오. 내가 삼한 백성들이 다 전쟁 없이 한 나라의 백성으로 편안히 살아가는 것을 보지 못하고 죽게 된 것이 아쉽기만 하오."

"폐하!"

"내가 먼저 가서 술 한 상 차려 놓고 기다리겠소. 아무 급할 것 없으니 유신 공은 대업을 이룬 뒤에 부디 천천히 오오."

유신은 심경이 너무도 안타까운 나머지 아무 말도 나오지 않아 계속하여 뜨거운 눈물만 흘릴 뿐이었다. 대제는 법민을 불렀다. 그리고는 유신의 손을 잡게 하였다.

"태자는 삼한을 통합하기 전까지는 외숙부 유신 공과 더불어 단

일각도 진군을 멈추어서는 아니 되느니라. 알겠느냐?”

“예, 부황폐하.”

마침내 대제가 숨을 거두었다. 유신은 섧고도 섧게 통곡하였다. 온 나라가 슬픔에 빠져 하늘은 흐렸고 백성들의 눈물이 땅을 적시었다.

더없이 막중하여 잠시도 비워둘 수 없는 오직 한자리였다. 태자 법민이 대좌에 올랐다. 새 대제는 부황의 시호를 무열이라 하였다. 왕경의 서악에 있는 절 영경사의 북쪽 기슭에 성대히 장사를 지내고 묘호를 태종이라고 올렸다. 유신이 제문을 읽었다.

“유세차 임술 유월, 선제 태종무열대왕께서는 서로는 백제가 침노하고 북으로는 고구려가 호시탐탐 노리는 난세지중에 일찍이 조당의 중망을 한 몸에 얻으시어 제위에 오르신 뒤, 많은 영걸한 신하들과 더불어 삼한 불멸의 웅자로 우뚝 서셨으니…….”

당 황제는 신라의 임금이 붕어하였다는 소식을 듣고 장안의 황궁 낙성문 밖에서 만조백관을 거느리고 크게 애도의 상례를 거행하였으며, 숙위하고 있던 인문왕자와 유돈 등을 보내어 대신 조문하게 하였다.

장사를 다 치른 뒤에 조당에 든 인문왕자가 형이자 젊은 새 대제에게 말하였다.

“당 황제가 이미 총관 소열과 여러 장수들에게 수군과 육군 삼십오 도의 대군을 거느리고 고구려를 치게 하였사옵니다. 이에 성상폐

하께 아뢰어 우리 신국 신라에서도 군사를 일으켜 호응하라고 하였
사옵니다."

"내 비록 상복을 입고 있는 중이지만 이러한 호기를 어찌 놓칠 수
있으랴. 선제의 뜻을 받들어 마땅히 군사를 내어 고구려를 치리라."

젊은 대제는 상대등 유신을 대장군으로 삼고, 밀본최사와 명랑법
사를 군통으로 임명하였다. 또 인문왕자, 진주, 흠돌을 대당장군에,
천존, 죽지, 천품을 귀당총관에, 품일, 충상, 의복을 상주총관에, 진
흠, 중신, 자간을 하주총관에, 군관, 수세, 고순을 남천주총관에, 술
실, 달관, 문영을 수약주총관에, 문훈, 진순을 하서주총관에, 진복을
서당총관에, 의광을 낭당총관에, 위지를 계금대감에 제수하였다.

대제는 출병에 앞서 장졸들에게 큰소리로 말하였다.

"우리 신국 신라인들은 소호금천씨의 후손이며, 고구려는 고신씨
의 후손이라 하여 고 씨를 성으로 삼았다. 옛 역사의 기록에는 백제
와 고구려가 다 부여에서 나왔다고 하며, 또한 진나라과 한나라의
환란 때에 이르러 중원인들이 해동으로 많이 도망쳐 왔다고도 한다.

그렇다면 삼국의 조상들은 모두 옛 성인의 후예가 아니겠는가?
그런데 백제는 말기에 와서 고구려와는 화친을 맺고 대대로 우리
신국 신라와는 견원지간이 되어 틈만 나면 침략을 일삼으며 여러
성과 진을 빼앗기를 그치지 않았으니, 어진 이를 가까이 하고 이웃
과 잘 사귀는 것이 나라의 보배라는 말과는 크게 어긋나는 짓을 하
여 왔다.

　이에 당나라의 황제가 두 번씩이나 백제에 조서를 내려 우리 신국 신라와 깊게 맺힌 원한을 풀기를 바랐으나, 겉으로는 순종하는 척 하면서도 여전히 침략을 계속하였으니 그들이 당의 천병과 우리의 신병에게 패망한 것은 당연한 일이었다.

　또한 고구려는 백제가 멸망한 틈을 타 우리 신국 신라의 군사들이 다 옛 백제 땅에 가 있어 나라가 비어 있다고 여겨 군사를 내어 쳐들어오니 이 또한 어찌 이웃 나라에 대한 도리라고 하겠는가?

　고구려가 남아 있고는 우리 신국 신라가 안정을 하지 못할 바임이 이미 천하에 드러났으니 이제 고구려까지 멸하지 않을 수 없다. 오늘로써 때가 되었으니, 그대들은 위엄 있는 사자와 같이 진군하고 용맹한 범과 같이 포효하여서 저 이리 떼와 같은 적국 고구려 군사들과 또 저 족제비와 같은 말갈의 군사들을 남김없이 무찌르라."

　이어 젊은 대제는 만 리에 뻗어나갈 듯한 천둥 같은 목소리로 전군에 하명하였다.

　"신병은 출정하라!"

3권 〈세 나라 못다라〉로 이어집니다.

하용준 河龍俊

그간 발표한 작품으로 장편소설 『유기(留器)』(1999), 『신생대의 아침』(2000), 『쿠쿨칸의 신전』(2001), 『제3의 손』(2005, 인터넷 연재), 『섬호정(2012)』이 있고, 단편소설로는 「귀화(鬼話)」(2005)가 있다. 장편 『유기』는 2009년 글누림출판사에서 『유기』(전2권)로 재간하였다.
2006년부터 독자들과 만나고 있는 대하역사소설 『북비』(전15권)는 현재 출간 중에 있다.
제1회 문창文昌문학상을 수상하였다.

E-mail : oojun1@naver.com

태종무열왕
제2권 포효하는 신병들
ⓒ 2012 하용준

초판 1쇄 발행 2012년 12월 21일

지 은 이 하용준
펴 낸 이 최종숙
펴 낸 곳 글누림출판사

책임편집 이태곤
편　　집 임애정 권분옥 이소희 박선주
디 자 인 이홍주 안혜진
마 케 팅 박태훈 안현진 김종훈
관　　리 이덕성

주　　소 서울시 서초구 반포4동 577-25 문창빌딩 2층(137-807)
전　　화 02-3409-2055(대표), 2060(편집), 2058(영업)
팩　　스 02-3409-2059
전자메일 nurim3888@hanmail.net
홈페이지 www.geulnurim.co.kr
등록번호 제303-2005-000038호(2005.10.5)

정　가 12,000원
ISBN 978-89-6327-211-5 04810
　　　978-89-6327-209-2(전3권)

출력·안문화사 인쇄·바른글인쇄 제책·동신제책사 용지·에스에이치페이퍼

* 잘못된 책은 바꾸어 드립니다.